देश-विदेश में घटे व्यक्तियों के अद्भुत रोमांचकारी कारनामों की सच्ची कहानियों का संकलन।

AF650453

- ✔ इस पुस्तक में ऐसे 21 कारनामों की विस्तृत कहानियां हैं, जिनकी विश्वसनीयता और प्रामाणिकता के लिए विभिन्न स्रोतों से संदर्भ जुटाए गए हैं और जिनका हवाला यथास्थान दिया गया है।
- ✔ पुस्तक के अंत में संदर्भ-ग्रंथ सूची और 40 से अधिक फोटोग्राफ इनकी सत्यता को और भी पुष्ट करते हैं।
- ✔ नाजियों के अणु-संयंत्र की तबाही, जंगलियों से मुकाबला, सागर तल की गहराइयों में, आदमखोर का शिकार, जलते तेल से मुठभेड़, हत्यारे की खोज, लट्ठों की नाव पर अंध महासागर पार, पैराशूट से लंबी छलांग, चमड़े की नाव से समुद्र यात्रा, एक जहाज की जल समाधि जैसे चुनौती पूर्ण और जोखिमों से भरे साहसिक कारनामे, जिन्हें पूरा करने के लिए लोह लाडलों ने अपनी जान तक की परवाह नहीं की।
- ✔ ऐसी हैरतअंगेज़ कहानियां, जो आपको निडर, साहसी और बहादुर बनने की प्रेरणा दें।

साहसी व्यक्तियों के जोखिम भरे कारनामे

विकास एस. खत्री

पुस्तक महल®

प्रकाशक
पुस्तक महल®

J-3/16, दरियागंज, नई दिल्ली-110002
☎ 23276539, 23272783, 23272784 • फैक्स: 011-23260518
E-mail: info@pustakmahal.com • *Website:* www.pustakmahal.com

विक्रय केन्द्र
• 10-बी, नेताजी सुभाष मार्ग, दरियागंज, नई दिल्ली-110002
☎ 23268292, 23268293, 23279900 • फैक्स: 011-23280567
E-mail: rapidexdelhi@indiatimes.com
• **हिन्द पुस्तक भवन**
6686, खारी बावली, दिल्ली-110006
☎ 23944314, 23911979

शाखाएं
बंगलुरू: ☎ 080-2234025 • टेलीफैक्स: 080-22240209
E-mail: pustak@sancharnet.in • pustak@airtelmail.in
मुंबई: ☎ 022-22010941, 022-22053387
E-mail: rapidex@bom5.vsnl.net.in
पटना: ☎ 0612-3294193 • टेलीफैक्स: 0612-2302719
E-mail: rapidexptn@rediffmail.com
हैदराबाद: टेलीफैक्स: 040-24737290
E-mail: pustakmahalhyd@yahoo.co.in

ISBN 978-81-223-0853-2

सस्करण: 2012

मुद्रक: परम ऑफसेटर्स, ओखला, दिल्ली-110020

स्वकथन

इसमें सत्य-कथाएं हैं उन साहसी व्यक्तियों की, जिनका जन्मजात स्वभाव ही चुनौतियों के साथ जान पर खेल जाना रहा है, चाहे वे प्राकृतिक हों या स्वयं मानव निर्मित। उनका यही स्वभाव गगनचुम्बी पहाड़ी चोटियों से लेकर उन्हें समुद्र की अथाह गहराइयों तक ले गया। वे धू-धू करते तेल के कुओं से निकलती आग की लपटों से लेकर अनजान जंगलों में छिपी आदिम जन-जातियों की खोज में जुट गए और कभी हार नहीं मानी।

इस पुस्तक में विभिन्न क्षेत्रों से संबंधित 21 ऐसे खतरे-भरे सच्चे किस्से हैं, जिन्हें पढ़कर सहज में ही पाठक रोमांच से भर उठेंगे। आदमखोर बाघ का शिकार, नाज़ी अणु-संयंत्र की तबाही, बोलजानों की जल समाधि, शेकलटन के कारनामे, लट्ठों की नाव से अंध महासागर की यात्रा, पैराशूट की सबसे लंबी छलांग, नरक का रास्ता, मौत का खेल, साहसिक बैलून यात्रा और अन्य घटनाओं से भरे इस सचित्र संकलन में इतनी सामग्री है, जो पाठक को कोई-न-कोई साहसिक कारनामा करने को उद्वेलित अवश्य करेगी।

ऐसी पुस्तकों को पढ़ने से आम पाठकों में जोश, उत्साह, साहस, धैर्य आदि शक्तियों का विकास तो होता ही है तथा उनमें आत्म-विश्वास भी पैदा होता है, जो व्यक्ति की सबसे बड़ी पूंजी है।

इसे पढ़कर हम भी उस साहसी-भावना का परिचय प्राप्त कर सकते हैं, जिसने हमेशा लोगों को अज्ञात खोजों और साहसिक कार्यों के लिए प्रेरित एवं प्रोत्साहित किया है। अब भी समुद्र की गहराइयों और बाह्य आकाश में साहसपूर्ण यात्राओं और नई खोजों के लिए बहुत गुंजाइश बाकी है और संसार को ऐसे लोगों की तलाश है, जो साहसपूर्ण कार्यों की चुनौती को स्वीकार करें और रहस्य की नई मंज़िलों की खोज में निकल पड़ें।

–विकास एस. खत्री

102, सरदार पटेल मार्ग
बाड़मेर-344001 (राजस्थान)

अंदर के पृष्ठों में

1. नाजी अणु संयंत्र की तबाही

सन् 1940 में ब्रिटिश युद्ध कैबिनेट को यह पता लगा कि जर्मनी अपने द्वारा विजित नार्वे के वेमॉर्क स्थित एक फैक्ट्री का इस्तेमाल अपनी आणविक शक्ति को बढ़ाने के लिए कर रहा था। इस कथित फैक्ट्री में वह भारी पानी (आणविक पदार्थ) का अधिकाधिक उत्पादन कर अपनी आणविक क्षमता का विस्तार करना चाह रहा था। जर्मनी को आशा थी कि इससे वह एटम बम का रहस्य सुलझा लेगा। घटना के कोई दो वर्ष बाद ईनर स्किनरलैंड (EINAR SKINNERLAND) नामक एक नार्वे का निवासी, जो उस समय अवकाश पर था, उत्तरी सागर पार करता हुआ भाग कर ब्रिटेन जा पहुंचा। किस्मत से वह वहां सही व्यक्तियों से ही मिला, जो घटना की संजीदगी को जानते थे और जिन्होंने शीघ्रता से यह पता लगा लिया कि स्किनरलैंड वेमॉर्क एवं वहां काम करने वाले अनेक लोगों को जानता था।

स्किनरलैंड को बहुत थोड़े समय में एक खास प्रकार की ट्रेनिंग एवं सटीक निर्देश देकर पैराशूट की मदद से पुनः नार्वे उतार दिया गया। इसके शीघ्र बाद फ्री नार्वेजियन फोर्सेस के दस चुनींदा सिपाही स्किनरलैंड के पीछे-पीछे नार्वे जा पहुंचे। इन सिपाहियों ने अपने अड्डे के रूप में एक सुनसान एवं मानवरहित पठार, जिसे नार्वेवासी हार्डेंजर पिड्डा पुकारते थे, को चुना। इन दस खास सिपाहियों को इस बात की विशेष ट्रेनिंग दी गई थी कि वे जर्मनी द्वारा स्थापित उस कथित आणविक संयंत्र को किसी भी तरीके से नेस्तनाबूद कर दें।

ईनर स्किनरलैंड के साथियों एवं सहयोगियों ने वेमॉर्क स्थित हर उस सुरक्षा इंतजाम का पता लगा लिया, जो जर्मनी ने अपनी हिफाजत के लिए कर रखे थे। इनमें, छतों पर सर्चलाइटें एवं मशीन गनों की कतारें, जमीन में दबाई गई सुरंगें, सुरक्षा के पुख्ता इंतजामों की निगरानी में तैनात एक पुल, जो एक गहरे खड्ड को पाटता था एवं काम

के स्थल तक पहुंचने का जरिया था, प्रमुख थे, परंतु यह दीगर बात थी कि जर्मन लोग कार्यस्थल तक पहुंचने के लिए एक अन्य मार्ग का इस्तेमाल करते थे। यह दूसरा मार्ग कभी-कभार ही काम में आने वाला रेलमार्ग था, जो एक टीले को काटता हुआ सीधे कार्यस्थल के सामान-गृह में प्रवेश कर जाता था।

अपनी पूर्ण पोशाकों में सुसज्जित फ्री नार्वेजियन सिपाही स्की (बर्फ में फिसलते हुए आगे बढ़ने का एक उपकरण) की मदद से हार्डेंजर पिड्डा से निकल पड़े। ये जांबाज सिर से लेकर पांव तक हथियारों से लैस थे। टॉमी गनें, पिस्टल, कमांडो चाकू और विस्फोटक, कहने का तात्पर्य यह कि हर परिस्थिति से निपटने का पूर्ण इंतजाम था।

शीघ्र ही ये जांबाज रेल-पथ और फिर धीरे-धीरे सरकते हुए कार्यशाला तक जा पहुंचे। यहां पहुंचने के बाद इन्होंने रुक कर अपने हथियारों को जांचा और पूर्ण आश्वस्त एवं संतुष्ट होने के बाद दो दलों में विभाजित हो गए। एक दल, जिसके जिम्मे सुरक्षा प्रहरियों को दूर रखना था, नट हॉकलिड (KNUT HAUKLID) के नेतृत्व में था और दूसरा दल, जिसके जिम्मे विस्फोटकों को लगाना था, जॉकिम रॉन्सबर्ग (JOACHiM RONNESBERG) के नेतृत्व में था।

सुरक्षा को ध्यान में रखते हुए हॉकलिड का दल आगे बढ़ने लगा। यह सुरक्षा इसलिए जरूरी थी, क्योंकि चारों तरफ जमीन में सुरंगें बिछाई हुई थीं और किसी एक का उस पर पांव पड़ने का मतलब था, सारे दल का खात्मा। कुछ को आगे जाकर संतरियों का ध्यान रखने का कार्य सौंपा गया। इस दौरान नट हॉकलिड और एंटन पोलसन रेंगते हुए जर्मन गार्ड हाउस तक जा पहुंचे। गार्ड हाउस अब उनसे मात्र बीस मीटर ही दूर था।

लकड़ी के उस गार्ड हाउस तक पहुंचने पर पोलसन ने अपनी टॉमी गन संभाल ली और दूसरी तरफ हॉकलिड हथगोले थाम कर तैयार हो गया। दोनों हर संभव खतरे से निपटने के लिए तैयार थे।

उधर जॉकिम रॉन्सबर्ग और फ्रेडरिक केसर अपने बाकी दल से अलग होकर उस स्थान तक जा पहुंचे, जहां संयंत्र के अंदर पाइपों से होकर कुछ तार जाते थे। दोनों की सोच की दिशा एक ही थी। फैक्ट्री में प्रवेश करने पर इन्हें एक बंद दरवाजा मिला, जो गहराई से अध्ययन की गई योजना के अनुसार मुख्य दरवाजा था, जिसके पीछे निश्चित रूप से 'भारी पानी' का संयंत्र स्थापित था। उन्होंने सावधानी से उस दरवाजे को खोला। वह संयंत्र, जिसे नष्ट करना था, अब उनकी आंखों के सामने था।

वह कार्यशाला पूर्णतः खाली थी। केवल एक ही व्यक्ति वहां था। उस व्यक्ति की नजर जैसे ही इन दोनों पर पड़ी, वह हक्का-बक्का रह गया। नामालूम कहां से आ टपके इन दो हथियार बंद व्यक्तियों को देखकर उस बेचारे की तो हालत ही खराब हो गई।

"क... कौन हो तुम?" वह हकलाता हुआ बोला, "यहां क्या कर रहे हो?"

उत्तर देने के बजाए फ्रेडरिक ने धीरे से अपनी बंदूक उसकी नाक के नीचे लहराई और सख्त लहजे में कहा, "उस दीवार की तरफ खड़े हो जाओ। तुम्हें शीघ्र ही पता चल जाएगा हम क्या कर रहे हैं? मैं तुम्हें कह देता हूं कि चुप ही रहना।"

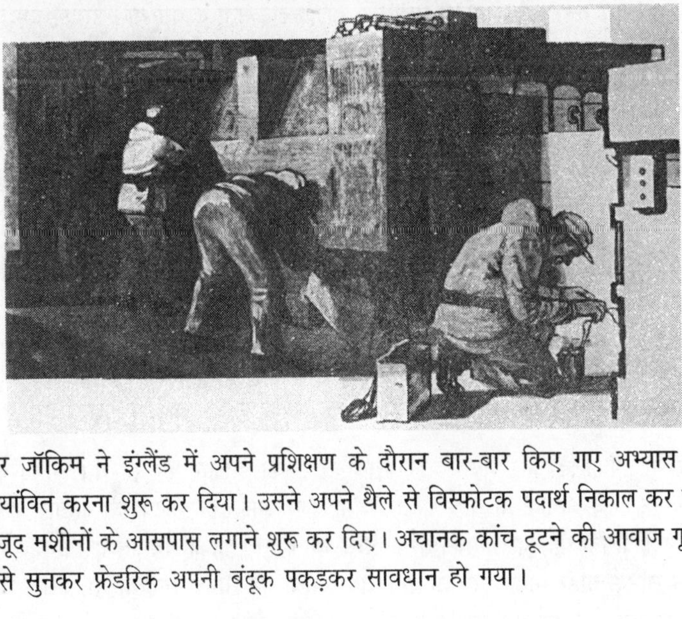

फिर जॉकिम ने इंग्लैंड में अपने प्रशिक्षण के दौरान बार-बार किए गए अभ्यास को क्रियांवित करना शुरू कर दिया। उसने अपने थैले से विस्फोटक पदार्थ निकाल कर वहां मौजूद मशीनों के आसपास लगाने शुरू कर दिए। अचानक कांच टूटने की आवाज गूंजी, जिसे सुनकर फ्रेडरिक अपनी बंदूक पकड़कर सावधान हो गया।

"हैल्लो", टूटी हुई खिड़की से एक आवाज उभर कर सुनाई दी, "हमें अंदर आने दो, यहां घुसना वाकई एक मुश्किल कार्य है।" स्पष्ट था कि ये उनके अपने साथी ही थे। वे सब भी अब यहां पहुंच चुके थे।

इनके आने से अब विस्फोटक बिछाने का काम तेजी से होने लगा था। फ्रेडरिक उन पर निगरानी के साथ उन्हें निर्देश दे रहा था।

"सावधान!" कार्यशाला में मौजूद उस जर्मन ने कहा, "यदि तुम इन तारों को गलती से मिला दोगे, तो अभी धमाका हो जाएगा।"

"तो क्या हुआ? धमाका ही तो करना है," हंसते हुए फ्रेडरिक ने कहा, फिर उसने झुक कर उस जर्मन को अपनी सैन्य पोशाक की भुजा दिखाते हुए कहा, "देखो, इसकी तरफ, इन पट्टियों को देखो। तुम जर्मनों को बता सकते हो कि एक ब्रिटिश यूनिफॉर्म कैसी लगती है। मुझे इस बात पर संदेह है कि यहां मौजूद किसी ने कभी इसे देखा होगा।"

फ्रेडरिक का यह कदम इस बात को सुनिश्चित करने के लिए था कि जर्मन इस बात को भली भांति समझ ले कि वेमॉर्क में की गई कार्यवाही एक सैन्य ऑपरेशन था, फिर शायद जर्मन इसके बदले में निर्दोष लोगों को नहीं मारते।

जॉकिम अब तक किए गए काम से संतुष्ट हो चुका था और वह विस्फोटकों को चिंगारी देने को तैयार था। जर्मन व्यक्ति फैक्ट्री में मौजूद इकलौता दुश्मन था। उसको यह बात अच्छी तरह से समझ में आ गई कि वहां धमाका होने वाला है।

"मेरा चश्मा कहां है?" डर और घबराहट में वह बोला।

"तुम्हारी नाक पर," जॉकिम ने आराम से जवाब दिया और तीली जला दी, "इसे बाहर ले जाओ।" उसने फ्रेडरिक की ओर देखकर कहा।

फ्रेडरिक उस व्यक्ति को बाहर ले आया और चिल्लाया, "भागो! जितनी तेज भाग सकते हो भागो!"

वह व्यक्ति शीघ्र भागता हुआ अंधेरे में कहीं गायब हो गया। जॉकिम ने विस्फोटकों के फ्यूज में आग लगा दी और फिर दरवाजा बंद करके वे सब वहां से भाग लिए।

उधर नट हॉकलिड और जैक्स बड़ी बेसब्री से इनका इंतजार कर रहे थे। आखिरकार उन्हें एक हलके धमाके के साथ थोड़ी रोशनी नजर आई। विस्फोटक की आवाज इतनी तेज नहीं थी कि चौकीदार इसकी तरफ खास ध्यान देते। काफी लंबे इंतजार के बाद एक जर्मन सैनिक बाहर निकल कर आया। बाहर आया वह सैनिक निहत्था था, उसके चेहरे पर आश्चर्य के भाव थे। थोड़ी देर बाद वह जर्मन सैनिक कुछ दूरी पर स्थित विद्युत

संयंत्र की तरफ बढ़ गया। उसने उसका दरवाजा खोलने की चेष्टा की, लेकिन खोल नहीं पाया। वह पुनः अपने तम्बू में गया और एक टार्च ले आया। अब वह नट और जैक्स की तरफ बढ़ रहा था। टार्च की रोशनी उनसे कुछ ही फासले पर थी। जैक्स ने धीरे से अपनी टॉमी गन उठाई, "क्या मैं फायर करूं!"

"अभी नहीं," नट फुसफुसाया, "उसे तो पता भी नहीं है कि क्या हो रहा है।" जर्मन सैनिक आसपास घूमता हुआ अपनी टार्च की रोशनी में जमीन टटोलने लगा था। लग रहा था कि वह जमीन में कुछ ढूंढ़ रहा हो। अचानक टार्च की रोशनी उस स्थान पर पड़ी, जहां नट एवं जैक्स छिपे हुए थे। दोनों किसी अप्रत्याशित घटना का सामना करने के लिए दम साधे पड़े थे। जैक्स ने तो एक बार फिर अपनी टॉमी गन संभाल ली। ऐसा लगा कि वह जर्मन हर लिहाज से संतुष्ट हो गया था, क्योंकि वह वापस अपने तम्बू की तरफ मुड़ गया था।

"वह शायद सोचता होगा कि यह धमाका किसी सुरंग पर बर्फ गिरने से हुआ होगा।" नट ने अनुमान लगाते हुए कहा।

कुछ देर तक वे वहीं रुके रहे, फिर जब नट को विश्वास हो गया कि विस्फोटक लगाने वाला दल सकुशल निकल गया होगा, तो वह भी जैक्स के साथ रेलवे लाइन की तरफ निकल गया। जब तक जर्मनों को सारा माजरा समझ में आए, तब तक वह नौ सदस्यों वाला ब्रिटिश दल सकुशल हार्डेजर पिड्डा स्थित अपने ठिकाने पर पहुंच चुका था।

इसमें कोई शक नहीं कि ब्रिटिश सैनिकों की कार्यवाही ने जर्मन आणविक संयंत्र को भारी क्षति पहुंचाई थी, तथापि इस घटना के ठीक एक साल बाद ही जर्मनी ने अपने आणविक संयंत्र का काम पुनः चालू कर दिया। एक बार फिर खतरनाक इरादा जीवंत हो गया था, फिर एक सुबह नट हॉकलिड एवं ईनर स्किनरलैंड ने आकाश में एक शानदार नजारा देखा। एक सौ पचास अमेरिकी बमवर्षक विमान लयबद्ध होकर उड़ते चले जा रहे थे। विमानों के गुजरने के बाद उस इलाके की मीलों तक की रोशनी व्यवस्था ठप्प हो गई। इसका कारण उनके द्वारा वेमॉर्क स्थित पावर स्टेशन पर बम बरसाना था।

परंतु इतना कुछ होने पर भी 'भारी पानी' बचा लिया गया था। स्किनरलैंड को अपने विश्वसनीय सूत्रों से यह पता चला कि अब जर्मन उस 'भारी पानी' को पानी के जहाज पर लाद कर वापस जर्मनी ले जाने की योजना बना रहे हैं। जहां वे अपने कार्य एवं परीक्षणों को और अच्छा एवं और जल्दी अंजाम दे सकते थे। लंदन से हॉकलिड के लिए आदेश आ चुके थे कि उसे किसी भी तरह से इस कथित 'सप्लाई' को नष्ट करना था। संदेश अति महत्वपूर्ण था और उसे लेकर किसी भी तरह की कोई भी गलती नहीं की जा सकती थी। ऐसी कोई भी गुंजाइश नहीं रखी जा सकती थी कि वह अमूल्य 'भारी पानी' जर्मनी पहुंच सके।

हॉकलिड ने कई दिनों तक संबंधित अधिकारियों एवं अन्य लोगों से बातचीत कर अपनी योजना को अमली जामा पहनाना शुरू कर दिया। उसे विध्वंस की एक ऐसी योजना की तलाश थी, जो सबसे सटीक एवं उत्तम हो। अंत में उसने एक खतरनाक निर्णय ले लिया। उन्हें टिंनस्जो झील में स्थित उस कथित फैरी (एक तरह का पानी का जहाज) को ही उड़ा देना होगा। हॉकलिड एवं उसके साथियों को यह पता लग चुका था कि जर्मन सबसे पहले रेल द्वारा 'भारी पानी' को जितना संभव हो सके, उतना टिंनस्जो झील के पास तक ले जाएंगे, फिर फैरी द्वारा झील पार करवा कर एक बार पुनः रेल द्वारा सागर तट तक ले जाया जाएगा। वहां से एक बड़े पानी के जहाज पर निगरानी में जर्मनी भेजा जाएगा।

प्रतिरोधक दल के एक सदस्य रॉल्फ सोरली के एक मित्र को भी मुख्य अभियान के दिन उस फैरी में यात्रा करनी थी। सोरली को पता था कि उस दिन फैरी का कैसा अंजाम होने वाला है। लिहाजा चिंतित होना वाजिब था "मैं उसमें क्या कर सकता हूं?" उसने दुखी होकर पूछा।

"अगर उसके साथ यात्रा में उसके कुछ मित्र भी हुए तो?" हॉकलिड ने बड़े ही नम्र स्वर में उत्तर दिया।

रॉल्फ ने आह भरी, "हां," उसने कहा, "मैं जानता हूं क्या हो सकता है। हमारे अभियान का भांडा फूट जाएगा और यह हमारे लिए हर तरह से एक खात्मा ही होगा।"

अभियान के महत्व का इससे ही अनुमान लगाया जा सकता था कि उन्होंने इस बारे में किसी को कुछ भी नहीं बताया था। उन्हें केवल इस बात पर ही चिंतन करना था कि उस फैरी पर विस्फोटक की कितनी मात्रा पहुंचे एवं उसे कहां लगाया जाए। इसके अतिरिक्त उन्हें विस्फोटकों से जुड़ा एक ऐसा 'टाइम फ्यूज' (विस्फोटक में विस्फोट शुरू कर देने वाला एक ऐसा उपकरण, जो तय किए गए समय पर ही कार्यवाही को अंजाम दे) भी बनाना था, जो ठीक उस समय विस्फोट करे, जब फैरी झील के सबसे गहरे भाग के ऊपर से होकर गुजर रहा हो और विस्फोट इतना सशक्त हो कि फैरी एक या ज्यादा-से-ज्यादा दो मिनट में ही जल समाधि ले ले।

रात के समय अंधेरे का फायदा उठाता हुआ हॉकलिड अपने दो सहयोगियों के साथ बेलनाकार विस्फोटक पदार्थ, डेटोनेटर एवं अलार्म घड़ियां छुपाए हुए उस फैरी में चुपचाप घुस गया। नीचे एक कमरे से कुछ बोले जाने की अस्पष्ट आवाजों के अलावा फैरी में कहीं भी कोई नजर नहीं आ रहा था।

वे धीरे से नौका के पृष्ठ भाग की तरफ बढ़ने लगे। अचानक एक तरफ से कदमों की आवाजें आईं। तीनों इस आवाज को सुनकर छिप गए। दरवाजे से एक आकृति बाहर की तरफ निकली।

"तुम्हारी योजना क्या है?" एक नॉर्वेजियन आवाज उभरी।

"हम कहीं छुपने की जगह तलाश कर रहे हैं।"

"ओह!" पहरेदार की आवाज उभरी "तुम यहां आने वाले पहले व्यक्ति नहीं हो। वहां एक गुप्त दरवाजा है। जल्दी से उस दरवाजे में उतर कर जहाज के निचले गोल हिस्से में चले जाओ। नीचे तुम्हारे होने के बारे में कोई भी संदेह नहीं करेगा।"

हॉकलिड और रॉल्फ सोरली ने उस पहरेदार को धन्यवाद कहा और फिर अपने साथ लाए डेटोनेटर, विस्फोटक पदार्थ एवं अलार्म घड़ियों को छिपाते हुए नीचे जाने वाले उस दरवाजे की तरफ बढ़ गए। कुछ देर में वे जहाज के पेंदे वाले बदबूदार एवं पानी से भरे हिस्से में थे। उस हिस्से की ऊंचाई अधिक नहीं थी। दोनों कुछ देर में आधे झुके हुए साथ लाए करीब दस किलो विस्फोटक पदार्थ को लगाने की युक्ति सोचने लगे।

उन्होंने नीचे मौजूद पानी में बेलनाकार विस्फोटकों को लगा दिया। इसके बाद डेटोनेटर्स को लगाया गया। ये पतारों के माध्यम से अलार्म घड़ियों से जुड़े थे। अलार्म घड़ियों में विशेष तरह के पाइंट थे, जो निश्चित समय पर कार्यवाही को अंजाम देने के लिए बने थे। अलार्म घड़ियां दो थीं, ताकि एक खराब हो जाए, तो कम-से-कम दूसरी अपना काम कर सके। घड़ियों को मिला दिया गया, फिर वे वहां से निकल कर अपने तीसरे साथी के पास जा पहुंचे।

"हमें कुछ चीजों के लिए वापस जाना होगा," तीसरा साथी अभी पहरेदार को यह बता ही रहा था कि नट और सोरली मुस्कराते हुए वहां आ गए।

पहरेदार के सामने खड़ा हॉकलिड विचारमग्न था। कितना मुश्किल था यह सोचना कि जिस व्यक्ति से वह बातें कर रहा था, अभी थोड़ी देर पहले वह उसी की मौत को निश्चित करके आ रहा है। जाहिर था कि हॉकलिड के द्वारा लगाए गए विस्फोटकों की वजह से उस पहरेदार की भी मौत निश्चित थी। हॉकलिड उस बेचारे को सावधान भी तो नहीं कर सकता था। वह थोड़ा आगे बढ़ा और उसने पहरेदार से हाथ मिलाया। इस बात की केवल कल्पना ही की जा सकती है कि उस समय हॉकलिड के मन में क्या बीत रही होगी।

दो दिन बाद हॉकलिड अपने हाथ में सुबह का एक अखबार थामें उसकी सुर्खियां पढ़ रहा था– रेल्वे फैरी हाइड्रो की टिंनस्जों में जल समाधि।

कुल चार जर्मन एवं चौदह नॉर्वेजियन इस हादसे में खत्म हुए। डूब चुकी उस फैरी के साथ ही जर्मनी का युद्ध जीतने का आखिरी स्वप्न भी डूब गया था।

–न्यू वंडर बुक सिरीज– 1. संपादक : डेविड आयरिश,
वार्डलोक एंड कंपनी लिमिटेड, लंदन, 1964

2. सौंदर्य की प्रतिमूर्ति

सन् 1937 में स्पेन में गृह-युद्ध के कारण सारे देश में एक जबरदस्त तनाव और अशांति का माहौल बना हुआ था। उसी दौरान एक साहसी और देश-भक्त महिला का नाम हर देशवासी की जुबान पर चढ़ा हुआ था। वह अपने अदम्य साहस प्राण-पण से देश सेवा में जुटी हुई थी। इसका नाम था डोलोरस इहाबरी। इसे स्पेन की जनता ला पसियोनारिया के रूप में जानती थी। खासतौर पर वह श्रमिकों में काफी लोकप्रिय थी। ला पसियोनारिया का आशय होता है 'आवेश का फूल'।

ला पसियोनारिया ने 1937 के आसपास स्पेन की राजनीति में स्वयं को उतारा था। उसकी उम्र तब मात्र 31 वर्ष थी। इसके साहसिक कारनामों ने स्पेन की जनता को आश्चर्य में डाल दिया था। स्पेन की गृह-युद्ध की आग को शांत होते देख, वहां की जनता और सरकार ने एक 'नारी श्रमिक सेना' का गठन इसी भावना से किया था, ताकि नारियां देश की सुरक्षा का भार अपने कंधों पर लेने में सक्षम हों। वास्तव में इस शांति सेना के गठन का कारण ला पसियोनारिया का भीतरी आवेग ही था। इस सैन्य दल के ही माध्यम से इस महिला ने स्वयं बंदूक चलाकर न केवल साहस का परिचय दिया था, वरन श्रमिकों की नारी सेना में उत्साह का संचार किया था। यही कारण था कि नारी सेवा युद्ध के समय मैदान में उतरी और सबको रोमांचित कर दिया।

ला पसियोनारिया एक वीरबाला होने के साथ-साथ सौंदर्य की भी प्रतिमूर्ति थी। उसकी मनोहारी छवि देखकर कोई भी मुग्ध हो जाता। स्वयं के व्यक्तित्व निर्माण में वह जागरूक थी, लेकिन अध्यापक की नौकरी से प्रारंभ किए जीवन से वह निराश हो गई थी। लेनिन और मार्क्स के साहित्य ने इसे नई दिशा दी। जब वह एक श्रमिक बस्ती में कपड़े धोने की दुकान चलाती थी, तब उसका मन श्रमिकों की दशा देखकर दुखी हो जाया करता था। मजदूरों का उत्पीड़न ला पसियोनारिया को बार-बार उद्वेलित करता रहता था। अंत में उसने श्रमिकों की समस्याओं को समझा और हड़ताल का नेतृत्व किया। लेकिन श्रमिकों के लिए निरंतर संघर्ष करने वाली ला पसियोनारिया के जीवन में एक दुखद और कारुणिक मोड़ तब आया, जब स्पेन में प्रियादरिक्केरा की तानाशाही और भय मंडराने लगा। इस तानाशाही ने इस महिला को उसके पति के साथ लंबे समय

तक कारागार में पड़े रहने को मजबूर कर दिया। इतना ही नहीं 1934 में विद्रोह के समय इस महिला और उसके पति ने अपना घर तबाह होता देखकर रूस की ओर कूच कर दिया। रूस में इस नारी को आत्मिक शांति का अनुभव हुआ। 1936 में डोलोरस इहाबरी बनाम ला पसियोनारिया को तीसरी अंतर्राष्ट्रीय कांग्रेस का सदस्य चुना गया।

ला पसियोनारिया को अपने साहस का परिचय देने का अवसर मिला। फरवरी 1936 में, स्पेन में जब नई सरकार ने सत्ता हाथ में ली, तो तमाम राजबंदी रिहा कर दिए गए। मुक्ति की सांस लेने के बावजूद स्पेन की पूर्ववर्ती सरकार के खैरख्वाह एसल्ट गार्ड दल ने अपना रवैया नहीं बदला और वह पुरानी सरकार के कदमों पर चलने लगा। सिविल गार्ड दल भी ऐसा ही करने लगा। ये दल अपनी कठोरता का परिचय कुछ इस तरह देने लगे कि क्षमादान की श्रेणी में आने वाले राजबंदी और उनके रिश्तेदार किसी से भेंट तक नहीं कर सकते थे। यह अन्याय आगे तक नहीं चला, कैदियों ने कारागार का दरवाजा ही खोल दिया, लेकिन पहरेदारों ने अपनी क्रूरता का परिचय दिया और कैदियों को गोली से भून देने की धमकी दी और उन्हें कारागार के द्वार पर ही रोक दिया। आखिर ला पसियोनारिया अपने प्राणों की परवाह किए बगैर वीरांगना के रूप में सामने आ गई और कारागार की दीवार पर चढ़कर उसने सभी कैदियों को बाहर भाग जाने को कह दिया।

इस महिला की ललकार पर कैदियों में एक अनोखा उत्साह पैदा हुआ और वे बाहर आ गए। ला पसियोनारिया की शिराओं में फासिज़्म के विरुद्ध गर्म रक्त दौड़ता था। वह स्पेन के गृह-युद्ध में न केवल वीरांगना के रूप में उभरी, वरन एक श्रमिक मसीहा के तौर पर भी उसकी पूजा होने लगी। संघर्ष ही उसके जीवन का मूलमंत्र था।

–अद्‌भुत एवं अविस्मरणीय सत्य घटनाएं, आनन्द क्रिलोव्स्की

3. मुलाकात अनजाने जंगलियों से

गार्डन जोस और उसके साथी इंडियानोंस का दल जंगल में आगे बढ़ रहा था। खच-खच-खच की आवाज करता जोस के हाथों में थमा बड़ा चाकू तेजी से उसकी राह में आने वाली झाड़ियों एवं लताओं को काट रहा था। जंगल में चारों ओर लंबे और विशाल झुरमुट वाले पौधे उगे हुए थे। इन पेड़-पौधों के झुरमुट से छनकर आने वाली धूप कुछ इस तरह से पड़ रही थी कि लोगों को शाम का आभास होता था। अलेन घीरब्रान्ट ने इन घने पेड़ों से आती मद्धम रोशनी को देखा। लंबे पेड़ किसी विशाल छतरी की तरह तने हुए थे और हरियाली की इस छत से भांति-भांति की लताएं विशाल सर्पों के समान लटक रही थीं।

अलेन के बिल्कुल पीछे चल रहा पियेर गेसस्यु अचानक फुसफुसाया, "जोस को रास्ता मालूम नहीं है। हम गुआहारिबो की ओर जाने वाली किसी राह पर हैं।"

अलेन ने सहमति में अपना सिर हिलाया और जोस की ओर देखा। जोस ने अपने हाथ में थामे उस बड़े चाकू को एक झटका दिया और अगले ही पल एक डाल नीचे गिर पड़ी। अपने काले एवं परेशानी से भरे चेहरे को उसने अलेन की ओर घुमाया। जोस के हाथों में थमा चाकू उस डाल की ओर इशारा कर रहा था। डाली का ऊपरी सिरा मसल कर तोड़ दिया गया था और उस पर लगे जख्म से ताजा रस निकल रहा था।

'गुआहारिबो!" जोस ने धीमे से कहा।

अलेन और पियेर ने उस डाली को घूर कर देखा। दोनों मन-ही-मन उस व्यक्ति का काल्पनिक चित्रण कर रहे थे, जिसने शायद उस डाल को मसला होगा। एक व्यक्ति उन लोगों का हिस्सा था, जो इतने पिछड़े थे कि उनके पास इन पेड़-पौधों से निपटने के लिए चाकू तक न थे, बल्कि वे लोग इसी तरह से अपनी राह में आने वाले झाड़-झंखाड़ों को चीड़-फाड़ दिया करते थे। अलेन और उसके साथियों ने कॉलबिया के इन गर्म जंगलों में पांच महीने बिता दिए थे और अब वे नक्शे के अनुसार उस स्थान पर थे, जिसे खाली जगह के रूप में दर्शाया गया था। सन् 1952 में भी जब हर तरह की तरक्की सुनिश्चित हो गई थी, जंगल के उस नक्शे में उक्त स्थान को अनजाना इलाका दर्शाया गया था। यही वह स्थान था, जहां गुआहारिबो रहते थे। अलेन और पियेर इसी संदर्भ में शुरुआती खोजबीन कर रहे थे। उनके दो अन्य कामरेड साथ नहीं थे। वे दोनों पीछे रहकर मेक्वीरीटेर इंडियंस की एक दोस्ताना जनजाति का अध्ययन कर रहे थे।

अलेन और पियेर ने एक-दूसरे की ओर देखा। उन्हें जोस की बेचैनी देखकर इस बात का अहसास हो रहा था कि गुआहारिबो के बारे में फैली कहानियां जरूर कुछ सच्चाई

लिए होंगी। वे वाकई उतने ही जंगली होंगे, जितना कि उनके बारे में फैली कहानियां बताती थीं। यदि ऐसा नहीं था, तो जंगलों में रहने वाला इंडियन जोस इतनी आसानी से भयभीत न होता।

"जोस", अलेन ने कहा, "हम इन गुआहारिबों से मिलना चाहेंगे।"

जोस ने जवाब से बचते हुए इशारा किया कि अब उन्हें कैंप लगाना चाहिए। शीघ्र ही रात का अंधेरा फैलने वाला है।

उस रात कैंप में अलेन और पियेर यही बात सोच रहे थे कि घने जंगल में मेढकों की तेज टर्राहटों, कीड़ों, बंदरों आदि के शोर और यदा-कदा सुनाई देने वाली जगुआर (अमेरिका का तेंदुआ तुल्य पशु) की दहाड़ के अतिरिक्त ऐसा क्या था, जो उनके चारों तरफ था। सुबह होने पर जोस उन्हें लेकर एक पतली जलधारा के निकट पहुंचा। वे सभी उस जलधारा से होकर आगे नीचे की ओर बढ़ते चले गए। यह जलधारा आगे चलकर एक चौड़ी नदी के रूप में उनके सामने उपस्थित हुई।

जोस रुक गया और उसने ऊपर नदी की ओर देखा, "शायद हम लोग मेरे चचेरे भाइयों की झोपड़ियों के नजदीक पहुंच गए हैं," उसने आखिरकार कहा। "हम यहां से रास्ता निकालकर उन तक पहुंचेंगे। तुम यहीं इंतजार करो, हम कल डोंगी से वापस लौटेंगे।"

"अच्छी बात है," अलेन ने जवाब दिया, "किंतु अपने पुत्र एमिलिआनो को हमारे साथ छोड़ जाओ।" वह इस बात को सुनिश्चित कर लेना चाहता था कि चाहे जैसी परिस्थितियां हों, जोस लौट कर वापस अवश्य आए।

इस छोटी-सी बातचीत के बाद इंडियनों का दल गांव की ओर राह बनाता हुआ वहां से निकल पड़ा। अलेन, पियेर और इंडियन एमिलिआनो अपने बिस्तरों में पड़े थे। उनके पास सिवाय इंतजार के और चारा भी न था। घंटा-दर-घंटा समय सुस्त रफ्तार से आगे बढ़ रहा था। सूरज की गर्मी उमस से भरी थी। जंगल गर्म, मगर शांत था।

अचानक दूर कहीं से आती चीख की आवाज ने जंगल की शांति को भंग कर दिया। एमिलिआनो अपने बिस्तर से उछल कर खड़ा हो गया। उसकी आंखें इस चीख को सुनकर फैल गई थीं।

"गुआहारिबो!" उसने अटकते हुए कहा।

अलेन और पियेर ने अपने कानों पर जोर देकर अन्य किसी गतिविधि की आहट लेने का प्रयास किया, परंतु उस पुकार के बाद फिर कोई आवाज नहीं आई। इसके बाद वे नदी के तट की ओर गए और वहां से नदी के दूसरे किनारे की ओर देखना शुरू किया। उस किनारे पर हरियाली मानो किसी दीवार की तरह उग आई थी, जिसके परे क्या कुछ

था, यह देख पाना संभव नहीं था। उन्हें वहां कुछ भी हलचल नजर न आई। तभी दूसरे किनारे की ओर से एक और जोरदार चीख गूंज उठी। इस बार की चीख के साथ कुछ और भी आवाजें सुनाई दीं। कुछ ही क्षणों बाद जंगल एक बार फिर शांत हो गया। जंगल का वह मौन इन तीनों से लिपट-सा गया। भरपूर गर्मी के बावजूद कंपकपाते हुए तीनों अपने बिस्तरों तक पहुंचे। वे किसी अनहोनी की आशंका में डूबे चुपचाप इंतजार करने लगे। थोड़ी ही देर बाद नदी से चप्पू चलाने सरीखी ध्वनि आने लगी।

"मेरे पिता वापस आ गए हैं," खुशी से कूद कर खड़े होते हुए एमिलिआनो ने चीख कर कहा। अलेन और पियेर भागते हुए एमिलिआनो के पीछे नदी तट तक जा पहुंचे। दोनों हैरान थे कि जोस इतनी जल्दी वापस कैसे आ सकता था। दोनों के ही दिमाग में एक अजीब-सा विचार उठ रहा था, अगर कहीं आने वाली डोंगी गुआहारिबो की हुई तो? गुआहारिबो नामक उन जंगलियों के बारे में यह पता न था कि उन्हें डोंगियों का इस्तेमाल करना भी आता होगा, फिर भी यह ख्याल उनके मन-मस्तिष्क को उद्वेलित तो कर ही रहा था। दोनों दौड़ते हुए एमिलिआनो के पीछे पेड़ पर जा चढ़े। पेड़ नदी तट पर ही था और उसकी वह शाख, जिस पर तीनों चढ़े बैठे थे, नदी पर ही झूल रही थी।

नदी में एक डोंगी आती हुई नजर आई। डोंगी में तीन लोग नग्न सवार थे। उनके चेहरे रंग से पुते हुए एवं कान काले पंखों से सजे थे।

"वे गुआहारिबो हैं!" एमिलिआनो ने बताया। वह शायद डर गया था और इसीलिए शाख से नीचे उतरने की चेष्टा करने लगा।

"नहीं!" अलेन ने शांत एवं स्थिर शब्दों में कहा।

"उनको आवाज दो।" पियेर ने तत्काल सुझाव दिया।

एमिलिआनो ने झिझकते हुए जैसे-तैसे गुआहारिबो भाषा में कुछ कहा। अलेन और पियेर ने उसके कहे शब्दों को दोहराया और फिर वे अपनी छाती पीट कर गुआहारिबो को यह दर्शाने लगे कि वे दोस्त हैं। डोंगी में बैठे सवारों ने उन्हें देख लिया। एक पल के लिए डोंगी रुकी, फिर अगले ही पल धीरे-धीरे बहती हुई उनकी नजरों से ओझल हो गई।

"अब वे वापस आएंगे और हमें मार डालेंगे" एमिलिआनो ने कहा। अलेन और पियेर को काफी देर तक एमिलिआनो को समझाना पड़ा, तब कहीं जाकर उसकी घबराहट शांत हुई।

थोड़ी देर बाद एक बार फिर नदी की तरफ से चप्पू चलाने की आवाजें आनी लगीं। फिर वे तीनों नदी की तरफ बढ़े। वही डोंगी वापस आ रही थी, पर इस बार उसमें केवल दो लोग ही सवार थे। डोंगी में सवार उनमें से एक काले एवं लाल रंग की धारियों से पुता

था और उसने अपने बालों में छोटे-छोटे सफेद पंख खोंस रखे थे। डोंगी सामने वाले किनारे की तरफ बढ़ चली। जैसे ही डोंगी, अलेन वाले तट के विपरीत किनारे पहुंची उसमें सवार दूसरा व्यक्ति कूद कर तट पर जा पहुंचा। उस गुआहारिबो ने अपना धनुष निकाला और बाण चढ़ाकर उसका निशाना सीधा पियेर की तरफ कर दिया। अपने साथी की रक्षा हेतु दूसरे व्यक्ति ने अपनी डोंगी को पियेर वाले तट की तरफ खेना शुरू किया। निश्चित था कि आने वाला गुआहारिबो कुछ शंकित था और इसीलिए उसने साथी को अपने बचाव के लिए तैयार किया था। अलेन और पियेर उस गुआहारिबो को आता देख मुस्कराते हुए उसकी तरफ देखने लगे। आने वाला गुआहारिबो दूत अपनी अजनबी भाषा में न जाने क्या बड़बड़ा रहा था।

पियेर ने एक सिगरेट जलाई और उसे उस गुआहारिबो की तरफ बढ़ा दी। उस जंगली ने वह सिगरेट ली और कुछ अजीब स्वर में चीखा, फिर किसी जोकर की भांति उसने उस सिगरेट को पीने का उपक्रम किया। सिगरेट पीने की कोशिश में सिगरेट के दो टुकड़े हो गए।

"गब्बल, गब्बल।" वह कूदता हुआ चिल्लाया।

"उसे पूरा पैकेट चाहिए", एमिलिआनो ने कहा।

पियेर ने पूरा पैकेट उसे दे दिया।

"गब्बल, गब्बल, गब्बल।" इस बार वह गुस्से में कुछ बड़बड़ाया और उत्तेजित होकर पियेर के पैरों की तरफ बढ़ा। पियेर ने अलेन की ही तरह पायजामा पहन रखा था।

"वह तुम्हारा पायजामा चाहता है।" अलेन ने अनुमान लगाया।

पियेर ने अपनी जॉकिट उतारी और उसे गुआहारिबो को दे दी। वह जंगली अब हंसने लगा। इसके बाद अलेन को भी अपनी जॉकिट देनी पड़ी, फिर अलेन और पियेर को उन गुआहारिबों को अपने पायजामे भी देने पड़े। गुआहारिबो खुशी और उत्तेजना में जोर-जोर से हंसने लगे थे। वे उपहारों को पाकर बहुत ही प्रसन्न थे। नंगे खड़े अलेन और पियेर को अपने हाथ फैला कर यह दर्शाना पड़ा कि अब उनके पास देने को कुछ भी नहीं है। दोनों उन जंगलियों से कुछ पाने की चाह में उनकी डोंगी की तरफ बढ़े। जंगली ने उन्हें तीन बाण उपहार स्वरूप दिए। कुछ और पाने के लिए एक बार फिर अपने हाथ फैला दिए। गुआहारिबो ने उनकी तरफ अपने खाली हाथ बढ़ा दिए। उसके पास देने के लिए अब कुछ भी नहीं था।

दोनों गोरी चमड़ी वालों ने यह दर्शाने के लिए कि वे भूखे हैं, अपने पेट पर हाथ फिराने शुरू किए। यह देखकर उस गुआहारिबो ने अपना हाथ छोटी गोलाकार आकृति में घुमाना शुरू किया, फिर उसने सूर्य की ओर इंगित किया और उसके बाद उसने पूर्व,

जहां सूर्य उदय होता है, की ओर इशारा किया। इसके बाद वह अपने साथी के साथ डोंगी में बैठकर नदी की धारा के साथ नीचे की ओर निकल पड़ा।

"वह क्या कहना चाहता था?" अलेन ने पूछा।

"उसने कहा कि कल वह सारे कबीले को लेकर आएगा," एमिलिआनो ने कहा, "और मुझे इस बात की कतई उम्मीद नहीं कि कल हम अपनी जान बचा पाएंगे।"

उस रात अलेन और पियेर ने एक मोमबत्ती जलाई और फिर वे घंटों बातें करते रहे। आशंकाएं तो अनेक थीं, पर कोशिश यही थी कि किसी भी अनजानी आवाज या हरकत से डरें नहीं।

अचानक उनमें से कोई एक कूद कर खड़ा हो जाता, "उन्होंने इस भयानक अंधेरे में हमें चारों तरफ से घेर लिया है। जल्दी भागो यहां से।" कोई एक डर के मारे कह उठता, फिर बाकी बचे दो उसे ढाढस बंधाते और शांत करते। थोड़ी देर बाद कोई दूसरा किसी चीज को लेकर उत्तेजित हो जाता। इस तरह यह सिलसिला काफी देर चलता रहा। आखिरकार तीनों को नींद आ गई।

सुबह जब उठे, तो यह देखकर हैरान रह गए कि सारा जंगल चीखने-चिल्लाने की आवाजों से गूंज रहा था। अलेन और पियेर अपने साथी इंडियन (एमिलिआनो) के साथ दौड़कर नदी तट पर मौजूद उस विशाल पेड़ पर चढ़ गए। थोड़ी ही देर बाद उन्होंने एक

बड़ी डोंगी को अपनी तरफ आते हुए देखा। डोंगी गुआहारिबों से भरी पड़ी थी। डोंगी के किनारे लगते ही उसमें से एक व्यक्ति बाहर आया। आगंतुक नाटे कद, पीली चमड़ी और बिखरे बालों वाला जंगली पुरुष था। उसने एक भुजा पर काले पंखों को एक गुच्छे के रूप में बांध रखा था। इसके अलावा वह पूर्ण रूप से नग्न था।

उसने अपनी डोंगी से नीचे उतरते ही अलेन और पियेर की दाढ़ी को पकड़ लिया। वह दाढ़ी को खींचकर देखने लगा कि वह असली थी अथवा नहीं, फिर प्रशंसा भरे भाव प्रदर्शित करता हुआ हंसने लगा। डोंगी से गुआहारिबो का उतरना शुरू हो गया। जंगल से भी कुछ जंगली आ गए और इस तरह वे कुल एक दर्जन के करीब हो गए। कुछ के हाथों में धनुष बाण भी थे। उनके हाव-भावों से लगता था, मानो वे किसी बात को लेकर गंभीर हैं।

धनुष बाण लिए उन योद्धाओं को देखकर एमिलिआनो वाकई चिंतातुर हो उठा।

"वह नाटा, जिसने तुम्हारी दाढ़ी पकड़ी थी, उसका ध्यान रखना," उसने बताया, "वही इन सबका मुखिया एवं तांत्रिक है।"

दोनों गोरी चमड़ी वाले एमिलिआनो की बातों का अर्थ समझ गए। वे हंसने लगे और यह चेष्टा करने लगे कि कथित सरदार भी उनके साथ हंसे। इस सारे घटनाक्रम के दौरान डोंगी बार-बार आती-जाती रही। हर बार डोंगी में कुछ नए जंगली वहां आने लगे। सभी जंगली खुश एवं उत्साहित नजर आ रहे थे। शीघ्र ही उन जंगलियों की औरतें भी नजर आने लगीं। उनके साथ उनकी खाली टोकरियां भी थीं।

फिर शीघ्र ही उन जंगलियों ने अलेन एवं पियेर द्वारा लाई गई उन रंगीन कपड़ों की गांठों को खोलना शुरू कर दिया, जो वे लोग जोस के चचेरे भाइयों के लिए लाए थे। सभी जंगली एक साथ बैठकर बंदरों के समूह की भांति चटर-पटर करने लगे। वहीं दूसरी ओर उनकी औरतें आस-पास मौजूद सामान से अपनी टोकरियां भरने लग गई थीं। अलेन ने अपना खाना पकाने का बर्तन उस कथित तांत्रिक एवं मुखिया को दे दिया और फिर इसे एक साफ-सुथरा व्यापार दर्शाने के लिए उसने बदले में पास ही खड़े एक योद्धा से उसके तीर एवं कमान ले लिए। फिर पास खड़ी एक औरत के कानों में सजाए गए पंखों में

से कुछ को ले लिया। यह सिलसिला चल पड़ा। हर कोई इस मनोरंजक व्यापार में शामिल हो गया।

अंततः उन जंगलियों ने वह सब कुछ ले लिया, जो उन खोजियों के पास था, परंतु फिर भी वे इंतजार में बैठे रहे। ऐसा लगता था, मानो कुछ होने का इंतजार कर रहे थे।

"उन्हें इस तरह से खाली मत बैठे रहने दो, अन्यथा कहीं वे महज मजे के लिए हमारे सिर न फोड़ दें।" अलेन ने कहा। पियेर ने हामी भरी और उसने कुछ करते रहने के ख्याल से उन नाटे जंगलियों को ताकत प्रदर्शन करने के उद्देश्य से अपनी बाहों में उठाना शुरू कर दिया, परंतु अभी भी कुछ जंगली अपने हाथों में धनुष बाण ताने हुए थे। उनकी मुख मुद्राएं भी कुछ गंभीर थीं। यह देखकर अलेन ने सोचा कि अब ऐसा कुछ करने की जरूरत थी कि जिससे उनके ध्यान को कहीं और लगाया जा सके। यह सोचकर अलेन उस कथित मुखिया को अपने साथ उस पेड़ तक ले गया, जहां उसका कैमरा लटक रहा था।

"ध्यान से! देखो तुम क्या कर रहे हो?", अलेन की हरकत देखकर पियेर शीघ्रता से चिल्लाया। उसे कथन का अर्थ समझ में आ गया। उसे उनकी कहानियां याद आ गईं, जिन्होंने पहले कभी जंगलियों की तरफ अपना कैमरा बढ़ाया था। किस्सों के अनुसार जंगलियों ने कैमरे को हथियार समझकर उसे थामे व्यक्ति पर वार कर दिया था। इस तरह की घटनाओं में कई घायल हुए एवं कुछ मारे भी गए थे।

फिर भी अलेन ने उस बूढ़े मुखिया को अपना कैमरा दिखाया। उसने कैमरे के 'व्यू फाइण्डर' से उस मुखिया को पियेर की झलक दिखाई, फिर उसने पियेर की तस्वीर खींचकर मुखिया को समझाया कि इस तरह से तस्वीर खींचने पर खींचने वाला अपने प्रिय को छोटे आकार में अपने साथ कहीं भी ले जा सकता है। जंगली मुखिया यह देखकर बहुत प्रसन्न नजर आने लगा। उसने खुशी-खुशी अपने अनेक चित्र खिंचवाए। यह पहली बार था कि किसी ने किसी गुआहारिबो के चित्र खींचे थे। बाद में मुखिया के एक आदेश पर सभी जंगली योद्धाओं ने अपने हथियार नीचे रख दिए।

अलेन ने उन जंगलियों को प्रसन्न एवं व्यस्त रखने के उद्देश्य से एक बार फिर लेन-देन का सिलसिला चालू कर दिया। इस तरह से वे लोग घंटों एक-दूसरे से व्यवहार करते रहे। आखिर जंगलियों ने धीरे-धीरे वहां से जाना शुरू कर दिया। सभी जंगली प्रसन्न थे। उनके मुखिया की हालत तो देखने योग्य थी। उसने अलेन की पतलून के एक पांयचे को किसी टोपी की मानिंद अपने सिर में ओढ़ रखा था। अंततः गुआहारिबो के साथ हुई उनकी यह पहली मुलाकात राजी-खुशी बिना किसी अनहोनी के संपन्न हो गई।

काफी बाद में उसी दिन जोस अपने चचेरे भाइयों के साथ डोंगी खेता हुआ वहां आ पहुंचा। उसने शीघ्रता से उन सब के वहां से निकल पड़ने का प्रबंध किया और फिर वे वहां से चल पड़े। बाद में खोजकर्ताओं ने अपनी खोज के दौरान जंगल के और गहरे इलाकों में प्रवेश किया, जहां उनकी मुलाकात और गुआहारिबों से हुई। अंततः वे सभी अपने इस अदम्य साहसिक अभियान को पूर्ण कर वापस यूरोप पहुंच गए। उनके पास अपने अभियान से संबंधित ढेरों चित्र एवं नोट्स थे। ये वे दस्तावेज थे, जो यह दर्शाते थे कि उनका अभियान इस धरती पर किए गए सबसे महानतम अभियानों में से एक अभियान था।

–द वंडर बुक ऑफ एडवेंचर, डेविड आयरिश,
वार्डलोक एंड कंपनी, लंदन, मेलबोर्न एंड केपटाउन

4. सिटी ऑफ होनोलूलु

एक साहसी और कर्तव्यपरायण पत्रकार लिंटन वेल्स का नाम 'सिटी ऑफ होनोलूलु' नामक विशाल जहाज से जुड़ा है। इतिहास के पन्नों में इस जहाज में लगी भयंकर आग का रोमांचक वर्णन किया गया है। इस साहसी अमेरिकी पत्रकार ने खबरें और चित्र एकत्र करने में अपने प्राणों की भी परवाह नहीं की। वह इसके लिए गहरे समुद्र में कूद गया था। 'शिकागो टाइम्स' नामक एक अखबार के लिए लिंटन वेल्स समाचार एकत्र करने का कार्य करते थे।

जब 'सिटी ऑफ होनोलूलु' जहाज अपने द्वीप से रवाना हुआ, तब किसी को भी यह आशंका नहीं थी कि आग लग जाएगी और उसमें सवार यात्रियों के लिए खतरा पैदा हो जाएगा, लेकिन आखिरकार हुआ ऐसा ही। होनोलूलु अपनी गति से चला जा रहा था कि उसमें आग लग गई। आग लगने के स्थान से सात सौ मील दूर था लासएंजिलस। यात्रियों में जबरदस्त खलबली मच गई थी और मौत की आशंका उनके दिमाग में मंडराने लगी। समूचे अमेरिका में यह खबर तत्काल फैल गई थी।

लेकिन अमेरिकी जहाज 'थाम्स' ने इन यात्रियों की प्राण-रक्षा की और पत्रकार लिंटन वेल्स के लिए खबरें और चित्र जुटाने का कार्य भी आसान कर दिया। उनके पास बेतार-यंत्र से संदेश भेजने की सुविधा थी। वेल्स ने जहाज से बचाए गए यात्रियों के पास खबर भेजी कि वह धन देकर उनकी तस्वीरें लेना चाहता है। इस पर यात्रियों ने 150 डालर में अपनी तस्वीरें देना मंजूर कर लिया। वेल्स को भी सौदा ठीक लगा और उसने जहाज के कप्तान के पास यह खबर भेजी कि वह उसे 'थाम्स' जहाज पर आने की सुविधा प्रदान करे, ताकि होनोलूलु जहाज से बचाए गए यात्रियों की तस्वीरें ले सके, लेकिन जहाज के कप्तान ने उसे निराश किया।

कप्तान का जवाब था कि चूंकि मेरा जहाज 'थाम्स' सीधे सानफ्रांसिसको जा रहा है, इसलिए ऐसा करना संभव नहीं हो सकेगा। लिंटन वेल्स में जबरदस्त साहस था, इसलिए वह और कोई उपाय सोचने लगा। अंततः कोई रास्ता न देख उन्होंने एक विमान किराए पर लिया। यह विमान ऊपर उड़ रहा था और उसमें से लिंटन वेल्स देख रहे थे गहरे समुद्र की जल-राशि। वेल्स की आंखें 'थाम्स' को खोज रही थीं। लगभग डेढ़-दो घंटों बाद उन्हें 'थाम्स' नजर आया, जो यात्रियों को बचाने के बाद गंतव्य की ओर जा रहा था। इस समय लिंटन का विमान आकाश में जहां उड़ रहा था, उससे 'थाम्स' दो-तीन मील दूर था। जब विमान से जहाज की दूरी 50-60 फीट ही रह गई, तो विमान चालक ने विमान की गति को और धीमी कर दिया और उसे 'थाम्स' के समीप ले जाने का प्रयास करने लगा। विमान और जहाज की दूरी 30-40 फीट रहने पर लिंटन ने साहस के साथ समुद्र में छलांग लगा दी। यह खतरा मोल लेकर भी लिंटन महाशय घबराए नहीं, वरन उन्होंने प्राण-रक्षक जैकेट का उपयोग किया। शराब की बोतल और न भीगने वाले कुछ कपड़े भी उनके पास थे। कपड़ों में उन्होंने रखे थे पांच सौ डालर। समुद्र में अथाह जल पर गिरते ही वेल्स को मूर्च्छा आ गई, लेकिन वे घबराए नहीं। उन्होंने अपनी बेचैनी भरी आंखों से 'थाम्स' को कैलिफोर्निया की ओर जाते देखा। उन्हें यह देखकर खुशी हुई कि जहां चित्र लेने हैं, वह जहाज थाम्स निकट ही है। इस अनवरत संघर्ष में लिंटन वेल्स इतने थक चुके थे कि कोई जीवन-रक्षा नौका ही उनका सहारा बन सकती थी और हुआ भी कुछ ऐसा ही।

लिंटन वेल्स को तब बड़ी हिम्मत आई जब 'थाम्स' की ओर से एक जीवन-रक्षा नौका अपनी ओर आते देखी। लिंटन अपने कर्तव्य के प्रति जागरूक थे। नौका उन्हें 'थाम्स' के पास ले गई और एक मोटी रस्सी के सहारे लिंटन वेल्स जहाज पर चढ़ गए। कप्तान ने सारा परिचय पाने के बाद 'सिटी ऑफ होनोलूलु' जहाज से बचाए गए यात्रियों से बात-चीत का अवसर उन्हें दे दिया। इन यात्रियों की कई तस्वीरें भी वेल्स ने लीं। कोई एक घंटे के बाद वही विमान 'थाम्स' की ओर लौट रहा था, ताकि वेल्स उससे लौट सकें।

जब वेल्स को यह पता चला कि विमान में सवार होने के लिए उन्हें फिर से समुद्र में कूदना होगा, तो उन्हें अपना पहले का संघर्ष याद आया, पानी में पुनः कूदने पर भी वह हिम्मत नहीं हारे, क्योंकि विमान धीरे-धीरे उनके पास आ रहा था, अंततः विमान पर चढ़ गए और वह उन्हें ले उड़ा।

लिंटन वेल्स जब लास एंजिलस पहुंचे, तब उन्हें भारी थकान हो गई थी, लेकिन उन्हें तब ज्यादा खुशी हुई, जब यह पता चला कि होनोलूलु जहाज में लगी आग और थाम्स द्वारा यात्रियों की रक्षा की खबर और चित्र किसी और अखबार के पास नहीं आए हैं। पत्रकार लिंटन वेल्स के भाग्य में ही यह सफलता लिखी थी, इसलिए यह घटना इतिहास का एक अध्याय बन गई।

—डब्ल्यू.डब्ल्यू.डब्ल्यू. स्टोरीज़ ऑफ एडवेंचर, कॉम

5. सागर की अतल गहराइयों में

हमारी इस विशाल पृथ्वी का दो तिहाई से भी ज्यादा हिस्सा समुद्र के रूप में जल ने घेर रखा है। समुद्र में पृथ्वी से भी ज्यादा जीव अपना अस्तित्व बनाए हुए हैं। ये सभी जीव मिलकर एक अद्‌भुत एवं रोचक संसार का सृजन करते हैं। ऐसा नहीं कि समुद्र में मौजूद जीवन केवल उसकी सतह या तल पर ही विचरता हो, हकीकत तो यह है कि समुद्र की अनंत गहराइयों में भी जीवन है। समुद्र की सतह से ज्यों-ज्यों हम नीचे, गहराइयों की ओर जाते हैं, त्यों-त्यों सूरज का प्रकाश मद्धम पड़ता जाता है। पानी में गहराई पर जाने पर रोशनी का कम होने का यह सिलसिला बड़ा ही रोचक होता है। एक गोताखोर कुछ ही 'फेदम' (गहराई नापने की करीब 2 मीटर की नाप) गहरा गोता लगाने के बाद लाल रंग नहीं देख पाता। यह इसलिए होता है, क्योंकि एक निश्चित गहराई के बाद पानी अपने में से होकर गुजरने वाले सूर्य के प्रकाश के लाल रंग को पूर्ण रूप से अवशोषित

कर लेता है और अधिक गहराई में जाने पर नारंगी एवं पीले रंग के साथ भी यही होता है। शीघ्र ही एक ऐसी स्थिति आती है, जब हर चीज कालापन लिए गहरे नीले रंग में रंग जाती है। अगर कोई व्यक्ति किसी तरीके से सागर में कुल 600 मीटर तक नीचे जाए तो उसे वहां पूर्ण अंधकार के सिवा और कुछ भी नजर नहीं आएगा।

"वह क्या चीज होगी, जो इतने अंधकार में रहती होगी?" वैज्ञानिक अकसर यह पूछा करते हैं। अपने इस सवाल के जवाब को पाने के लिए उन्होंने समुद्र में जाल और 'ड्रेजर्स' (सीपियों आदि को खोजने वाला एक विशेष जाल) डाले, ताकि मछलियों एवं अन्य समुद्री जीवों को पकड़ सकें। इन जालों की पकड़ ने यह तो साबित कर दिया कि समुद्र की काली एवं स्याह गहराई में भी कुछ जीव विचरते हैं, परंतु जालों में पकड़े गए समुद्री जीवों की संख्या इतनी कम थी कि वैज्ञानिक यह सोचने लगे कि शायद समुद्र की अतल गहराइयों में कोई जीवन था ही नहीं। हर समय इन वैज्ञानिकों के जेहन में एक ही बात रहती थी कि काश वे किसी को सागर कि उन गहराइयों तक भेज सकते, जो वहां के हालात अपनी आंखों से देख सके। यह सब इसलिए भी जरूरी था, क्योंकि एक वैज्ञानिक तभी किसी चीज के बारे में निष्कर्ष निकाल सकता था, जबकि उस कथित चीज को अपनी आंखों से स्पष्ट देखा हो और जो अपने साथ उसका स्पष्ट हुलिया ला सके अथवा उसे चित्रित कर उसकी वैज्ञानिक सूचना दे सके, परंतु इस काम में जो सबसे बड़ा अड़ंगा था, वो था खुद समुद्र। समुद्र की सतह से तीन सौ मीटर नीचे जाने पर पानी का दबाव खतरनाक रूप से बढ़ जाता है। यह दबाव किसी भी वस्तु पर चालीस किलोग्राम प्रति वर्ग से.मी. के हिसाब से पड़ता है। यह तय है कि इतने दबाव के नीचे किसी भी व्यक्ति का जीवित बचे रहना नामुमकिन है। समुद्र में आठ सौ मीटर नीचे यही दबाव कुल अस्सी किलोग्राम प्रति वर्ग से.मी. के हिसाब से बढ़ जाता है। इस हिसाब से किसी इनसान का वहां होने पर उसका क्या हाल होगा? स्पष्ट है?

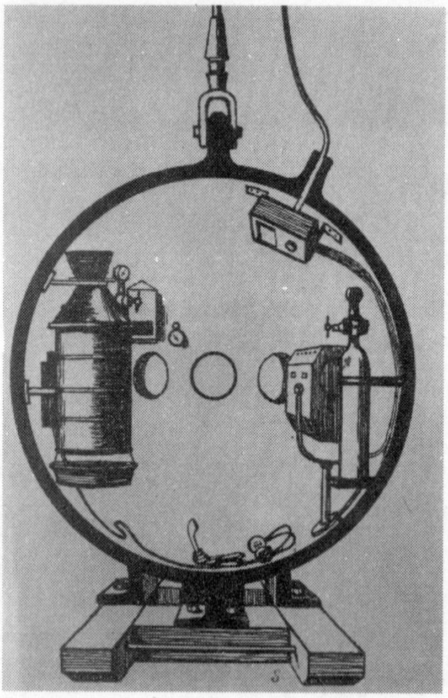

एक व्यक्ति ने इस सवाल का जवाब तलाशना शुरू किया। उसने एक ऐसी चीज बनाई, जिसके अंदर बैठकर एक व्यक्ति समुद्र में आठ सौ मीटर की गहराई तक जा सकता था और जिंदा

लौटकर भी आ सकता था। यह उपकरण 'बैथिस्फेयर' था। बैथिस्फेयर वस्तुतः अंदर से खोखली एक स्टील निर्मित 'बॉल' थी। इसमें कुल दो व्यक्तियों के बैठने की जगह थी। अंदर बैठे ये दो व्यक्ति 'बैथिस्फेयर' की ठोस 'क्वार्ट्ज' (स्फटिक) निर्मित खिड़कियों में से सर्चलाइटों की मदद से अपने आसपास तैर रहे जीव-जंतुओं को निहार सकते थे। सन् 1934 में बैथिस्फेयर के आविष्कारकर्ता औटिस बार्टन नामक एक अमेरिकी ने यह विश्वास जताया कि वह सागरीय जीवन विशेषज्ञ, डॉ. विलियम बीबे (WILLIAM BEEBE) के साथ अपने उपकरण में सागर सतह से कुल 800 मीटर नीचे तक जा सकेगा।

बरमूडा के तट से दूर, जहां समुद्र की गहराई सवा तीन किलोमीटर से भी ज्यादा है, बीबे एवं बार्टन ने समुद्र की इस रहस्यमय काली एवं गहरी दुनिया को देखने के लिए तैयारियां शुरू कर दीं। वह अनंत अंधकार एवं भयानकता की हद तक दबाव की दुनिया थी। समुद्र की उस अनदेखी गहराई में जाने से पहले इन दोनों ने बैथिस्फेयर को जांचने के लिए उसे खाली ही नीचे भेजा। बैथिस्फेयर एक केबल से बंधा सागर की गहराई में उतरने लगा, फिर जब बड़ी ड्रमनुमा गिरारी पर लिपटी केबल खत्म होने को आई, अर्थात् जब बैथिस्फेयर पर्याप्त गहराई में जा पहुंचा, तब गिरारी को वापस लपेटने के लिए लगे स्विच को दबा दिया गया। स्टील निर्मित वह विशाल गेंद, बैथिस्फेयर धीरे-धीरे सागर की गहराइयों से ऊपर सतह की तरफ आने लगा। जैसे ही पानी से बाहर निकला, हर किसी ने देखा कि कुछ गड़बड़ हो चुकी है। बैथिस्फेयर कुछ ज्यादा ही वजनी हो गया था, उसे खींचने वाली केबल बुरी तरह से तन गई थी, फिर जब उसे जहाज के डेक पर उतारा गया, तो बीबे ने उसकी ठोस स्फटिक निर्मित खिड़कियों में से अंदर देखा। बैथिस्फेयर अंदर से लगभग पूरा-का-पूरा पानी से भरा था।

बैथिस्फेयर के डेक पर स्थिर होते ही डॉ. बीबे उसके दरवाजे के मध्य में स्थित बोल्ट को खोलने लगे। जरा सा खोलते ही अंदर मौजूद पानी गुस्सैल कीड़ों के झुंड की तरह आवाज करता हुआ बाहर की ओर निकलने लगा। डॉ. बीबे को शीघ्र ही इस बात का अहसास हो गया कि बैथिस्फेयर में मौजूद पानी भारी दबाव लिए था। उन्होंने वहां मौजूद हर किसी को चेतावनी देकर बैथिस्फेयर के सामने से हटा दिया, फिर उस गोलाकार छेदनुमा दरवाजे की एक ओर खड़े होकर खुद बड़ी सावधानी के साथ मुख्य बोल्ट को खोलने लगे। बोल्ट के खुलने में कुछ ही घुमाव बाकी थे। डॉ. बीबे रुक कर आगे होने वाले घटनाक्रम पर विचार करने लगे। अचानक अधखुला बोल्ट गोली की सी रफ्तार से उछला और डॉ. बीबे के हाथ में पकड़े हुए पाने से टकराता हुआ डेक की तरफ निकल गया। डॉ. बीबे ने देखा की बोल्ट की टक्कर से हाथ में पकड़ा पाना मुड़ गया था और उसमें गहरी खरोंच आ गई थी। बोल्ट के अपनी जगह से हटते ही उस छेद से पानी किसी तेज कटार की तरह बाहर की तरफ उबल पड़ा। पानी की रफ्तार इतनी तेज थी

कि यदि कहीं डॉ. बीबे उस की राह में होते, तो यह निश्चित था कि उनका सिर उनके धड़ पर नहीं होता। समुद्र ने अपनी गहराई में मौजूद अपने दबाव को अच्छी तरह से प्रदर्शित कर दिया था।

बैथिस्फेयर में मौजूद गड़बड़ को ठीक कर दिया गया। फिर कुछ और परीक्षणों के बाद बीबे और बार्टन बैथिस्फेयर में सवार होकर सागर की गहराई में स्थित उस अनंत रात वाले माहौल की अपनी पहली यात्रा पर निकल पड़े। धीरे-धीरे बैथिस्फेयर सागर की गहराई में नीचे उतरने लगा। दोनों ने धीरे-धीरे हर चीज के रंग को बदलते हुए देखा। आखिरकार वह लम्हा भी आया, जब हर चीज गहरे अंधकार में खो सी गई और कुछ भी नजर आना बंद हो गया। इस गहरे घने नील जल में डॉ. बीबे ने हलकी रोशनियां देखीं। उन्हें पता था कि ये रोशनियां उन समुद्री मछलियों एवं जीवों की वजह से थीं, जो अपने अंदर से इस अद्‌भुत प्रकाश को छोड़ रहे थे। ये विचित्र चमकने वाले जीव बैथिस्फेयर के आसपास तैर रहे थे। इनके शरीर से फूटने वाला प्रकाश कभी जलता, तो कभी स्वतः ही बंद हो जाता। डॉ. बीबे ने बैथिस्फेयर की सर्चलाइट को चालू कर दिया। उन्होंने उसके प्रकाश में सैकड़ों 'ऐरो वॉर्म्स' (एक तरह के नन्हे-नन्हे समुद्री जीव) को देखा।

इन नन्हे जीवों की उपस्थिति उस घने बादल के समान थी, जो सैकड़ों छोटे-छोटे बमों के एक साथ फूटने पर उत्पन्न हो जाया करता है। सागर में तीन सौ मीटर नीचे 'फ्लाइंग स्नेल' (एक समुद्री जीव) का एक विशाल झुंड तैरता हुआ मिला। अचानक डॉ. बीबे की नजर एक विशाल साए पर पड़ी। काले रंग में रंगा यह साया सवा मीटर से भी ज्यादा लंबा था। डॉ. बीबे ने शीघ्रता से सर्चलाइट को बंद कर दिया, परंतु उन्हें यह देखकर निराशा हुई कि उस विशाल मछली के शरीर से प्रकाश प्रस्फुटित नहीं हो रहा था।

डॉ. बीबे ने एक बार फिर सर्चलाइट को चालू कर दिया। लाइट की रोशनी में दोनों ने एक के बाद एक अनेक मछलियों को देखा और पाया कि गहरे समुद्र में जीवन संबंधी उनके पहले के अनुमान कितने गलत थे। यहां गहरे अंधकार में उनकी आशा के विपरीत जीवन चारों तरफ बिखरा पड़ा था।

डॉ. बीबे यहां तीन सौ मीटर नीचे तैर रही कई मछलियों से परिचित थे। ये मछलियां अधिकांशतः सागर की सतह पर देखी जाती थीं। आश्चर्य तो इस बात पर था कि सतह पर, जहां दबाव करीब एक किलोग्राम प्रति वर्ग से.मी. होता है, तैरने वाली ये मछलियां यहां इस गहराई में, जहां दबाव चालीस किलोग्राम प्रतिवर्ग से.मी. से भी ज्यादा था, कैसे बिना किसी मुश्किल के तैर रही थीं!

बैथिस्फेयर अब तीन हजार मीटर नीचे गहराई में था। तब भी कई प्रकाशमान जीव यहां-वहां तैर रहे थे। डॉ. बीबे ने सर्चलाइट थोड़ी देर के लिए बंद कर दी, वह अपनी

खिड़की से बाहर देख रहे थे, तभी मानो किसी ने उनकी खिड़की पर रोशनी का धमाका-सा किया। इस अद्भुत रोशनी के धमाके को देखकर डॉ. बीबे आश्चर्यचकित हो गए। यह क्या था? इस बारे में कुछ न जान सके। बैथिस्फेयर नीचे और नीचे जा रहा था। समुद्र की इस गहराई में डॉ. बीबे ने एक 'ऐंगलर फिश' देखी। इस मछली की नाक के एक सिरे से पतली छड़ नुमा एक अंग निकला हुआ था। इस अंग विशेष का आखरी सिरा बड़े ही चमत्कारी ढंग से प्रकाशमान था। मछली अपने अंग विशेष पर मौजूद प्रकाश की सहायता से छोटी मछलियों को आकर्षित कर उनका भक्षण कर रही थी।

समुद्र की अकूत गहराई में साढ़े चार हजार मीटर नीचे पहुंचने पर डॉ. बीबे ने एक बार पुनः सर्चलाइट चालू कर दी। इस बार एक बड़ी ही विलक्षण मछली देखी। पानी में आराम से तैर रही यह मछली विज्ञान के लिए सर्वथा नया जीव थी। मछली पूर्णतः रंगहीन थी। ऐसा लग रहा था, मानों हलका भूरापन लिए कोई पीला कपड़ा तैर रहा है। उस अनंत गहराई में जहां सूर्य का प्रकाश भी दुर्लभ था, डॉ. बीबे उस मछली को देखकर भौंचक्के रह गए। उस मछली का नाम 'द पॅलिड सेलफिन' (पॅलिड अर्थात् उड़े रंग वाला या जिसका रंग फीका हो चुका हो) रख दिया। फिर और नीचे, सर्चलाइट की सीमा से परे कुछ अजीब होने का आभास हुआ। डॉ. बीबे ने अपनी आंखों पर जोर देकर देखने की चेष्टा भी की, पर सब बेकार। वह जो कुछ भी था, बैथिस्फेयर के नजदीक आने को तैयार न था।

बैथिस्फेयर में बैठे वे और नीचे गहराई में जाते रहे। हरेक कुछ क्षणों बाद वे अपनी सर्चलाइट बंद कर देते और बैथिस्फेयर में लगे टेलीफोन की मदद से ऊपर जहाज में बैठे अपने साथियों को सागर की गहराइयों में छिपे इस रहस्यमय संसार के बारे में बताते। बड़ी अजीब बात थी कि सागर की अनंत गहराई में रहने वाले ये जीव सर्चलाइट के प्रकाश से भयभीत

नहीं थे और तो और वे इससे प्रभावित भी न थे। यह अलग बात थी की उन सबकी आंखें थीं और कुछ की आंखें तो वाकई बड़ी थीं। इनमें से कुछ जीवों के पास उनकी खुद की प्रकाश व्यवस्था थी, जिसकी मदद से वे अपने कार्य को बखूबी अंजाम दे रहे थे। जब भी बैथिस्फेयर की सर्चलाइट को बंद कर दिया जाता, तो इन असंख्य प्रकाशमान जीवों के शरीर से निकलने वाला प्रकाश रात्रि में तारों-सा समां बांध देता था।

तीन घंटे से भी ज्यादा समय समुद्र की गहराइयों में बिताने के बाद डॉ. बीबे एवं बार्टन वापस ऊपरी सतह पर पहुंचे। दोनों बैथिस्फेयर की मजबूती की वजह से सही-सलामत थे। दोनों ने सागर की गहराइयों में जो कुछ भी देखा था, उसे अपने साथियों को बताने लगे। ऐसा लग रहा था, मानो वे एक अद्‌भुत एवं सर्वथा नई दुनिया से वापस आए हों। अगले कुछ दिनों तक दल ने जालों की मदद से ऐसे अनगिनत जीव-जंतुओं को बाहर निकाला, जो डॉ. बीबे ने देखे थे और जिनके बारे में उन्होंने बैथिस्फेयर में मौजूद टेलीफोन से बताया था।

दल ने अगली बार बैथिस्फेयर को और गहरे उतारने का निश्चय किया। गिरारी पर मौजूद केबल के अनुसार यह गोता करीब आठ सौ मीटर गहरा होना तय था। एक बार फिर डॉ. बीबे सागर की उस गहराई में मौजूद उन विलक्षण जीवों को देखकर मोहित होने लगे। आठ सौ मीटर की उस गहराई में भी अनेक जीवों को हरकत करते देखना वाकई एक अविस्मरणीय दृश्य था। बैथिस्फेयर ने निश्चित तौर पर विज्ञान की आंखों को एक नए संसार के दर्शन करवा दिए थे। वैज्ञानिकों ने देखा कि समुद्र के भीतर का जीवन ज्यादा सहिष्णु है और उससे भी कहीं ज्यादा खूबसूरत है। उन्होंने सीखा कि जहां सूरज का प्रकाश भी नहीं पहुंचता, वहां भी प्रकृति ने अपने खुद के प्रकाश की व्यवस्था कर रखी थी। ये प्रकाश स्तंभ एक या दो नहीं, बल्कि हजारों की तादाद में मौजूद थे। उन्हें देखकर ऐसा लगता था, मानो वे आकाश में मौजूद असंख्य तारों को निहार रहे थे। मछलियां, जिनके दांतों से रोशनी फूट रही थीं, मछलियां, जिनके शरीर पर तंतुओं की मदद से रोशनी लटक रही थी, मछलियां जिनके शरीर के दोनों तरफ छोटी-छोटी खिड़कियों की तरह प्रकाश फूट रहा था और वे अद्‌भुत एवं रहस्यमय जीव, जो अपने शरीर से रोशनी का बादल एक धमाके की तरह छोड़ते थे। कहने का तात्पर्य यह है कि सभी कुछ अजीब, अद्‌भुत और आनंदित कर देने वाला था।

डॉ. बीबे रोशनी के इन धमाकों को बड़ी मोहकता से निहार रहे थे। वे ठोस स्फटिक की उस खिड़की से बाहर देख रहे थे कि तभी कोई चीज उनकी उस खिड़की से आ टकराई और अगले ही क्षण उनकी वह खिड़की प्रकाश से नहा गई, बाहर पानी में मानो रोशनी का एक बादल-सा छा गया। डॉ. बीबे ने गौर से देखा कि उस रोशन पुंज के ऐन बीचों-बीच एक विशाल झींगा डरा-सा दौड़ लगा रहा था। आखिरकार डॉ. बीबे को उन

धमाकेदार रोशनियों का रहस्य समझ में आ गया। जब भी उस विशेष तरह के झींगे को खतरा महसूस होता या कोई उस पर हमला करता, तो वह तुरंत ही रोशनी का एक बादलनुमा धमाका-सा कर देता। उससे निकलने वाली रोशनी किसी चमकदार धुएं की परत की तरह ही होती।

समुद्र की अतल गहराइयों की वह यात्रा चलती रही। कभी कुछ मोहक, तो कभी कुछ रहस्यमय, कभी कुछ सर्वथा अनदेखा, तो कभी कुछ अजीबो गरीब। बैथिस्फेयर नौ सौ मीटर नीचे पहुंच चुका था। चारों तरफ घना एवं गहरा अंधेरा-ही-अंधेरा था। सागर के इस गहरे अंधकार में अगर कुछ रोशन था, तो उसमें विचरने वाले जीवों का रहस्यमय प्रकाश। बैथिस्फेयर नीचे जा रहा था और उसमें बैठे सागर की अनंत गहराई के वे पहले दृष्टा बड़ी ही मोहकता से उन विलक्षण नजारों को निहार रहे थे।

–हाफ माइल डाउन बिलो, डॉ. बीबे डिपार्टमेंट ऑफ
ट्रोपिकल रिसर्च इन सी क्रीचर्स, यू. एस. ए.

6. साहसिक बैलून गाथा

ब्रिटेन में विकसित एक गुब्बारा 'ब्रिटलिंग आर्बिटर-3' पीसा की झुकी हुई मीनार जितना ऊंचा था और इतना बड़ा कि उसमें ओलंपिक के सात तरणताल समा जाएं, इसने हवाई यात्रा के इतिहास में एक नया वीरतापूर्ण अध्याय जोड़ा।

ब्रिटेन के 51 वर्षीय ब्रियन जोंस और स्विट्ज़रलैंड के 41 वर्षीय बर्टेण्ड पिकर्ड इस विशाल 55 मीटर ऊंचे गुब्बारे में सवार थे। यह टीम इस गुब्बारे से 46759 किलोमीटर लंबी विश्व-यात्रा मात्र 19 दिनों में पूरी करने का रिकार्ड बनाकर मिस्र के रेगिस्तान में स्थित एक नखलिस्तान के पास उतरी थी। दरअसल वे अपने इस गुब्बारे को मिस्र के पिरामिडों के पास उतारना चाहते थे, किंतु हवाएं उन्हें उनकी मंजिल से दक्षिण-पश्चिम की ओर उड़ा ले गईं। इस उड़ान का नियंत्रण और इसकी निगरानी जेनेवा स्थित इसके नियंत्रण केंद्र से की जा रही थी। नियंत्रण केंद्र में बैठे सदस्यों ने जब देखा कि यात्रा सफलता पूर्वक पूरी हो गई है, तो वे झट शैम्पेन की बोतलें खोलकर बैठ गए। सारी दुनिया से बधाई के संदेश आने लगे, जिनमें महारानी एलिजाबेथ द्वितीय, ड्यूक ऑफ एडिनबरा और प्रधानमंत्री टोनी ब्लेयर के भी शामिल थे।

नखलिस्तान में गुब्बारे के उतरने के कुछ घंटे बाद चालक सदस्यों को मिस्र के एक हेलीकाप्टर ने मट नामक शहर की सैर कराई, जहां इनका गर्मजोशी से स्वागत किया गया। अभिनंदन की इस गहमा-गहमी में भी ब्रिटेन का पायलट अपनी थकान मिटाना नहीं भूला और उसने सबसे पहले संतरे के रस की फरमाइश की।

मौसम अच्छा होने से गुब्बारे को जमीन पर उतारने में उन्हें कोई परेशानी तो नहीं हुई, लेकिन जमीन छूते ही न जाने क्या हो गया कि 'ब्रिटलिंग आर्बिटर-3' धरती पर लेट गया, जबकि हवाओं ने उसे उठाना शुरू कर दिया, जिससे गुब्बारे के चारों ओर दौड़कर चाकू से छेद करने पड़े, नहीं तो यह न जाने किस रेगिस्तान में घिसटता हुआ कहां तक चला जाता।

बाद में वहां से दोनों चालकों को विमान से 480 किलोमीटर दूर काहिरा ले जाया गया, वहां भी उनका जोरदार स्वागत हुआ। काहिरा से वे जेनेवा के लिए विमान में सवार हुए, जहां बतौर हीरो स्वागत करने के लिए इंतजार किया जा रहा था। यहां उन्होंने पत्रकारों

को अपनी रोमांचक यात्रा की कहानी सुनाई। जोंस के सामने एक भावुक क्षण भी उपस्थित हो गया। उसकी 45 वर्षीया पत्नी जोआना सामने आकर खड़ी हो गई। जोआना भी बैलूनिस्ट है। जेनेवा के नियंत्रण कक्ष में बैठकर वह पति का मार्गदर्शन कर रही थी।

1 मार्च, 1999 को स्विट्जरलैंड की एल्पस पर्वत मालाओं में स्थित एक गांव 'शैतो द ईम्स' से अपने जीवन की जमीनी सच्चाइयों से दो-चार होने में इन दोनों चालकों को कुछ समय लगा।

लेकिन जोंस ने यह भी महसूस किया कि कोई अदृश्य शक्ति थी, जो गुब्बारे को सबसे कठिन क्षणों में से भी बेदाग निकाल देती थी। यह कुछ वैसे ही था, जैसे कोई अदृश्य हाथ हमारी मदद कर रहा हो। खासतौर से यह बात तब अनुभव हुई, जब हम प्योरिटोरिको को छोड़ रहे थे।

जोंस ने बताया कि उस समय उनको लगा कि गुब्बारे में भरा ईंधन खत्म होने को है और नहीं लगता है कि वे अटलांटिक महासागर को पार कर पाएंगे। "हमने अटलांटिक आधा ही पार किया था और हम बड़ी बेचैनी से ईंधन का हिसाब लगा रहे थे कि कितना बचा है और क्या हम अफ्रीकी समुद्र तट तक पहुंच सकेंगे। पहुंच भी गए, तो क्या हम अपनी यात्रा की आखिरी सीमा से परे निकल सकेंगे? जब वह हिसाब-किताब और उधेड़-बुन में लगा था और अपने सिर के ऊपर के जी पी एस प्रणाली को पढ़कर यह जानने की कोशिश कर रहा था कि पृथ्वी पर हमारी वास्तविक स्थिति कहां है, रफ्तार कैसी है, तब क्या देखता है कि अचानक रफ्तार तेज होने लगी, बड़ी तेजी से 50 से 60 से 70, 80, 90।

यह कहते हुए जोंस का गला भर्रा गया। वह बोला, बस, मैंने गणनाएं पूरी कर डाली और समझ गया कि अब हमें गुब्बारे को ऊपर चढ़ाने की जरूरत नहीं, क्योंकि उससे भी ऊंचा कोई और है, जो अपना करतब दिखा रहा है। हम लोग 240 किलोमीटर प्रति घंटा की गति से उड़ रहे थे और विश्वास कीजिए कि गुब्बारे के लिए यह रफ्तार बहुत तेज मानी जाती है।

जोंस के सहचालक बट्रेण्ड पिकर्ड ने भी इस बात की पुष्टि की। पिकर्ड मनोविज्ञान में योग्यता प्राप्त तीन बच्चों के पिता हैं। उसने बताया कि उसे भी यह लगा कि इस ऐतिहासिक उड़ान को जैसे कोई अदृश्य शक्ति बढ़ा रही है। नहीं तो प्रशांत महासागर के ऊपर उठते प्रचंड तूफानों में से हम इस तरह सुरक्षित कैसे निकल पाते! कभी तूफान दाएं से तो कभी बाएं से गुजर जाता था, लेकिन अभी कोई बवंडर ठीक हमारे सामने नहीं आया।

दोनो चालक 'ब्रिटलिंग आर्बिटर-3' गुब्बारा उड़ाते हुए उत्तरी अफ्रीका, सउदी अरब, भारत, चीन, प्रशांत महासागर, मैक्सिको और अटलांटिक के ऊपर उड़ाते हुए अंत में

मिस्र ले गए, जहां उन्होंने अपनी इस विश्व यात्रा का समापन किया। हालांकि वे जहां उतरना चाहते थे, वहां नहीं उतर पाए, क्योंकि दक्षिण-पश्चिमी हवाएं उन्हें मंजिल से दूर उड़ा ले गई थीं।

इस साहसिक यात्रा पर जाने के पहले गुब्बारे की विधिवत जांच की गई थी। चालक ब्रियन जोंस तथा बट्रेण्ड पिकर्ड की भी यह जानने के लिए कठोर परीक्षा ली गई थी कि उनमें कितनी हिम्मत और कितना धीरज है। वास्तव में इस गुब्बारे में अनेक तकनीकी खूबियां थीं। गुब्बारा तथा उससे जुड़े उपकरण पश्चिम इंग्लैंड में ब्रिस्टल स्थित कैमरून बैलून्स कंपनी ने बनाए थे।

विश्व रिकार्ड बनाने वाले इस गुब्बारे के दोनों चालकों के बैठने के स्थान का निर्माण ब्रिटेन की एक अन्य कंपनी डब्लू एंड जे टॉड लिमिटेड ने किया था। निर्माण के बाद इसकी कड़ी परीक्षा की गई। इस कंपनी ने गुब्बारे की सुरक्षित उड़ान और लेंडिंग को नया आयाम देकर एयरोनॉरिक इंजीनियरिंग का विश्व रिकार्ड बनाया।

इस बैलून गाथा के पीछे इतनी तैयारी और इतने लोग रहे कि सबका ब्योरा देना मुश्किल है। इस ऐतिहासिक यात्रा के बारे में दो बच्चों के पिता जोंस ने उन सभी विशेषज्ञों के प्रति आभार व्यक्त किया, जिनके कारण यह अभियान संभव हो पाया। जोंस स्वयं गुब्बारे का गंडोला बनाने में शामिल थे।

जेनेवा के हवाई अड्डे पर विमान खड़े करने के हैंगर स्थल पर संपन्न इनके स्वागत समारोह में पत्रकार-लॉबी खचाखच भरी हुई थी। जोंस ने पत्रकारों को बताया, "जमीन पर हमारी निगरानी में लगे लोगों और मौसम विशेषज्ञ की मदद के बगैर यह उड़ान सफल नहीं होती।"

उड़ान भरने के चार दिन बाद ही पिकर्ड को गुब्बारे के बाहर आकर उसके चंदोवे पर जमा बर्फ के लंबे-लंबे टुकड़े हटाने पड़े।

इससे भी अधिक जोखिम भरा अनुभव उस समय हुआ, जब वे दक्षिण अमेरिका पर 11 किलोमीटर ही अंदर आए थे कि हलके से बवंडर में घिर गए। हवा एकदम ठंडी हो गई और उन्हें थोड़ी देर के लिए सांस लेने में कठिनाई होने लगी, लेकिन उनका प्रशिक्षण और उपकरण दोनों ही यहां काम आए और इस कठिनाई को भी पार कर गए।

गुब्बारे में चालकों के लिए ऐसी व्यवस्था की गई थी कि उसकी नियंत्रण प्रणालियों को बारी-बारी से दोनों चालक संभालें और छह-छह घंटे की पारी में काम करें। इस तरह चालक दल के सदस्यों में से हर एक को रात की पारी में हाथ बंटाने का बराबर मौका मिला था।

—नेशनल ज्योग्राफिक.कॉम, एन जी एम ए ओ एल. कीवर्ड : नेटज्योमैग

7. आदमखोर का शिकार

अगर कभी आप चिड़ियाघर जाएं और बाघ के पिंजरे के पास खड़े होकर इस बेहतरीन और सर्वश्रेष्ठ शिकारी पशु को शान से चलते हुए देखें, यदि जम्हाई लेते हुए इसके उन दांतों को देखें, जो जबड़ों की एक हरकत से दैत्याकार भैंसे को मार देते हैं, या फिर आप इसे अपने पिछले पैरों को हलकी-सी हरकत देकर उछाल लेते हुए देखें, तो निश्चित है कि आप इस बात को लेकर पूर्णतः संतुष्ट एवं निश्चिंत होंगे कि आपके इलाके में कोई नरभक्षी बाघ घूम रहा है।

भारत अनगिनत बाघों का बसेरा है। यहां मौजूद बाघों में से कोई एक कभी-कभार नरभक्षी बन जाता है। बाघ के नरभक्षी बनने के कारणों के पीछे किसी हादसे में उसके जबड़े या पिछली टांगों के जख्मी हो जाने की एक अहम भूमिका होती है, फिर इसी वजह से वह भैंसे एवं हिरन सरीखे अपने प्राकृतिक आहार से विमुख हो जाता है। हादसे का कारण जो भी हो, परंतु यह तय है कि ऐसे हादसों के बाद बाघ अपनी स्वाभाविक शैली में आक्रमण, छलांग एवं शिकार को मारने के लिए अपने दांतों का प्रयोग नहीं कर पाता। लंगड़ा अथवा घायल बाघ इस तरह कमजोर एवं आसान शिकार मनुष्य की तरफ आकर्षित होने लगता है।

एक नरभक्षी बाघ का आतंक कई सौ वर्ग किलोमीटर के दायरे में फैल सकता है। वह जिस-जिस इलाके से गुजरता है, वहां-वहां वह अपना आधिपत्य स्थापित करता जाता है। कहीं किसी आदमी को नोचा, तो कहीं किसी औरत को, या फिर कहीं किसी बच्चे को। बीतते समय के साथ-साथ इस हत्यारे के हौसले और भी बुलंद होते जाते हैं और तब यह और भी सफाई से अपने कारनामों को अंजाम देने लगता है। दिन हो या रात, इसके शिकार का सिलसिला थमता नजर नहीं आता। अपने इस खतरनाक अभियान के समय इसकी फुर्ती एवं इसको पकड़ने के लिए बिछाए गए जालों से अपने बचाव एवं मानव शिकारियों से छिपते-छिपाते अपने कारनामों को अंजाम देने की इसकी शैली इसे किसी तिलिस्म का अजूबा बनाती नजर आती है। ऐसे आदमखोर दैत्यों का शिकार करने के लिए जंगल के जोखिम-भरे नियम सीखने पड़ते हैं। उसे पक्का निशानेबाज एवं तुरंत निर्णयशील बनना पड़ता है। इसके साथ ही साथ उसमें संबंधित इलाके की धैर्यपूर्ण टोह लेने की गज़ब की क्षमता होनी चाहिए।

इन सभी खूबियों से लैस ऐसी ही एक शख्सियत थे कर्नल 'जिम कॉर्बेट'। उन्हें उत्तरी भारत के जंगलों एवं वहां के भू-भाग की संपूर्ण जानकारी थी। उनका यह ज्ञान इतना सटीक था, जैसे किसी व्यक्ति को अपने बाग या बगीचे का होता है। वह बाघ के ऐसे पद-चिह्न, जिन्हें हम और आप शायद ही देख पाएं, को देखकर बता देते थे कि वहां से

होकर गुजरने वाला वो बाघ जवान था या बूढ़ा, नर था या मादा, घायल था या तंदुरुस्त। जंगल से गुजरने वाले किसी बाघ के रास्ते का पता जंगल में मौजूद हिरनों, बंदरों एवं चिड़ियों की चहचहाहट से लगा लेते थे और तो और वह जंगल में कुचली हुई घास को देखकर यहां तक बता देते थे कि मिनटों पहले कोई बाघ वहां से होकर गुजरा था।

एक और खूबी इन सबसे विलक्षण थी, वह थी अतींद्रिय पूर्वाभास की शक्ति। यह वह शक्ति थी, जो कर्नल को आने वाले खतरों का पूर्वाभास करा देती थी। एक दिन जब वह जंगल की एक राह से होकर अपने शिकार (बाघ) की तलाश में गुजर रहे थे कि तभी उनकी अतींद्रिय शक्ति ने मानो उन्हें चेतावनी-सी दी। कर्नल 'जिम' तुरंत संभल गए, क्योंकि वह जान गए थे कि कहीं-न-कहीं छिपा हुआ उनका शिकार आदमखोर बाघ उन पर नजरें गड़ाए था। यह तय था कि वह उनसे कुछ ही कदम दूर था।

खतरे की गंभीरता को समझते हुए 'जिम' दम साध कर अविचल, स्थिर हो गए और अपने आस-पास की जगह का मुआयना करने लगे। जिम के सामने की तरफ एक टीला था, जिसके नीचे की तरफ का इलाका एक घाटी था। घाटी भारतीय वन्य पशुओं एवं वन्य संपदा से भरपूर थी। इस टीले की दूसरी तरफ एक फर्न (एक जंगली झाड़ी) की आड़ में एक भैंस का कंकालनुमा शव पड़ा था। यह जिम की तलाश का आखिरी सिरा था, क्योंकि जिस आदमखोर बाघ की वह हफ्तों से तलाश कर रहे थे, उसने बीती रात ही न सिर्फ एक भैंस का शिकार ही किया था, वरन वह उसे खींच कर यहां तक ले आया था। बाघ द्वारा मारी गई वह भैंस इस बात की प्रमाण थी कि शिकार करने वाला वह आदमखोर भी आस-पास ही कहीं था। यही वह खतरा था, जिसका पूर्वानुमान जिम की अतींद्रिय शक्ति ने करवा दिया था।

अगले कुछ ही क्षणों बाद झाड़ियां खड़खड़ाईं और फिर उनमें से वह आदमखोर बाहर निकला। बाघ अब टीले के ऊपर चढ़ रहा था। जिम ने बिना कोई देरी किए अपनी राइफल संभाली और तुरंत निशाना साधकर गोली चला दी। एक धमाका हुआ और बाघ पीछे की तरफ लुढ़कने लगा। लुढ़कते एवं गुर्राते हुए बाघ को देखकर जिम इस बात के बारे में सोच रहे थे कि थोड़ा संभलने के बाद उसी नरभक्षी का अगला कदम क्या होगा? क्या होगा, जब वह दैत्य लुढ़कना बंद करके अपने पैरों पर खड़ा होगा?

तभी जिम ने देखा कि आदमखोर टीले की आधी ढलान तक लुढ़कने के बाद संभल गया। उसका गुर्राना बंद हो चुका था। ऐसा लग रहा था, मानो उसे कुछ हुआ ही न था। देखते-ही-देखते आदमखोर टीले पर चढ़ जिम की नजरों से ओझल हो गया। जिम को बाद में पता चला कि उनके द्वारा चलाई गोली आदमखोर की एक टांग के मांस को उधेड़ती हुई पास की एक चट्टान से टकरा कर पुनः उसके जबड़े को घायल करती हुई निकल गई थी। इस सारी मशक्कत में बाघ को कोई विशेष नुकसान न हुआ था। खैर, घटना के समय तो जिम ने यह अंदाजा लगाया था कि घाव छोटा ही होगा और बाघ घाटी की तरफ निकल गया होगा। इस तरह नरभक्षी की कहानी को खत्म करने का मौका हाथ से निकल गया।

अगली सुबह जिम ने एक बार फिर उस भैंस के शव का मुआयना किया, क्योंकि ऐसा करके वह उस आदमखोर का सुराग पा सकते थे। जिम को यह देखकर आश्चर्य हुआ कि भैंस के शव के आस-पास बाघ के आने एवं जाने को इंगित करने वाले अनेक पद्-चिह्न थे। यही नहीं, शव को खाए जाने के निशान भी स्पष्ट दृष्टिगोचर हो रहे थे। यह वाकई आश्चर्यजनक बात थी कि घायल बाघ अपने घावों से बेखबर एक बार पुनः उस स्थान पर आकर अपने मृत शिकार को चबा गया था। जिम को अहसास हो गया कि आदमखोर वाकई बड़ा दुस्साहसी था।

जिम ने अब एक ऐसी चाल चलने का निश्चय किया, जो तकरीबन आधी जिंदगी जंगलों में गुजारने के बाद सीखी थी। उन्होंने अपने अनुभवों से सीखा था कि एक घायल एवं जख्मी बाघ किसी दूसरे बाघ की दहाड़ सुनने पर अवश्य ही उसके जवाब में दहाड़ता है। हालांकि जिम नहीं जानते थे कि ऐसा क्यों होता था? परंतु अनुभवों ने इस बात को सच साबित किया था। अपनी बंदूक संभाले जिम ने अब इसी तरीके से काम लेने का फैसला किया।

अपने फेफड़ों में पूरी हवा भरने के बाद जिम ने बाघ की आवाज की हूबहू नकल करते हुए एक जोरदार दहाड़ मारी। अगले ही पल टीलों की तरफ से आदमखोर ने दहाड़ का जवाब अपनी दहाड़ से दिया। जिम ने एक और दहाड़ मारी। दहाड़ इतनी परिपूर्ण थी कि सुनने वाला कोई भी इस बात की कसम खा सकता था कि उसने किसी बाघ की शानदार एवं चुनौती भरी दहाड़ सुनी थी। एक बार फिर आदमखोर ने जिम की दहाड़ का प्रत्युत्तर अपनी दहाड़ से दिया। इस तरह से दहाड़-दर-दहाड़ वे दोनों (जिम और आदमखोर (बाघ) एक-दूसरे को जवाब देते रहे, परंतु इतना सब होने के बाद भी आदमखोर अपने छिपने के स्थान से बाहर नहीं आया। जिम ने अंदाजा लगाया कि शायद वह दिन के भरपूर उजाले में सामने नहीं आना चाहता था। लिहाजा उन्हें कुछ और सोचना पड़ेगा।

गोली से घायल होने के बावजूद बाघ अपने मृत शिकार तक आया था। जिम ने सोचा कि शायद वह एक बार फिर ऐसा ही करे। यह जिम के लिए कोई नई बांत न होती। अकसर ऐसा होता कि जिम मृत शिकार के पास स्थित किसी पेड़ पर चढ़कर संबंधित शिकारी के रात में आने का इंतजार करता। बाघ के शिकार का यह तरीका यद्यपि पढ़ने-सुनने में आसान लगता होगा, तथापि जानने वाली बात तो यह है कि ऐसे तरीके किसी भी लिहाज से आसान नहीं होते। ऐसे मौकों पर अकसर शिकारी अकेला ही होता है। दो व्यक्तियों के होने से ज्यादा शोरगुल होने और एक-दूसरे को देखकर ज्यादा बेचैन होने की आशंका होती। खैर प्रथम तो जिम को एक पेड़ ढूंढ़ना था। काफी कोशिशों के बाद भी जिम को ऐसा कोई उपयुक्त पेड़ नजर नहीं आया कि जहां से उसे वह मृत भैंस स्पष्ट नजर आ सके। आखिर उन्हें एक ऐसे पेड़ से संतुष्ट होना पड़ा, जहां से वह उस छोटी-सी घाटी के मुहाने को देख सकते थे और जिसके बारे में जिम को पूर्ण विश्वास था कि हो-न-हो आदमखोर रात में वहीं से आएगा। मौका मुआयना करने के बाद जिम रात की सभी तैयारियों को पूर्ण रूप देने के उद्देश्य से पास ही स्थित गांव की ओर रवाना हो गया। रात के इंतजामों में अपने लोगों को सभी संभावित बातें बताने के अलावा वे जिम को अगली सुबह किस तरह से इशारा करेंगे यह सब शामिल था।

उस शाम जैसे ही सूर्य अस्त होने के कगार पर पहुंचा, जिम पेड़ की एक शाखा पर जा बैठे। यह शाखा जमीन से दो मीटर की ऊंचाई पर थी। अभी जिम उस डाल पर बैठे ही थे कि लंगूर प्रजाति का एक बंदर खतरे की सूचना देने के अंदाज में चीख उठा। जिम ने लंगूर की उपस्थिति को चिह्नित करने के उद्देश्य से अपनी नजरें घाटी में मौजूद पेड़ों पर दौड़ानी शुरू की। लंगूर अब भी चीखे जा रहा था। शीघ्र ही जिम को वह लंगूर एक पेड़ की ऊपरी शाखा पर बैठा नजर आ गया। ऐसा लग रहा था, मानों लंगूर सीधे जिम को ही घूर रहा हो। अवश्य ही लंगूर ने उन्हें कोई चीता समझ लिया था, क्योंकि लंगूरों के लिए तो चीते साक्षात मौत का ही पैगाम होते हैं। लंगूर फिर रात को पूर्ण अंधेरा होने तक चीखता ही रहा।

जिम अंधकार में इंतजार करते रहे। इंतजार का आंखों और कानों पर पल-प्रतिपल दबाव बढ़ता ही जा रहा था। कुछ दिखाई नहीं दे रहा था, सिवाए तारों के, कुछ सुनाई नहीं दे रहा था, सिवाए जंगल की भिनभिनाहट के, जो अकसर रात के जंगल में एक अजीब से संगीत के समान सुनाई देती है।

फिर अचानक ही जिम की चेतना ने जैसे काम करना शुरू कर दिया। इंद्रियां चुस्त हो गईं और दिल धड़कने लगा था। टीले की ऊंचाई से लुढ़कता हुआ एक पत्थर उस पेड़ के तने से आ लगा, जिस पर जिम बैठे थे। कुछ ही क्षणों बाद एक नर्म, किंतु वजनी धप्प की आवाज आई। बाघ आ चुका था, परंतु उसके आने का रास्ता वह न था, जो जिम ने सोचा था। आदमखोर टीले से नीचे उतरता हुआ सीधे उस पेड़ की तरफ आ

रहा था, जिस पर जिम बैठे हुए थे। कानों में एक गहरी एवं गुस्सैल गुर्राहट गूंज उठी। परिस्थितियों ने एक खतरनाक मोड़ ले लिया था।

उस लंगूर का चीखना जिम की समझ में आ गया था। वस्तुतः उनके लंगूर की नजर पूरे समय उस बाघ पर ही थी और खासकर उस समय जब बाघ जिम को पेड़ पर चढ़ते हुए देख रहा था। यह बाघ आदमखोर था। एक ऐसा दैत्य जिसके दिलो-दिमाग से लोगों अर्थात् इनसानों का डर जाता रहा था और जो आज से पहले रातों को भीड़-भरे गांवों में किसी खुले दरवाजे की टोह लेता फिरता रहा था। यह वह बाघ था, जो एक दिन पहले जख्मी हो गया था और अब गुस्से में उस पेड़ की तरफ बढ़ रहा था।

अब जिम की बारी थी। जमीन से दो मीटर की ऊंचाई पर बैठे जिम जानते थे कि वहां बैठा रहना किसी भी तरह से सुरक्षित नहीं था। बाघ अपने पिछले पैरों पर खड़ा होकर उनके टखनों में अपने दांत गड़ा कर एक दर्दनाक मौत की तरफ खींच सकता था। जिम ऐसे गुस्सैल बाघों पर इतनी पास से गोली मारने के खतरनाक परिणामों से परिचित थे। कई अच्छे शिकारी अंधेरे में इस तरह गोली दागने के परिणाम स्वरूप उन खतरनाक जानवरों के खूंखार पंजों एवं दांतों की बदौलत मारे जा चुके थे, परंतु फिर भी यह संभव नहीं था कि वह वहां बैठकर आदमखोर का इंतजार करें कि कब वह आए और टखनों में अपने दांत गड़ा दे। अतः जिम ने अपनी बंदूक पर मौजूद सेफ्टी कैच को खोल दिया। और बंदूक घुमाकर अपनी बांह और पसलियों के बीच कर ली। अब यदि बाघ ऊपर ऊंचाई पर पहुंचता भी, तो पहले उसकी मुलाकात बंदूक की उस नाल से होती। जिम अभी अपने अंदाज में जम कर बैठे ही थे कि नीचे से एक दिल दहला देने वाली गुर्राहट गूंज उठी।

दोनों ही अब इंतजार कर रहे थे, बाघ और आदमी, जैसे बिल्ली और चूहा। बाघ कभी कुछ क्षणों के लिए चुप्पी साध लेता, तो कभी वह पेड़ के नजदीक आकर खून जमा देने वाली गुर्राहट में गुर्रा उठता। उसकी वह गुर्राहट नसों में गर्दिश करने वाले गर्म लहू को जमा देने और शरीर पर मौजूद हर बाल को खड़ा कर देने को काफी थी। अंततः जिम ने तब राहत की सांस ली, जब उसने मजबूत जबड़ों की शक्ति के आगे टूटती हड्डियों की आवाजें सुनीं। ये आवाजें इस बात का प्रमाण थीं कि बाघ अब अपने मृत शिकार (भैंस का शव) को नोच रहा था। जिम अपने स्थान पर बैठा चुपचाप सुनते और इंतजार करते रहे।

दूर क्षितिज में हलकी लालिमा लिए हुए आकाश प्रकाशमान होने लगा। रात-भर के इंतजार और थकान से भरे जिम के लिए यह सुबह वाकई सुहानी थी। नजदीक स्थित टीले पर से आदमियों ने उनके बताए तरीके से आवाज दी। इस आवाज को सुनकर उस बाघ का ध्यान भंग हुआ और वह अपना भक्ष्य छोड़कर भाग खड़ा हुआ। यही वह क्षण था, जब जिम ने उसकी एक झलक देखी। बाघ टीले की तरफ भागा जा रहा था।

रात-भर की मशक्कत से सुन्न हुए पैरों को संभालते हुए जिम ने थकी आंखों से राइफल का निशान साधा और घोड़ा दबा दिया। गोली के धमाके ने बाघ को चेता दिया कि मामला कुछ गड़बड़ था। वह एक जोरदार दहाड़ मारी और सीधा उस पेड़ की तरफ बढ़ने लगा जिस पर जिम बैठे थे। अपनी खूंखार निगाहों से जिम को देखते हुए उसने एक और दहाड़ मारी और फिर उसने जिम की तरफ छलांग लगा दी। मौत जिम से क्षणिक दूरी पर ही थी। यही वह पल था, जब एक शांत दिमाग एवं सटीक निशाना जिंदगी एवं मौत के बीच की परिस्थितियां बदल सकता था। जिम की राइफल से एक और गोली निकली और इस बार बाघ के सीने को चीरती हुई उसमें समा गई।

बाघ की छलांग अधूरी ही रह गई और वह गोली के वेग से घूमता हुआ पेड़ के तने से टकराकर ऐन जिम के पैरों के नीचे लुढ़क गया। पेड़ की टक्कर से वह नीचे घाटी की तरफ लुढ़क गया। जिम ने नीचे से आती हुई पानी की आवाज सुनी। स्पष्ट था कि बाघ नीचे किसी जंगली नाले में जा गिरा था। घाटी से तोड़-फोड़ और पानी के छपाकों की

आवाजें आ रही थीं, फिर कुछ क्षणों बाद सभी आवाजें आनी बंद हो गईं। जिम ने नाले के पानी में लाल रंग को देखा।

जिम पेड़ से नीचे उतर आए। उन्होंने अपने सुन्न पड़ चुके पैरों को थोड़ा सहलाया और फिर बाघ के छोड़े निशानों के पीछे-पीछे घाटी की तरफ निकल पड़े। उनके आदमी भी तब तक वहां आ गए थे। वे सभी जिम के कपड़ों पर मौजूद खून के धब्बों को देखकर डर गए, परंतु जिम ने हंसते हुए उन्हें अपने पीछे आने को कहा। वहां से थोड़ी ही दूर घाटी में वह भयानक आदमखोर मृत पड़ा था।

—द मेनईटिंग लेपार्ड ऑफ रुद्रप्रयाग, द टेंपल टाइगर एंड मोर मेनईटर्स ऑफ कुमाऊं, जिम कॉर्बेट

8. मुकाबला जलते तेल से

चारों तरफ खतरे की चेतावनी देने वाले नोटिस लगे थे। 'खतरा : ड्रिलिंग चालू है'। सभी ऑयल मैन (तेल के कुओं पर काम करने वाले कर्मचारी) इस नोटिस की गंभीरता से भली भांति परिचित थे। तेल के कुएं के आस-पास काम करना वास्तव में खतरनाक था। इसके लिए पूर्ण एहतियात बरतना नितांत आवश्यक था। जमीन से कोई 800 मीटर से भी ज्यादा नीचे खुदाई चल रही थी। नीचे मौजूद भारी पत्थर की शिला को काटता हुआ स्टील ड्रिल-बिट धीरे-धीरे अपना काम कर रहा था। पत्थर के नीचे प्राकृतिक गैस का अथाह भंडार मौजूद था। ड्रिल बिट इंच-दर-इंच पत्थर को काटता हुआ अथाह गैस भंडार की ओर बढ़ रहा था। उस चट्टान के नीचे गैस का दबाव बाहर 16 किलोग्राम प्रतिवर्ग से.मी. से भी ज्यादा था। गैस के नीचे तेल था। बीच से खोखली उस ड्रिल पाइप के द्वारा खुदाई किए जा रहे उस छेद में चिकनी चीकट भरी मिट्टी को बराबर डाला जा रहा था। यह आवश्यक भी था, ताकि ड्रिल-बिट द्वारा चट्टान में छेद होने के उपरांत गैस रिसाव को रोका जा सके।

अचानक वह हो गया जिसके लिए सारी सावधानी रखी गई थी। ड्रिल-बिट ने विशाल चट्टान को चीर दिया और सारी तैयारियों एवं सावधानियों को दरकिनार करते हुए भारी दबाव लिए गैस हर बाधा को तोड़ती, चीरती बाहर की ओर फट पड़ी। सतह पर पहुंचते ही गैस ने आग पकड़ ली। आग बड़ी ही खतरनाक स्थिति में थी। सैकड़ों मीटर ऊंची आग की वह तेज लपट किसी विशाल अग्नि के खंभे की तरह नजर आ रही थी।

तीन विशाल लपटों की शक्ल में निकल रही वह आग इतनी गर्म थी कि उसकी गर्मी से इंग्लैंड के दो तिहाई घरों को गर्म रखा जा सकता था। इस विशाल और भयावह आग का कुछ तो किया जाना ही था। इस भीषण आग पर काबू पाने के लिए तत्काल विश्व के सबसे कुशल 'ऑयल फायर फाइटर' (तेल से लगी आग को बुझाने वाला), मॅरोन किनली को बुलाया गया। शीघ्र ही मरोन किनली घटना स्थल पर आ पहुंचा। उसने अपनी अनुभवी निगाहों से घटना स्थल का मुआयना किया और अपना पहला आदेश, "गीले हो जाओ" कह सुनाया। किनली का इतना कहना ही काफी था। दल शीघ्र ही हरकत में आ गया और उसने अपने हौजों का मुंह खोला दिया। सबसे पहले तो दल ने किनली की विशेष रूप से निर्मित 'मोबाइल फायर केनोपी' (एक विशेष ओट, जिसकी आड़ में किनली द्वारा ऐसे खतरनाक कामों को अंजाम दिया जाता) को पानी से तर किया। यह केनोपी या बचाव के लिए इस्तेमाल होने वाली ओट, ठोस स्टील एवं अग्निरोधी ऐसबेस्टस से बनी थी। अपनी इस विशेष अग्निरोधी ओट में बैठे किनली को एक ट्रेक्टर की मदद से आग के नजदीक सरकाया गया। आग की वजह से उत्पन्न गर्मी की भयंकरता का अनुमान इस बात से लगाया जा सकता था कि जो लोग किनली की विशेष निर्मित ओट पर पानी की बौछार कर रहे थे, ठीक उनके पीछे कुछ और लोग भी थे, जो इन लोगों को गीला रखने के लिए उन पर पानी की बौछार कर रहे थे। दुर्भाग्य से यदि कहीं पानी की सप्लाई रुक जाती, तो ऐसे में किनली का शरीर कोयला बनना तय था।

जल रहे उस तेल कुएं के नजदीक पहुंचने पर किनली ने देखा कि वहां चारों तरफ ड्रिल-पाइप्स बिखरे पड़े थे। इन ड्रिल-पाइपों को किसी भी तरह से वहां से हटाना आवश्यक था। किनली के अगले आदेश पर दल के कुछ लोग उस ठोस स्टील एवं एस्बेसटस निर्मित ओट के पीछे जा खड़े हुए। दल के इन सदस्यों ने बड़े ही योजनाबद्ध तरीके से पिघली मोमबत्ती बन चुके उन ड्रिल पाइपों को एक ट्रेक्टर की मदद से वहां से हटा दिया। अब बारी थी उस डैरिक (ड्रिलिंग को आसानी से करने के लिए तेल कुओं

पर बनाया जाने वाला एक विशाल फ्रेम) की। गैस के रिसाव और फिर उसके आग पकड़ने पर वह डैरिक भी आधे-अधूरे मलबे की शक्ल में बिखरा पड़ा था। यह काम अगर कोई कर सकता था, तो वह था किनली। किनली ने एक दो सौ लीटर क्षमता वाले ड्रम में विस्फोटक सामग्री भरकर उस ड्रम को दो हजार लीटर क्षमता वाले एक टैंक में रखवा दिया। पानी के इस विशाल टैंक को एक बड़े एवं लंबे पाइप से वैल्ड कर दिया और पाइप के खुले सिरे को एक बुलडोजर से जोड़ दिया गया। फिर, किनली के आदेश पर बुलडोजर ने अपनी तरफ के पाइप को आगे धकेलना शुरू किया। पाइप के अगले छोर पर वैल्ड की गई पानी की विशाल टंकी और उसमें मौजूद विस्फोटक पदार्थ से भरे ड्रम ने आगे खिसकना शुरू किया। धीरे-धीरे वह टैंक किनली द्वारा निर्दिष्ट स्थान पर पहुंच गया। किनली ने सबकी सुरक्षा निश्चित की और उसके बाद उसने विस्फोटक का लीवर दबा दिया।

अगले ही पल एक तेज धमाके के साथ डैरिक छोटे-छोटे टुकड़ों में टूट कर आकाश में बिखर गया। धमाका इतना तेज था कि जमीन में दबा कोई 800 मीटर लंबा एवं दस से.मी. चौड़ाई वाला पाइप भी एक झटके के साथ उखड़ कर आकाश की तरफ लपक पड़ा। हालांकि वह पाइप ठोस स्टील से निर्मित थी, तो भी उसकी हालत देखने लायक थी। पाइप बल खाती हुई हवा में उछली और नीचे गिरी, तो कुछ इस तरह से लिपटी पड़ी थी, मानो कोई विशाल सांप कुंडली डाले पड़ा हो।

अब आग एक अकेली लपट के रूप में दिखाई देने लगी थी। आग का यह खंभा कोई तेरह मीटर लंबाई लिए था और इसे बुझाने के लिए किनली ने तय किया कि उसे एक और धमाका करना पड़ेगा, एक तगड़ा धमाका। परंतु यहां एक समस्या थी। उस जलते हुए तेल कुएं के आस-पास की जमीन उस आग की वजह से तप कर लाल हो गई थी

और तय था कि उस वजह से गैस में दुबारा आग लग सकती थी। किनली ने अपनी योजनानुसार उस पूरे स्थान पर लाखों लीटर पानी का छिड़काव शुरू कर दिया। दूसरी तरफ वह खुद जेलीगनाइट का बम बनाने में लग गया।

किनली की विशेष सुरक्षात्मक ओट के सामने की तरफ एक ड्रम लगा दिया गया। इस ड्रम में दो सौ पचास किलोग्राम जेलीगनाइट भरा गया था। अब धीरे-धीरे बम बांधे गए और उसको आग वाले स्थल की ओर सरकाया जाने लगा। पानी की कमान संभाल रहे दल के सदस्यों ने इस विशेष प्रबंध पर बेतहाशा पानी छिड़कना शुरू कर दिया। यह जरूरी भी था, क्योंकि अत्यधिक गर्मी होने पर बम का नियत स्थान एवं समय से पहले ही फट जाने का डर था। सावधानी से सरकता हुआ वह बम आखिर आग की उस विशाल लपट तक पहुंच ही गया और फिर कुछ ही पलों में वह जमीन से तीन मीटर ऊपर ऐन उस लपट के बीचों-बीच जा पहुंचा। हर किसी का दिल रोमांच से भर गया था। न जाने अगले पल क्या होगा? किनली ने एक बार फिर लीवर दबाया। अगले ही पल धरती हिला देने वाली एक आवाज हुई और वह विशाल लपट बुझ गई, मानो किसी ने फूंक मार कर कोई मोमबत्ती बुझा दी।

किसी तेज चीख की सी आवाज मारती गैस तेजी के साथ बाहर निकल रही थी। गैस की यह फुहार सैकड़ों मीटर की ऊंचाई लिए हुए थी। पानी अब भी बड़ी भारी मात्रा में

फेंका जा रहा था, ताकि गैस का पुनः ज्वलन न होने पाए। कुछ ही दिनों बाद जब यह निश्चित हो गया कि सब कुछ ठीक-ठाक है, तो उस कुएं का निरीक्षण किया गया। परीक्षण में पाया गया कि उस तेल के कुएं की परिधि का काम करने वाला पाइप (केसिंग) जल चुका था। इसे काट कर अलग कर दिया गया।

कुएं की परिधि बांधने के लिए एक नए पाइप को केसिंग हैंगर की मदद से निर्दिष्ट स्थान पर उतार कर कस दिया गया। अब बारी थी इस केसिंग पर विशाल वाल्व (केमरोन वाल्व) लगाने की। विशाल वाल्व धीरे-धीरे गैस की फुहार की ओर बढ़ने लगा। फुहार अत्यधिक तेज होने के कारण वाल्व बार-बार अपने स्थान से हिलने लगता था। वाल्व से टकराने पर गैस की फुहार के दिशा परिवर्तन होने से आस-पास के पत्थर छोटे-मोटे केकड़ों की मानिंद उछलने लगते थे। भाग्य से पत्थरों के इस तरह से उछलने से कोई चिनगारी नहीं उपजी, अन्यथा कुछ भी हो सकता था। वाल्व को उसके स्थान पर लगा दिया गया और फिर इसे धीरे-धीरे कसा गया। तेज दबाव से किसी चीत्कार की तरह निकलने वाली वह गैस धीमी होती-होती किसी फुसफुसाहट सरीखी हो गई और अंततः पूर्ण रूप से बंद हो गई। रिग-20 नामक उस तेल के कुएं के आस-पास आज बाइस दिनों-बाद पहली बार खामोशी थी। आज यह पहली बार था कि कुएं पर काम करने वालों को एक-दूसरे के कान में चीखना नहीं पड़ रहा था। गर्म धुएं के खतरनाक गुबार छंट चुके थे और हर कोई आसानी से सांस ले पा रहा था।

—द वंडर बुक ऑफ एडवेंचर, डेविड आयरिश,
वार्डलोक एंड कंपनी, लंदन, मेलबोर्न एंड केपटाउन

9. यहूदियों के हत्यारे की खोज

पोलैंड स्थित आउशविट्ज वह स्थान है, जहां की बातें सुनकर मानवता सिहर उठती है। यहां 60 लाख यहूदियों को मौत के घाट उतारा गया था। हिटलर के आदेश पर द्वितीय विश्वयुद्ध के दौरान यहां लोगों को जहरीली गैस से मारा जाता और उनकी लाशों को विशाल भट्ठियों में जला दिया जाता। यह काम इतनी तेज रफ्तार से होता था कि हर 15 मिनट मे दो सौ लोगों को मौत के घाट उतार दिया जाता।

युद्धकाल में ही इस भयंकर मौत के कारखाने के भयावह समाचार यूरोप-भर में दबी जुबान से फैलते चले गए। आशा थी कि युद्धोपरांत इस कारखाने को चलाने वाले पकड़े जाएंगे, पर हुआ कुछ और ही। उनमें से कुछ तो पकड़ में आए, पर काफी गुम हो गए। सबसे बड़ा खूनी आउशविट्ज का मुख्य प्रबंधक तो ऐसा गायब हुआ कि उसका कोई सुराग ही न मिला। यह था एडोल्फ आइकमन एक जर्मन नाजी।

कुछ यहूदियों ने ठान लिया कि इस हत्यारे को ढूंढ़कर ही रहेंगे। उसको सजा अवश्य देंगे। सोलह वर्ष तक यह खोज चली। कई महाद्वीपों में कुछ लोग गजब के धैर्य के साथ खोज में लगे रहे।

सन् 1945 में जब हिटलर का पतन हुआ, इजराइल का जन्म नहीं हुआ था, पर यहूदियों का पूरा विश्वास था कि उनका इजराइल राज्य बनेगा। तब फिलिस्तीन पर अंग्रेजों का

शासन था और वे इजराइली राज्य बनाने पर कटिबद्ध थे। विजेता मित्र राष्ट्र अमेरिका और फ्रांस का पूरा समर्थन इस योजना को था। यहूदियों ने हगाना नामक अपनी गुप्त फौज फिलिस्तीन में सुसंगठित कर ली थी। फिलिस्तीनी अरबों के साथ उनकी रोज ही टक्कर होती थी।

हगाना ने अपना गुप्तचर विभाग भी खूब संगठित कर लिया था। यूरोप में हगाना के गुप्तचर विभाग का मुख्य अधिकारी ऐशर बेननाथान नामक एक बड़ा तेज नवयुवक था। जिस दिन जर्मनी का पतन हुआ, उसी दिन उसने अपने एक उच्च अफसर को बुला कर आज्ञा सुनाई, "आज से तुम्हारा काम है एडोल्फ आइकमन का पता लगाना। वह मरा नहीं है। वह फरार हो गया है। वह युद्ध अपराधी है और उसने हमारे लोगों की हत्या की है। हम आइकमन को चाहते हैं।"

इसी अधिकारी का नाम था तूविया फ्रीडमन। वह बड़े शांत स्वभाव का था, पर बड़ा शातिर गुप्तचर था और उसमें असीम धैर्य था। वह स्वयं एक हिटलरी यातना शिविर में बंदी रह चुका था।

विश्वयुद्ध समाप्ति के बाद सारे यूरोप में बीसियों शरणार्थी कैंप खुल गए थे। तूविया फ्रीडमन हर कैंप में घूमा, सैकड़ों से बातें कीं, पर उसे एक भी आदमी न मिला, जिसने आइकमन को देखा हो या उसका हुलिया बता सकता हो। उसने ब्रिटिश, फ्रांसीसी और

अमेरिकी गुप्तचर अधिकारियों से बातें कीं। वह उनसे भी मिला जो हिटलरी जर्मनी में जान हथेली पर रखकर विरोधी कार्य करते थे, लेकिन जो कुछ भी उसे पता लग सका, वह बिखराव पूर्ण गोरखधंधा मालूम होता था।

और गहरे पैठने पर तूविया को पता लगा कि आइकमन अमेरिका के नियंत्रण में चलने वाले जर्मन बंदियों के कैंप में था। आमतौर से इन जर्मनों से पूछ-ताछ की जाती थी। आइकमन से भी पूछ-ताछ हुई और उसने जर्मन बंदियों द्वारा दिया जाने वाला आम जवाब दिया कि वह देश-भक्त जर्मन रहा है और हिटलरी प्रचार से बहक गया। उसने यह भी कहा कि अब वह हिटलर के कारनामों, यानी लाखों के कत्ल और गैस चेंबर वगैरह के बारे में जान रहा है, तो उसे काफी दुख हुआ है। 60 लाख लोगों को गैस चेंबर में मार डालने वाले आइकमन के उपर्युक्त बयान को जर्मन बंदियों द्वारा दिए गए घिसे-पिटे बयान जैसा मानकर अमेरिकियों ने आइकमन की तरफ कोई खास ध्यान न दिया और उसे एक जर्मन युद्धबंदी कैंप में भेज दिया गया। सन् 1946 में आइकमन अपने चार साथियों सहित इस ढीले-ढाले ढंग से चलाए जाने वाले बंदी कैंप से भाग निकला।

यहां से भागने के बाद आइकमन ने फर्जी कागजात बनवाए। वह जर्मनी चला गया और वहां हर हैनिंगर के नाम से प्रकट हुआ। एवरसेन नामक नगर के मेयर ने उसे नौकरी दे दी। पास के घने जंगल में देखभाल का काम उसे मिला। यह मनचाही नौकरी थी। आइकमन ने समझा कि चलो, शांति मिली।

आइकमन गुम हो चुका था, पर उस यहूदी गुप्तचर ने धैर्य न छोड़ा। नाजियों से जब्त किए गए लाखों कागजों को वह छांटता रहा। उसमें उसे एक कागज मिला, जिस पर आइकमन के हस्ताक्षर थे और 30 अक्तूबर, 1934 की तारीख पड़ी थी। यह कागज आइकमन की ओर से एक दरख्वास्त थी कि उसे विशुद्ध जर्मन नस्ल वाली बेरोनिका लीबेल से विवाह करने की अनुमति दी जाए। 23 जनवरी, 1935 को नाजी अफसरों ने यह अनुमति दे दी और उसी साल 17 मई को आइकमन और बेरोनिका की शादी हो गई।

तूविया अब श्रीमती बेरोनिका लीवेल आइकमन की खोज में लगा। कोई सुराग हाथ न लगा। एक हवा यह मिली कि वह मिस्र चली गई है, फिर यह कि वह दक्षिणी अमेरिका में है और फिर कोई पता नहीं। तूविया चेकोस्लोवाकिया गया। राजधानी प्रांग में उसे पता लगा कि चेक लोगों ने आइकमन के एक निकट सहयोगी फान बिजलिज्नी को पकड़ा है। उसने कहा कि उसे आइकमन से नफरत है। उसको हमेशा डर बना रहता था कि कहीं आइकमन उसे मरवा न डाले। उसने एक सुराग दिया और कहा कि आइकमन की पत्नी का नाम तो वह नहीं जानता, पर उसे निश्चित पता है कि ड्राप्ल नामक एक नगर में उसका एक कारखाना था।

तूविया फ्रीडमन ने अपने सहायक, अत्यंत चतुर गुप्तचर मानोस को ड्राप्ल भेजा। वह सुंदर था, शिष्ट था और बोलचाल में भी चतुर था। ऊपरी तौर से उसने बताया कि वह हालैंड का नागरिक है, पर आपसी बातचीत के दौरान उसने अपने बारे में यह फैला दिया कि वह पुराना नाजी फौजी अफसर है। इससे उसे जर्मनों के बीच धंसने में सहायता मिली। उसने यह भी प्रसिद्ध किया कि सच्चे जर्मन की तरह उसे उन जर्मन महिलाओं से बड़ी सहानुभूति है, जिनके पति मारे गए या जिनका कोई पता नहीं है।

ड्राप्ल के पास ही एक सुंदर झील के चारों ओर एक रमणीक यात्री स्थल था और वहीं ऐसी जर्मन महिलाएं रहती थीं। मानोस यहीं एक ठाठदार होटल में रहने लगा। श्रीमती बेरोनिका लीबेल आइकमन भी इसी नगर में रहती थी। चतुर मानोस को पता चला कि बेरोनिका की सबसे गहरी दोस्त एक विधवा है। मानोस ने उसी विधवा से दोस्ती गांठनी शुरू की। उसके साथ घूमना, तैरना, साथ भोजन करना, खाने के बाद देर रात तक अंगूरी शराब पीना जारी किया और अंत में इस विधवा ने मानोस का परिचय श्रीमती आइकमन से करा दिया। अब वह बेरोनिका के घर आने-जाने लगा। आइकमन के तीन पुत्र क्लाउस, हार्स्ट और डाटा को मानोस बहुत पसंद आया। वह परिवार का मित्र हो गया।

घनिष्ठता बढ़ती गई। मानोस जब बेरोनिका के घर जाता, तो आइकमन का चित्र तलाशता, पर वहां कोई चित्र न था। एक दिन श्रीमती आइकमन ने कहा कि उसको एक घरेलू नौकरानी की जरूरत है। मानोस ने कहा कि वह अपने होटल के मालिक से बात करके इंतजाम कर देगा और जिस नौकरानी का प्रबंध मानोस ने किया, वह वास्तव में हगाना की यहूदिन गुप्तचर थी। महीनों इसने श्रीमती आइकमन के घर काम किया। वह सब सुनती, देखती रही और अंत में उसने यही रिपोर्ट दी कि बेरोनिका को नहीं मालूम कि उसका पति आइकमन कहां है और लगता है कि दोनों में कोई संबंध नहीं है।

निराश होकर मानोस ड्राप्ल वापस आ गया। वहां उसे पता लगा कि आइकमन की प्रेयसी श्रीमती मिस्टेलबारव ड्राप्ल में ही रहती है। वह सुंदर और खुशमिजाज थी और उसके पास काफी पैसा था। मानोस ने उससे दोस्ती गांठ ली, फिर यह कहा कि

आइकमन के एक घनिष्ठतम दोस्त का वह भाई है। उसके भाई के पास काफी दौलत आइकमन की अमानत के तौर पर पड़ी है। वह चाहता है कि आइकमन का पता लग जाए, तो उसकी अमानत उसे वापस कर दी जाए। श्रीमती मिस्टेलबारव ने सिर हिला कर कहा, उसे एडोल्फ के बारे में कुछ भी पता नहीं है।

इस मायूसी के बाद भी मानोस आइकमन की प्रेयसी से दोस्ती गांठे रहा। एक दिन बाग में दोनों शराब पी रहे थे। श्रीमती मिस्टेलबारव दिलबहलाव के लिए अपना फोटो अलबम लाई। हर फोटो को वह समझा रही थी। एक पेज पर एक पुरुष की फोटो थी। श्रीमती मिस्टेलबारव ने कहा, "यही मेरे दोस्त का चित्र है, जो तुम्हारे भाई का जिगरी दोस्त है। यही एडोल्फ है।"

शायद यही एक फोटो थी, जो आइकमन ने नहीं जलाया था। मानोस जान गया कि उसे तलाश में गहरी सफलता मिली है, पर वह शांत बैठा रहा। आखिर उस चित्र को तो हथियाना ही था। उसने स्थानीय पुलिस की सहायता ली, फर्जी राशन कार्डों की तलाशी के बहाने से उसने श्रीमती मिस्टेलबारव के घर तलाशी करवाई और इस प्रकार एलबम से फोटो निकाल लिया गया और वह मानोस के हाथ आ गया।

इस सबके दौरान आइकमन उसी जंगल के रखवाले और लकड़हारे के रूप में नौकरी करता रहा, पर सहसा वह कंपनी ही फेल हो गई जिसके मातहत वह नौकर था। वह वहां से भी चल दिया। अपने सहकर्मियों से उसने कहा कि वह स्वीडन जाएगा, पर वस्तुतः अपने दो साथियों के साथ, जो नाजी पार्टी के थे, वह फर्जी कागजात के जरिए इटली पहुंच गया। इटली में वहां के सुप्रसिद्ध बंदरगाह जैनोआ पहुंचा। वहां वह पादरियों के एक निवास-स्थल में पादरी बनकर रहने लगा। इस प्रकार उसे पोप के राज्य वैटीकन का पासपोर्ट प्राप्त हो गया। पासपोर्ट में उसका नाम रिकार्डो क्लीमेंट था।

इस पासपोर्ट के आधार पर वह मध्यपूर्व के देश सीरिया गया। पहले से ही कई भगोड़े नाजी जा छिपे थे। आइकमन को एक आयात-व्यापार कंपनी में नौकरी मिल गई। मध्य पूर्व में यहूदी विरोधी अरब नेताओं से इन नाजियों ने अच्छे संबंध बना लिए थे। सन् 1948 का वर्ष आया और इजराइल राज्य की स्थापना हो गई। यहूदियों के भय से आइकमन फिर भागा और स्पेन पहुंचा। वहां से वह पुनः जैनोआ पहुंचा। यहां उसको लातिनी अमेरिकी देश अर्जेंटाइना जाने का वीसा मिल गया। 14 जुलाई, 1950 को एकस. एस. गियोवाना जहाज पर चढ़कर वह जैनोआ से अर्जेंटाइना चला गया। उस देश की राजधानी ब्यूनसआयर्स पहुंचकर अपना नाम रिकार्डो क्लीमेंट दर्ज करवाया और अपने को अविवाहित बताया। जन्म-स्थल बताया बोजेन नामक एक नगर, जो इटली और आस्ट्रिया की सरहद पर है। इस समय आइकमन की आयु 44 वर्ष थी। वह समझा कि अब शांति से जीवन व्यतीत करेगा, काम करके खाएगा, अर्जेंटाइना का नागरिक हो

जाएगा और जिंदगी कट जाएगी। साठ लाख व्यक्तियों की हत्या करने वाले को अब पत्नी और बच्चों की याद आई। वह उनको अपने पास बुलाने के लिए व्यग्र हो गया। पर साठ लाख की हत्या करने वाले मनुष्य के अंदर इस मानवीय भावना का जागना उसके खात्मे का कारण हो गया।

1951 के दिसंबर के अंत में श्रीमती बेरोनिका लीवेल के पास एक एयरमेल पत्र पहुंचा। उसमें कोई विशेष बात न लिखी गई थी, बल्कि खास बात थी किए गए हस्ताक्षर चाचा रिकार्डो और पता, टुकुमान क्षेत्र, अर्जेंटाइना। इस पत्र को पाकर श्रीमती आइकमन ने अपने पुत्रों से कहा कि उनके चाचा रिकार्डो दक्षिणी अमेरिका में उन्हें बुला रहे हैं, बच्चों को भी न पता था कि चाचा रिकार्डो वस्तुतः उनके पिता हैं। उनको बताया गया कि चाचा रिकार्डो कैप्री कंपनी में नौकरी करते हैं, जिसका काम बांध बनाना है।

श्रीमती आइकमन ने अपने सफर की तैयारी शुरू कर दी। उसने लीबेल के नाम से अपना और बच्चों का पासपोर्ट बनवाया और एक दिन चुपचाप चल पड़ी। जुलाई 1952 में उसका समुद्री जहाज ब्यूनसआयर्स पहुंचा। वहां से वह रेलमार्ग से टुकुमान गई। स्टेशन पर मजदूरों-सा कपड़ा पहने एक व्यक्ति उनका इंतजार कर रहा था। सात साल बाद परिवार सा मिलन हुआ था।

नया परिवार बसाने में हत्यारा आइकमन एक भूल कर गया। एक ही परिवार में तीन अलग-अलग नाम रखे गए। आइकमन स्वयं तो सिन्यासेर क्लीमेंट था। अपनी पत्नी को उसने अपनी बहन कहकर बेरोनिका लीवेल के नाम से दर्ज करवाया और लड़कों का नाम लिखवाया क्लाउस, हार्स्ट और डीटर आइकमन। परिवार प्रसन्नता पूर्वक रहने लगा। बच्चे शिकार खेलते थे, तैरते व घूमते थे, आइकमन को अच्छा वेतन मिलता था।

उधर हजारों मील दूर तूविया फ्रीडमन झुंझलाया हुआ बैठा था। उसे पता चला कि श्रीमती आइकमन ने 1951 में एक हलफनामा दाखिल करवाया था कि उसका पति आइकमन मर चुका है। वर्षों की तलाश अब तक बेकार रही और हगाना के अफसर भी कहने लगे कि आइकमन की तलाश में लगे फ्रीडमन और मानोस मृगतृष्णा में भटक रहे हैं। वे मूर्ख हैं और आइकमन तो कभी का मर चुका है। पर फ्रीडमन सिर हिलाता रहा। उसने कहा, "नहीं, वह जिंदा है। वह है, मैं अंतरात्मा से महसूस करता हूं।" उसको जो सहायता मिलती थी, उसमें भी कटौती कर दी गई। पर वह स्वयं धन-संग्रह कर, बीवी के गहने बेचकर, अपनी तलाश में लगा रहा।

कैप्री कंपनी का काम समाप्त हो गया और बांध बन जाने के बाद आइकमन बेकार हो गया। कुछ दिन वह एक और कारखाने में काम करता रहा, फिर कपड़े धोने की लांड्री शुरू की, पर काम जमा नहीं। जब रोटी के लाले पड़े, तो काम की तलाश में वह ब्राजील

चला गया, फिर सन् 1954 में पारागुवे में काम पा गया और सन् 1955 में बोलोविया में रहा। लातीनी अमेरिकी देश चिली, पेरू और उरुग्वे भी गया। सन् 1956 में अर्जेंटाइना वापस आया। कायदे का काम न पाने के कारण सन् 1957 में सीरिया चला गया। उसने राष्ट्रपति नासिर को पत्र लिखकर अपनी सेवाएं अर्पित कीं, पर जब नासिर ने उसके पत्र का उत्तर ही न दिया, तो आइकमन अर्थात् सिन्योर क्लीमेंट अर्जेंटाइना वापस आ गया।

तूविया फ्रीडमन भी अब निराश होने लगा। बीच में कभी उसे आइकमन का सुराग कहीं लगा भी, तो जब तक वह वहां पहुंचता, तब तक चिड़िया उड़ चुकी होती, पर अक्टूबर 1959 में एक आशा फिर उभरी। पश्चिमी जर्मनी के राज्य बुरतेनवर्ज बेडेन के अटोर्नीजनरल से तूविया को पता लगा कि शायद आइकमन कुवैत में है। इस पर उसने इजराइली सरकार से चार गुप्तचरों की सहायता मांगी, पर गुप्तचर विभाग ने फ्रीडमन को झक्की समझकर कोई भी सहायता देने से इनकार कर दिया। तब खिसियाकर तूविया फ्रीडमन ने इजराइली समाचार-पत्रों में देश के नाम एक खुला पत्र छपवाकर आइकमन की तलाश करने में इजराइली सरकार की उदासीनता की तीव्र भर्त्सना की। जनमत उबल पड़ा और तब तत्कालीन इजराइली प्रधानमंत्री बेन गूरियों ने आइकमन को ढूंढ़ निकालने के लिए सभी कोशिशें करने का आदेश दिया।

1960 के अप्रैल मास में आइकमन परिवार ने भयंकर भूल की। श्रीमती आइकमन चंद दिनों के लिए आस्ट्रिया वापस आई और अपने पासपोर्ट के नवीकरण के लिए आवेदन दिया। पासपोर्ट कार्यालय में जब लीवेल नाम का पासपोर्ट आया, तो उसकी खबर इजराइली गुप्तचरों को लग गई। नतीजा यह हुआ कि जब वह पासपोर्ट के दफ्तर से निकली, तब से ही इजराइली गुप्तचर उसके पीछे लग गए। वह अर्जेंटाइना वापस जाने के लिए अपना हवाई जहाज का टिकट बनवाने गई, तो उसको सहायता देने वाला यात्रा-एजेंट इजराइली गुप्तचर था। जिस वायुयान पर वह ब्यूनसआयर्स गई, उस पर भी जासूस था। यहां तक कि ब्यूनसआयर्स हवाई अड्डे से जिस टैक्सी पर बैठकर अपने घर गई, उसका ड्राइवर भी इजरायली गुप्तचर था।

यहूदी गुप्तचरों की वर्षों की खोज सफल हुई। उनको पता लग गया कि उनका शिकार कहां है। उन्होंने आइकमन, यानी सिन्योर क्लीमेंट के मकान के ठीक सामने एक मकान किराए पर ले लिया। आइकमन परिवार पर अब वह चौबीस घंटे निगरानी रखने लगे। वह इन दिनों एक मोटरकार बनाने वाले कारखाने में काम करता था। इतने वर्ष किसी भी पकड़ से बचे रहने के कारण आश्वस्त हो गया था कि वह पूर्णतः सुरक्षित है और खतरे से बाहर है। उसको मालूम नहीं था कि जब वह कारखाने जाता है या वहां से वापस आता है या किसी रेस्तरां में खाने-पीने बैठता है, तो हर वक्त जासूस उस पर निगरानी रखते हैं। पार्क में जाकर जब वह बेंच पर बैठता, तो भी पास की बेंच पर कोई

जासूस होता। इन जासूसों में कुछ ऐसे भी यहूदी थे, जिनकी चमड़ी पर आइकमन ने आउशविट्ज में लोहे से दाग कर कैदी नंबर डलवाया था।

तूविया फ्रीडमन अब संतुष्ट था। उसने यह इंतजाम तो पक्का कर लिया कि आइकमन उसकी पकड़ से बाहर न खिसक सके, पर सवाल तो यह था कि उसे अर्जेंटाइना से इजराइल कैसे ले जाया जाए। अर्जेंटाइना के हवाई अड्डे की कार्यवाही को पूरा कर उसे ले जाना संभव न था। इसके लिए एक ही तरीका था कि उसका अपहरण किया जाए, लेकिन इस काम में बहुत बड़ा खतरा था। यह काम अंतर्राष्ट्रीय कानून के विरुद्ध होता और अर्जेंटाइना और इजराइल के बीच जबरदस्त कूटनीतिक संकट खड़ा कर देता।

आखिर एक अवसर आया। अर्जेंटाइना की स्वतंत्रता की डेढ़ सौवीं वर्षगांठ आई। बड़े जश्न मनाए गए। इसी अवसर पर इजराइल और अर्जेंटाइना के बीच हवाई यात्रा प्रारंभ हुई। इजराइल से एक विमान अपनी उद्घाटन-यात्रा पर ब्यूनसआयर्स आया। इसके साथ इजराइल से एक बड़ा शिष्टमंडल भी आया। उसे इजराइल वापस जाना ही था। बस, यही योजना बनाई गई कि आइकमन का अपहरण कर उसे इजराइल ले जाया जाए।

अपहरण करने में कोई दिक्कत न हुई। आइकमन के सामने वाले घर के बाहर एक मोटर खड़ी थी। उस पर चार व्यक्ति बैठे थे। एक व्यक्ति चहलकदमी कर रहा था। आइकमन जब सांझ को गोधूलि बेला में काम से लौटा, तो सहसा उसके सिर पर चोट हुई और वह बेहोश होकर गिर पड़ा, फिर तैयार खड़ी मोटर में उसे डाल दिया गया और उसमें बैठे चार व्यक्तियों के साथ मोटर उड़न छू हो गई। न कोई शोर-गुल हुआ, न खून-खराबा, पलक मारते सारा काम हो गया।

आइकमन को ले जाकर एक मकान के कमरे में बांध दिया गया और उस पर कड़ी निगरानी रखी गई। इजराइली वायुयान के इजराइल लौटने में अभी 9 दिन की देरी थी। इस बीच आइकमन को कई सुइयां लगाई गईं। नतीजा यह हुआ कि उसके बोलने की क्षमता गुम हो गई और यह भी कि यद्यपि उसके नेत्र साधारण मनुष्यों जैसे दिखते रहे, पर उन नेत्रों से कुछ दिखता ही न था।

श्रीमती आइकमन ने जब देखा कि उसका पति नहीं आया, तो पहले उसने समझा कि शायद वह दुर्घटना ग्रस्त हो गया। उसने सभी अस्पतालों और लावारिस मरने वालों को दफन किए जाने वाले स्थलों पर तलाश की, लेकिन कुछ पता न लगा। तीन दिन बाद उसने पुलिस को खबर दी, पर पुलिस भी सिन्योर क्लीमेंट का कहीं कोई चिह्न भी न पा सकी।

निश्चित दिन जब इजराइली विमान ब्यूनसआयर्स हवाई अड्डे से इजराइल वापस जाने वाला था, तो स्वाभाविक रूप से उस पर काफी इजराइली यात्री वापस जाने के लिए

हवाई अड्डे पहुंचे। इसी भीड़ में इजराइली पासपोर्ट तथा अन्य यात्रा-कागजात से लैस आइकमन भी था। साथियों ने अर्जेंटाइना के हवाई अड्डा अधिकारियों को बताया कि उनका वह बेचारा साथी बुरी तरह बीमार है। इस प्रकार आइकमन सब चेक-प्वाइंट पार कर इजराइली विमान पर बैठ गया। एक बड़ी लंबी तलाश का अंत हुआ। शिकारियों ने अपने शिकार को पकड़ ही लिया।

इजराइल में आइकमन पर मुकदमा चला। उसके द्वारा पीड़ित, त्रस्त अनेक व्यक्तियों ने गवाही दी। अंत में आइकमन ने अदालत के सामने अपना बयान दिया। इस बयान में उसने कहा–

देशों और महाद्वीपों में घूमते भागते मैं थक गया हूं। मैं कातिल नहीं हूं। मैं स्वामिभक्त, आज्ञा पालन करने वाला, कार्य कुशल सैनिक रहा हूं और जो कुछ मैंने किया, वह अपनी पितृभूमि से प्रेम की भावना से उद्भूत होकर ही किया। मैंने कभी दगाबाजी नहीं की।

मैंने गहराई से विचार मंथन किया है और इसके बाद मेरा दृढ़ मत है कि मैं सामूहिक कातिल नहीं हूं। मेरे अधीन काम करने वाले भी कातिल नहीं हैं, पर ईमानदारी के साथ मैं कहूंगा कि मैंने कत्ल करने वालों की सहायता की है। मुझे नाजी दल के नेतृत्व पर पूरा विश्वास था और गत महायुद्ध की स्थितियों और आवश्यकताओं के अनुरूप मैंने साफ दिमाग और सच्चे दिल के साथ अपना कर्तव्य निभाया।

मैं अच्छा जर्मन था, अच्छा जर्मन हूं और सदा अच्छा जर्मन रहूंगा।

आइकमन को मौत का दंड दिया गया। मरने के पहले उसने नारा लगाया– हिटलर जिंदाबाद! नाजी पार्टी जिन्दाबाद! जर्मनी जिंदाबाद!

आइकमन का अपहरण और उसका मुकदमा महीनों तक संसार-भर के अखबारों का मुख्य समाचार बना रहा। इजराइली गुप्तचरों और उनके मुखिया तूविया फ्रीडमन की कारगुजारी की सब तरफ प्रशंसा हुई। आइकमन की मौत पर उसके घर वालों को और कुछ कट्टर नाजियों को छोड़कर किसी ने भी आंसू न बहाए, पर संयुक्त राष्ट्र संघ में जरूर यह सवाल उठा कि इजराइल ने दूसरे देश से एक व्यक्ति का अपहरण कर अंतर्राष्ट्रीय कानून का उल्लंघन किया है। इसके उत्तर में इजराइल की तत्कालीन विदेशमंत्री, जो बाद में वहां की प्रधानमंत्री भी बनीं, श्रीमती गोल्डा मायर ने कहा, "मैं इसके लिए अर्जेंटाइना गणतंत्र से क्षमा मांगती हूं, पर सच यह है कि इस मामले में नैतिक नियम इजराइल की तरफ हैं।"

–सूचना विभाग, इजराइली दूतावास, 3 औरंगज़ेब रोड, नई दिल्ली

10. मौत का खेल

सुविख्यात पुलिस अधिकारी जैक लण्डन का जन्म सन् 1882 में लंदन में हुआ था। जैक एक बहुत ही साहसी पुलिसकर्मी था। उन दिनों हवाई जहाज का पूर्ण रूप से आविष्कार नहीं हुआ था, लेकिन बैलून के सहारे उड़ने की प्रक्रिया शुरू हो चुकी थी। जैक हवा में झूलते हुए मौत की हवाई छलांग लगाकर दर्शकों को आश्चर्य में डाल देता था। हाइड्रोजन गैस से भरे गुब्बारे में रेशम की रस्सी से जुड़े एक डंडे पर जैक जोखिम-भरे करतब दिखाता था। जब गैस से भरे गुब्बारे से हाइड्रोजन हलकी होकर निकलने लगती, तो लगभग डेढ़ किलोमीटर की ऊंचाई से जैक डंडे से नीचे कूद पड़ता। इस बीच खतरनाक कलाबाजियां खाते जैक की पीठ में बंधी हवाई छतरी खुल जाती और वह अनोखे करतब दिखाता जमीन पर आ उतरता था।

गुब्बारे को हवा में इधर-उधर डोलने से रोकने के लिए उसमें भारी वजन की कोई चीज बांधना आवश्यक होता था। अपने रोजमर्रा के अनोखे करतबों के कारण जैक युवा वर्ग के लिए रोमांचकारी धड़कन बन चुका था, लेकिन जोखिम भरे कारनामों की यात्रा में जैक लण्डन एक दिन खुद मात खा गया। उसके जीवट को चुनौती दी थी 9 वर्ष के एक नटखट बच्चे ने, जिसका नाम जिमी वाकर था।

1897 की एक शाम थी। जैक लण्डन आकलैंड में अपने प्रदर्शन के लिए प्रारंभिक तैयारियां पूरी कर रहा था। वह सांझ पुरसुकून थी। समुद्र से आने वाली हवाएं बार-बार अठखेलियां कर रही थीं। चारों ओर दर्शकों की भारी भीड़ जैक लण्डन को घेरे खड़ी थी। सभी दर्शक उत्तेजना में जैक-जैक चीख रहे थे। उत्साह से जैक का चेहरा भी चमक रहा था। हवा किसी करतबबाज की हवाई उड़ान की सनसनी देखने के उन्माद से बोझिल थी। जैक का हाइड्रोजन से भरा गुब्बारा उड़ने के लिए तैयार था। गुब्बारे से जुड़ी रेशम की डोरियों से बंधे डंडे पर रोज की तरह एक रेत का भारी थैला वजन के लिए लटकाया गया था।

आकलैंड में वर्जिनिया एस्टेट की रेलवे कंपनी ने जैक लण्डन को विशेष प्रदर्शन के लिए बुलाया था। जिस प्रदर्शन स्थल पर जैक अपने अनोखे करतब दिखाने के लिए तैयार हो रहा था, उसके चारों ओर भीड़ सागर-सी लहरा रही थी। उड़ने वाले गुब्बारे के रस्से जिस तरह खिंचकर तन गए थे, उसी प्रकार जैक के चारों ओर सुरक्षा कर्मचारियों के रस्से उत्साही भीड़ के कारण तन गए। वह अंतिम क्षण आ ही गया, जब जैक ने गुब्बारे की रस्सियों को खोलना शुरू किया। भीड़ का रेला चारों ओर से तूफान की तरह टूट पड़ा। रोमांचकारी चिल्लाहट और जैक के जय-जयकार का तुमुल नाद छा गया।

एक शानदार मुस्कराहट के साथ जैक ने हर्षध्वनि करते हुए अपना दायां हाथ हिलाया। उसने देखा कि आज भीड़ पहले की अपेक्षा बहुत ज्यादा थी। जैक भीड़ को चीरता हुआ मुख्य स्थल तक पहुंचा। शोर-शराबे से सारा आसमान गूंज रहा था।

अचानक जैक ने देखा कि गुब्बारे में बंधी डोरियों से जुड़े डंडों के पास दो लड़कियां, जिनकी उम्र पंद्रह-सोलह साल के लगभग थी, एक नौ वर्ष के बच्चे को पकड़कर बार-बार कुछ समझा रही थीं।

शायद वह बच्चा कुछ खीज रहा था। कभी वह झुंझलाकर अपना पैर पटकता, कभी उसके चेहरे पर हलकी मुस्कान की रेखा झलकने लगती। बच्चा किसी चीज के लिए जिद कर रहा था और लड़कियां उसे मनाने में लगी हुई थीं। बच्चा शायद उनका भाई हो, जैक ने मन-ही-मन सोचा।

बार-बार बच्चा अपने को छुड़ाने की कोशिश कर रहा था और उसकी दोनों बहनें उसे जकड़े हुए थीं। जैक ने इस घटना को ज्यादा महत्व नहीं दिया और अपनी उड़ान भरने की तैयारी करने लगा।

भीड़ बिल्कुल ही बेकाबू हो चुकी थी। चारों ओर से उमड़ा सैलाब जैसे रास्ता तोड़ दे, उसी तरह का माहौल उसे लगा। जैक लण्डन के सहायक वाल्टर ने जैक से कहा, ''इतनी भीड़ पहले कभी नहीं हुई। अगर पुलिस का इंतजाम नहीं होता, तो उत्तेजित भीड़ मुसीबत खड़ी कर देती।"

"मैंने भी ऐसी भीड़ पहली बार देखी है।" पसीना पोंछते हुए जैक ने जवाब दिया।

"जैक, अब तुम्हें देर कितनी है? प्रदर्शन के लिए दिया गया निश्चित समय निकलता जा रहा है। तुम तैयार हो जाओ।" वाल्टर बोला।

"मैं तैयार हूं। ज्यादा रुकना यहां अब ठीक नहीं।" कहते हुए जैक ने हवाई छतरी फटाफट पीठ पर बांधी और झूलते गुब्बारे की तनी हुई रस्सियों का एकबारगी परीक्षण किया। साथ ही रस्सी से बंधे डंडे को भी, फिर वह गुब्बारे की ओर बढ़ गया और देखते-ही-देखते गुब्बारे के डंडे पर जा बैठा। उत्तेजित क्षणों में भीड़ तेजी से चीखने लगी और जैक लण्डन ने गुब्बारे को रोकने वाली रस्सियां खोल डालीं।

एक क्षण में ही परिचित धक्के के साथ गुब्बारा अनंत की यात्रा पर चल पड़ा। जैक ने अपने पुराने अंदाज में नीचे जमीन की ओर देखा। भीड़ तेजी के साथ छोटी और छोटी पड़ने लगी। धरती, मकान, पेड़ और खेत तेजी से सिकुड़ने लगे। गुब्बारे की गति ऊंचाई की ओर थी, लेकिन इन सबसे हटकर साहसी जैक लण्डन नीचे भीड़ की ओर कुछ आशंका से देख रहा था।

एकाएक उसकी आशंका आश्चर्य में बदल गई। यह आश्चर्य बढ़ता ही गया। वह सोच रहा था कि आज से पहले उसकी कोई उड़ान ऐसी नहीं थी कि गुब्बारे ने धरती छोड़ी हो और लोगों की उन्मादी चीखों, तालियों, सीटियों आदि ने हवा को न थर्रा दिया हो, लेकिन आज...?

आज उस उत्साही भीड़ में एक भी आदमी ने न तो ताली बजाई थी और न सीटी। जैक समझ नहीं पा रहा था कि इस डरावनी खामोशी का मतलब क्या हो सकता है? सारी

भीड़ उड़ते हुए गुब्बारे को देखकर रहस्यमय ढंग से चुप थी। अभी जैक गंभीर रूप से इन सोचों में डूबा ही था कि जमीन से लाउडस्पीकर पर वाल्टर की आवाज गूंजी, "जैक! जैक! छलांग मत लगाना... खतरा है... खतरा है... सावधान! छलांग मत लगाना!... खतरा है जैक।"

जैक समझ नहीं पाया कि अचानक इस उड़ान में क्या घट गया है, जो उसे छलांग न लगाने की बार-बार चेतावनी दी जा रही है। कहीं जमीन के झटके से गुब्बारे को कोई आघात तो नहीं पहुंचा? या हवाई छतरी खराब हो गई? या किसी भयंकर चक्रावात आने की अचानक सूचना मिली?

इससे पहले कि जैक कुछ समझ पाता, एक ऐसी घटना उसके सामने हो गई, जिससे वह आश्चर्य के तूफान में घिर गया। रोमांच की चरम सीमा में उसके शरीर के सारे रोएं खड़े हुए और एकाएक वह डर से कांप भी उठा। उड़ते गुब्बारे से ही जैक ने किसी के रोने की एक महीन आवाज सुनी।

गुब्बारे के उड़ने की रफ्तार बहुत तेज हो चुकी थी। नीचे धरती और वहां से उठने वाली आवाजें शून्य में सिमटने लगी थीं, जबकि रोने की आवाज और तेज सुनाई पड़ रही थी। जैक को महसूस हुआ कि यह आवाज नजदीक ही कहीं से आ रही है और किसी बच्चे की है।

जैक चौंक पड़ा कि कहीं गुब्बारे पर कोई बच्चा तो नहीं चढ़ा हुआ है?

जैक को उस समय भयानक आश्चर्य हुआ, जब उसे गुब्बारे से जुड़ी रस्सियों के ऊपरी हिस्से पर लटका वही 9 वर्षीय लड़का दिखाई दिया, जो अभी थोड़ी देर पहले, अपनी बहनों से गुब्बारे के नजदीक ही लड़ रहा था। जैक मन-ही-मन कांप उठा। फिर कुछ क्षण संयत रहने के बाद उसने उस दुस्साहसी, नादान लड़के की ओर ध्यान से देखा। लड़का गुब्बारे को धरती पर उतारने के लिए लटके रेत के वजनी थैले को रस्से से झूलता नजर आया और उस रस्से की लंबाई लगभग पंद्रह मीटर थी।

जैक ने अचानक महसूस किया कि गुब्बारे का संतुलन रोज की तरह सामान्य नहीं था। उस बच्चे का यह दुस्साहस देखकर जैक की आंखें आश्चर्य से फैल गईं। कुछ क्षणों तक वह किंकर्तव्यविमूढ़ रहा। निश्चित वजन वाले रेत के थैले में बच्चे का भार बढ़ जाने से गुब्बारा बार-बार अस्थिर हो उठता था, इससे बच्चा भय से थर-थर कांप उठता था। उसकी आंखों से आंसू बह रहे थे और वह बार-बार बिलख उठता था।

यह दृश्य देखकर जैक भयभीत हो उठा। किसी भी समय उस लड़के के हाथ से रस्सा छूट सकता था। गुब्बारा तीन चौथाई मील जमीन से ऊपर हवा के थपेड़ों के बीच तेजी से आगे की ओर बढ़ रहा था। अगर लड़के के हाथ से रस्सा छूटता, तो लड़का

खील-खील होकर जमीन में बिखर जाता। इसलिए सबसे पहले जरूरी था कि लड़के को ढाढस बंधाया जाए, लेकिन उसे पुकारना भी बहुत खतरनाक सिद्ध हो सकता था। पुकारते ही अगर वह हड़बड़ा गया तो...?

आनन-फानन में गुब्बारे को जमीन पर उतारा भी नहीं जा सकता था और न जैक ही डंडे से तुरंत छलांग लगा सकता था। अगर वह छलांग लगाता, तो गुब्बारा उलटा होकर हवा निकलने से सिकुड़कर तेजी से जमीन की ओर गिरता और उस नादान, दुस्साहसी लड़के का वजूद भी नहीं रहता। गुब्बारा एक ही सूरत में जमीन पर उतर सकता था, जबकि उसमें भरी हुई हाइड्रोजन गैस धीरे-धीरे ठंडी होती जाए।

झूलती मौत के रोजमर्रा खेल खेलने वाले जैक के लिए सबसे पहले जरूरी था कि वह गुब्बारे में भरी हाइड्रोजन गैस के ठंडी होने की प्रतीक्षा करे और इसी के साथ यह भी जरूरी था कि तब तक लड़का रस्सी से ही लटकता रहे।

इसमें समय लगना था और लाजमी तौर पर जैक को निरुपाय होकर गैस निकलने की प्रतीक्षा करनी ही थी। हवा के थपेड़े अब और तेजी से गुब्बारे की गति बढ़ा रहे थे। जमीन से आसमान में उड़ते हुए जैक को लगभग ढाई घंटे अभी तक हो चुके थे।

अगर लड़का इसी तरह डरता रहा, तो रस्सा कभी भी उसके हाथ से छूट सकता था, मन-ही-मन सोचते हुए जैक ने अपने भीतर साहस संजोया। एकाएक मौत की कलाबाजी के लिए अपने आपको तैयार कर लिया। तुरंत उसने एक निर्णय लिया कि लड़के का ध्यान खतरे से हटाया जाए। जैक ने मुंह ऊपर उठाकर उस लड़के को संबोधित किया, "ब्रेब बॉय! कौन हो तुम?..."

आवाज शांत और सहज इसलिए रखी थी कि उस भयभीत लड़के को एकाएक हिम्मत मिले।

"मुझे जिमी कहते हैं, जिमी वाकर।" लड़के ने रोते हुए थरथराती आवाज में उत्तर दिया। उसकी आंखों में अनजाना भय था।

एक बनावटी मुस्कराहट के साथ जैक ने फिर कहा, "हैलो, मिस्टर जिमी वाकर, मुझे आपसे मिलकर बड़ी खुशी हुई। चलो, इस यात्रा में बड़ा अच्छा साथ हो गया। अकेले इस सफर में मजा नहीं आता था, लेकिन एक बात तो बताइए, आपसे ऐसी सवारी करने के लिए कहा किसने था?"

सुनकर जिमी हंसने लगा, लेकिन इस हंसी और रोने में एक अजीब समानता का मिला-जुला भाव था। फिर भी जिमी ने आंखें झपकाते हुए उत्तर दिया, "अंकल जैक! मैंने समझा गुब्बारे की हवाई उड़ान में मजा आएगा।"

''गुड... वेरी गुड!... तो तुमने मजे के लिए उड़ान भरी है!... खूब, बहुत खूब! वाकई आपके हिम्मत की दाद देनी पड़ेगी, वाह, क्या साहस है?" हंसते हुए जैक ने कहा।

समय बिताने के लिए जैक ने उस लड़के से बातों का सिलसिला जारी रखा। गुब्बारे की गैस ठंडी होने में अभी समय था। गुब्बारा ऊंचाइयों की ओर उड़ता जा रहा था। धरती की दूरी साढ़े तीन हजार मीटर के लगभग हो गई थी। जैक ने बच्चे का ध्यान आकर्षित करते हुए फिर कहा, "देखो जिमी, आसपास फैले ये सफेद घने बादल कितने खूबसूरत लग रहे हैं!"

"मुझे ये अच्छे नहीं लग रहे हैं। इन्हें देख-देखकर मैं उकता गया हूं। मुझे आपके बारे में बातें करना कहीं ज्यादा अच्छा लग रहा है। प्लीज अंकल, आप अपने बारे में बताइए?" रुआंसे जिमी ने जवाब दिया।

"माई चाइल्ड! मेरा तो यह रोज का धंधा है। रोज ही मुझे जोखिम-भरी उड़ान लेनी पड़ती है। मेरी जिंदगी ही ऐसे कारनामों में बीत चुकी है।"

"क्या इस धंधे में आपको बहुत पैसे मिलते हैं?" उत्सुकता से जिमी ने पूछा।

"हां, हां, क्यों नहीं? क्या बड़े होकर तुम गुब्बारे से छलांग लगाने का धंधा करना चाहोगे?" हंसते हुए जैक ने पूछा।

"नहीं-नहीं, यह बहुत खतरनाक है।" कहकर जिमी नीचे की ओर देखने लगा। नीचे देखते ही वह फिर थरथरा उठा। उसकी आंखें दहशत से भर उठीं। वह चीखने लगा।

गुब्बारे की ऊपर उठने की गति अब बहुत हलकी हो चली थी। वह हवा के झोंकों से दाएं-बाएं हिलने-डुलने भी लगा था। जिमी जिस रस्से से लटका था, वह हिस्सा हवा के थपेड़ों से बुरी तरह डोल रहा था। स्थिति ऐसी थी कि भय और जख्मों से पीड़ित जिमी का हाथ कभी भी रस्से से छूट सकता था।

इस डर को दूर करने के लिए एकाएक जैक ने पैंतरा बदलते हुए गुस्से से कहा, "जिमी, अगर तुमने रस्से को अच्छी तरह पकड़ कर नहीं रखा, तो मैं तुम्हारी ऐसी पिटाई करूंगा कि जिंदगी-भर याद करोगे।"

"ठीक है अंकल। लेकिन, लेकिन" किसी तरह जिमी के मुंह से निकला।

जैक गंभीर हो गया। उसे लगने लगा कि जिमी की हिम्मत टूट रही है, फिर एकाएक बात पलटते हुए बोला, "इस डंडे में बैठे-बैठे मुझे भी अब बहुत तकलीफ होने लगी है।"

"अंकल, मेरी उंगलियां भी बहुत दर्द करने लगी हैं और उसमें से लगातार खून बह रहा है।" जिमी बोला।

"लेकिन ऐसी अजूबी हवाई यात्रा...! वाह, क्या मजा आ रहा है...! क्या कहने...!"

"हां, ये बात तो है...," उत्तर देते हुए जिमी खिलखिलाने लगा। एकाएक उसने पूछा, लेकिन जैक अंकल, अभी तक आपने छलांग क्यों नहीं लगाई? अब तो काफी देर हो चुकी है।"

जैक लण्डन हंसा और बोला, "अब तक मुझे कूद जाना था, लेकिन तुम्हारे साथ बातें करने में मुझे बहुत मजा आ रहा है। इसलिए सोचता हूं, अभी मैं कूदूं ही नहीं।"

"ओ नो, अंकल, आप जरूर कूदें। मैं गुब्बारे में आया ही इसलिए हूं कि आपको गुब्बारे से छलांग लगाता हुआ देख सकूं। इतना बड़ा स्टेप मैंने वैसे ही थोड़े लिया था। दूसरे लोग तो नीचे से दूरबीन लगाकर आपको देखते हैं, लेकिन मैं तो..."

"जिमी, आज मेरे सिर में दर्द हो रहा है। सोच रहा हूं कि ऐसी हालत में आज छलांग न लगाऊं।" जैक ने समय काटने के लिए टालमटोल की।

"ओफ्फो! जो लोग आपकी छलांग देखने के लिए बेकरारी से नीचे आंखें फैलाए इंतजार कर रहे हैं, वे क्या सोचेंगे?" जिमी ने उत्सुक होकर अधीरता से पूछा।

"अरे छोड़ो, उनका जो होना है, होता रहेगा। गुब्बारा मेरा है और मैं अपनी मर्जी का मालिक हूं। छलांग लगाऊं या नहीं। इन लोगों का इससे क्या लेना-देना?"

इस प्रसंग पर दोनों के बीच बहस होती रही। जैक मना करता रहा और जिमी मनाता रहा। जैक ने जान-बूझकर जिमी का ध्यान खतरे से हटाने के लिए यह टालमटोल शुरू की थी।

गुब्बारे की गैस ठंडी होने लगी और वह सिकुड़कर नीचे जाने लगा। जब गुब्बारा नीचे आते हुए जमीन से लगभग 250 मीटर ऊंचाई पर रह गया, तो जैक ने उत्साहित होकर कहा, "सावधान हो जाओ जिमी, अब हम नीचे उतरने जा रहे हैं।"

चौकन्ना होकर मजबूती से रस्सी पकड़ते हुए बोला, "कितनी देर और लगेगी अंकल?"

"बस, दो-चार मिनट और..." उत्तर देते हुए जैक सोच रहा था कि गुब्बारा किस स्थान पर सुरक्षित तरीके से उतारा जाए, क्योंकि इससे पहले भी कई बार उसका गुब्बारा घने जंगल में, ऊंची बिल्डिंगों के बीच और समुद्र की खौफनाक लहरों के पास खतरनाक तरीके से फंस चुका था।

गुब्बारा अब युकिलिप्टस के घने जंगलों पर तैर रहा था। पेड़ बड़ी तेजी के साथ आकार में बड़े होते जा रहे थे। चलो, अच्छा है। पेड़ों पर उतरना उतना ज्यादा खतरनाक नहीं है। जैक ने मन-ही-मन सोचा।

लेकिन तभी जमीन से उठता हुआ हवा का एक तेज थपेड़ा आया, जिसने गुब्बारे की दिशा बदल दी। अचानक आए इस झोंके से रस्सी पकड़े जिमी का एक हाथ छूट गया। एक महीन चीख उसके गले से निकली। जमीन से गुब्बारे की दूरी अब लगभग डेढ़ सौ फुट रह गई थी। जैक चीखा, "जिमी!... जिमी... अपने को संभालो!... गुब्बारा अब उतरने ही वाला है !"

गुब्बारा थोड़ी ही देर में संतुलित होकर एक विशाल मुर्गीखाने के ऊपर तैरने लगा। अब जमीन से उसकी ऊंचाई चालीस फीट रह गई थी। गुब्बारे को मुर्गीखाने के मैदान के ऊपर डोलते देख चारों ओर चीख-पुकार होने लगी, लेकिन गुब्बारा जरा तिरछा होकर उतरा। उन क्षणों में जैक अपने बैठने के डंडे को दोनों हाथों में पकड़कर शरीर को नीचे लटकाए हुए झूल रहा था, ताकि जमीन पर जल्दी-से-जल्दी पैर जमाए जा सकें।

ज्योंही जैक के पैरों ने धरती को छुआ, उसने सारी ताकत समेट कर सामने पेड़ की ओर दौड़ लगा दी, और एक बड़े पेड़ की शाखा के साथ डंडे के रस्से को उलझा दिया।

मौत का खेल खत्म हो चुका था। तीन घंटे तक मौत से लड़ते हुए जिमी वाकर को सावधानी के साथ तुरत-फुरत नीचे उतारा गया। उसकी उंगलियों के लोथड़े रेशमी रस्सों से चिपक गए थे। उसे तत्काल प्रारंभिक चिकित्सा दी गई। जैक लण्डन को जिमी के ऊपर गुस्सा तो बहुत आ रहा था, लेकिन मन-ही-मन वह 9 वर्षीय उस लड़के की ऐसी अनूठी हिम्मत देखकर आश्चर्यचकित था।

—डब्ल्यू.डब्ल्यू.डब्ल्यू. अमेजिंग एडवेंचर.कॉम

11. बालसा लट्ठों की नाव से अंधमहासागर की यात्रा

प्रशांत सागर में फैले हजारों द्वीपों में ऐसे लोग रहते हैं, जिनको देखने एवं जिनका अध्ययन करने पर पता चलता है कि कुछ शताब्दी पूर्व बहुत ही सभ्य रहे होंगे। ये लोग बोलचाल के लिए अपनी भाषा का प्रयोग करते हैं और खेती बाड़ी के जरिए ये कुछ ऐसे पौधे भी उगाते हैं, जो प्राकृतिक तौर पर इनके कथित घर अर्थात् इन द्वीपों में नहीं उगते। कौन हैं ये जिन्हें पोलीनेशियन्स के नाम से जाना जाता है? आखिर कहां से आकर ये यहां बसे थे? यह एक पहेली है।

एक दिन एक युवा नार्वेजियन वैज्ञानिक थोर हैरदाल को अनायास ही इस पहेली को सुलझाने का सिरा मिल गया। फतुहिवा नामक पोलीनेशियन द्वीप पर जानवरों का अध्ययन करते हुए एक दिन उसने एक बहुत बूढ़े व्यक्ति को यह कहते सुना, "वह टिकी था, जो सागर परे से मेरे आदमियों को यहां इन द्वीपों में लाया था। टिकी मुखिया एवं भगवान, दोनों था।"

बूढ़े के इस कथन पर हैरदाल को अनायास ही टिकी की उस मूर्ति का स्मरण हो आया, जो उसने द्वीप के जंगल में देखी थी और फिर अगले ही पल उसके दिमाग में एक विचार कौंध गया। टिकी की वह मूर्तियां दक्षिणी अमेरिका की लुप्त हो चुकी सभ्यताओं द्वारा छोड़ी गई शिल्पाकृतियों से बहुत मिलती थीं। हैरदाल ने अपने अनुमानों एवं खोजबीन के आधार पर मेहनत करते हुए पोलीनेशियन्स के बारे में एक खाका तैयार किया।

किंवदंतियों के अनुसार दो हजार वर्ष से कुछ पहले दाढ़ी और सफेद चमड़ी वाली एक जाति अमेरिका तटों पर उतरी। इन लोगों ने वहां रहने वाले लोगों, जिन्हें हमें इंडियन्स पुकारना चाहिए, को साथ-साथ सभ्य समाज के रूप में सिखाया। फिर दक्षिण और पश्चिम की ओर बढ़ते हुए इन मेहमानों ने मध्य अमेरिका में अपने निशान छोड़े। यहां से आगे के पेरू और फिर डूबते सूरज की दिशा में नौकायन करते हुए ये पोलीनेशिया के दक्षिणी सागर के द्वीपों में पहुंच गए। यही शायद वे लोग थे, जो कालांतर में पोलीनेशियन्स बन गए।

परंतु हैरदाल का यह मत खारिज कर दिया गया। कोई भी उसकी इस अवधारणा को मानने के लिए तैयार न था कि हकीकत में ऐसा कुछ हुआ होगा। शुरुआती अमेरिकी सभ्यताओं ने अपनी आदिम नौकाओं के सहारे प्रशांत को पार किया होगा। इतना सब होने पर भी हैरदाल को पूर्ण विश्वास था कि उसकी अवधारणा सच थी और वह अपने काम में लग गया। उसने शुरुआती यूरोपियन खोजकर्ताओं के अनेक दस्तावेज प्राप्त किए। इन खोजकर्ताओं ने अपने दस्तावेजों में अनेक जगह बालसा लट्ठों से निर्मित ऐसे बेड़ों का जिक्र किया था, जिन्हें देखकर काफी आश्चर्य हुआ था और जिन्हें नाव-सी दक्षता के साथ चलाया जा सकता था और जिनमें दूर समुद्री यात्रा के लिए पाल भी लगे होते थे।

हैरदाल को इन्हीं दस्तावेजों की बदौलत एक विलक्षण विचार सूझा। वह उन आदिम बेड़ों की भांति एक बेड़े का निर्माण करे और फिर उसकी सहायता से प्रशांत पार करता हुआ पेरू से पोलीनेशिया जा पहुंचे, तो शायद ऐसा कोई कारण शेष न रहता कि कोई उसकी अवधारणा पर शक करता।

हैरदाल ने तय कर लिया कि अपनी अवधारणा को सच साबित कर दिखाने के लिए ऐसा ही करेगा। इस विचार के क्रियांवयन के लिए उसे हर जगह से सहायता और सहयोग

प्राप्त होने लगा। हैरदाल ने अपने नोर्वेजियन साथियों को इकट्ठा करना शुरू कर दिया। हैरदाल ने अपने साथ हरबन वारजिंगर, एरिक हेसलबर्ग, नट हॉगलैंड हॉगलैंड हैरदाल का

युद्धकालीन मित्र था, जिसने जर्मनी के भारी पानी संयंत्र को उड़ाने में भूमिका निभाई थी और टोर्सटीन राबी भी युद्धकालीन साथी था, जिसने युद्धकाल में शत्रु को विजित कर लिया। नोर्वे से वायरलैस संदेश भेजे थे और इन्हीं संदेशों की बदौलत आर.ए.एफ. (रॉयल एयर फोर्स) ने बमबारी कर जर्मन सैन्य बेड़े टिर्पिट्ज को डुबाया था। इन सबको लेकर एक टीम का गठन किया।

हैरदाल अपनी टीम लेकर जंगल में पहुंच गया। ऐंडेस के जंगलों में टीम ने बालसा के पेड़ों को काटना शुरू कर दिया। उनका उद्देश्य बालसा की हलकी लकड़ियों के लट्ठों से एक बेड़े का निर्माण था। वे अपने बेड़े को ठीक उसी प्रकार से बनाना चाहते थे, जैसा कि पुरातन शास्त्रों में वर्णित था। बालसा के इन लट्ठों को बेंउट डेनियल्सन द्वारा जोड़ा गया।

आखिरकार उनका बेड़ा तैयार हो गया। चौकोर आकार के इस बेड़े की यह खासियत थी कि इसके निर्माण में कील, बोल्ट, स्क्रू अथवा अन्य किसी भी प्रकार से लोहे का कोई प्रयोग नहीं किया गया था। नौ भीमकाय लट्ठों से निर्मित इस बेड़े को बांधने के लिए फाइबर रस्सी ही काम में ली गई थी। बेड़े के मध्य तल में लगने वाला मुख्य लट्ठा एवं बेड़े को दिशा देने के लिए काम आने वाला मुख्य फट्टा लोहे के समान मजबूती वाली मेंगरूव (उष्णकटिबंधीय वृक्ष) लकड़ी से निर्मित किए गए। उन्होंने पुरातन शास्त्रों में वर्णित तरीकों को अपनाकर ठीक वैसा ही बेड़ा तैयार तो कर लिया, पर सच्चाई यह भी थी कि उनमें से कोई भी यह नहीं जानता था कि बेड़े का निर्माण उसी प्रकार से होना क्यों वर्णित था। हर विशेषज्ञ के अनुसार उनका बेड़ा सुरक्षा के लिहाज से ठीक नहीं था। उस बेड़े में यात्रा करना और अपने लिए मुसीबतें बुलाना एक ही बात थी, परंतु हैरदाल को इस बात का पूर्ण विश्वास था कि प्राचीन पोलीनेशियन्स ने अपनी समुद्री यात्राओं

के दौरान ऐसे ही बेड़ों का प्रयोग किया था। अंततः लट्ठों से निर्मित उस बेड़े और उसके छः सदस्य वाले दल को विशाल प्रशांत में ले जाकर छोड़ दिया गया। इस दल के साथ एक छोटा साथी और भी था। यह एक तोता था।

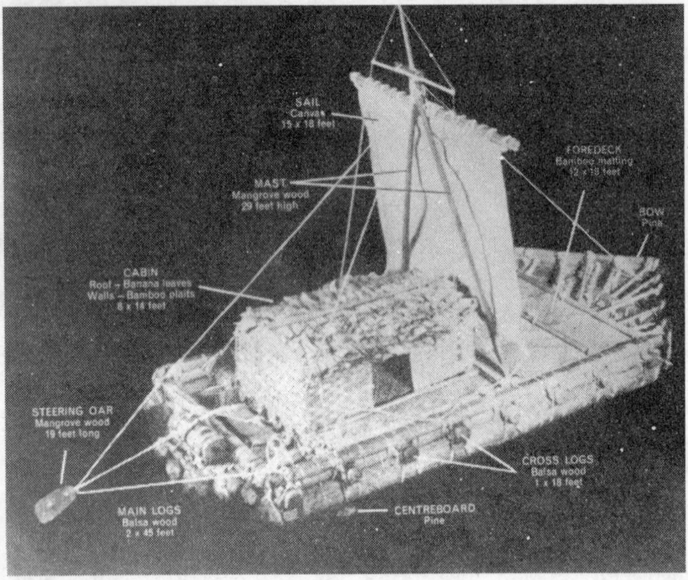

विशाल प्रशांत महासागर में छोड़े जाने के कुछ ही समय बाद बेड़े के लिए करो या मरो वाली स्थिति आ गई। बेड़ा पश्चिम से भूमध्य रेखा की तरफ अनवरत बहती रहने वाली तेज हवाओं की चपेट में आ गया। इन तेज हवाओं के साथ अपने बेड़े को खेना वाकई कठिन कार्य साबित हुआ। ऐसा इसलिए हुआ, क्योंकि उनको यह बताने वाला कोई था ही नहीं कि इस तरह के बेड़े किस तरह से संभाले जाएंगे। वे खतरनाक हम बोल्ट धारा में फंस गए थे। यह धारा अंटार्टिका से आने वाली तेज धारा थी, जो अपने साथ ठंडा एवं हरा पानी लिए थी। रात के वक्त इस धारा ने अपने पूरे वेग और शक्ति के साथ धावा बोल दिया। पानी अपनी पूरी शक्ति के साथ फुंकारता हुआ उछल रहा था। बल खाती लहरें घोर अंधकार से प्रकट होकर बेड़े पर बुरी तरह से झपटने लगती थीं। हर लहर के साथ पड़ने वाली चोट से ऐसा लगता था, मानो बेड़ा अब डूबा, तब डूबा, परंतु आश्चर्य, बेड़ा हर लहर का सामना करता हुआ, हर बार थोड़ा ऊंचा उठकर मलाई की मानिंद फिसलता लहर के ऊपर आ जाता था। हर विशाल एवं भीषण लहर सकुशल पार करने पर दल के सदस्यों को आश्चर्य मिश्रित राहत का अनुभव होता।

परंतु जब दो-दो विशाल लहरें एक साथ आतीं और पानी खतरनाक बौछार के रूप में दिशा नियंत्रक पतवार वाले हिस्से से टकराता, तो वहां मौजूद दोनों व्यक्तियों को अपने

बचाव के लिए दौड़कर केबिन के मध्य वाले मुख्य मस्तूल को पकड़ना पड़ता था। आखिरकार एक भयंकर लहर की जोरदार टक्कर से बेड़े पर मौजूद छोटे से केबिन की धज्जियां उड़ गईं। अभियान दल के सदस्यों को यह अच्छी तरह से समझ में आ गया कि क्यों कोन टिकी ने किसी नाव की अपेक्षा लट्ठों से निर्मित बेड़े में अपना सफर तय किया था। नाव जहां बार-बार पानी से टकराती एवं उसमें पानी भरता, वहीं दूसरी ओर लट्ठों से निर्मित बेड़े में यह समस्या न थी। लहरें चाहे जितनी भी तेज होतीं, हर बार उसका पानी लट्ठों के बीच की जगह से निकल जाता और बेड़ा लहरों के ऊपर तैरता रहता।

पर सवाल केवल एक ही था, क्या वह बेड़ा किसी हलके कॉर्न की भांति उसी प्रकार तैरता रहेगा? हैरदाल ने लट्ठे से लकड़ी का एक छोटा-सा टुकड़ा काट कर पानी में फेंका, पानी में भीगा वह टुकड़ा किसी भारी पत्थर की भांति डूब गया। उसने अपने साथियों को भी यही करते हुए देखा। हर कोई लकड़ी के टुकड़ों को पानी में डूबते हुए देख रहा था, परंतु जब उनमें से किसी एक ने धारदार चाकू के फल को एक लट्ठे में घुसेड़ा, तो पाया कि पानी लट्ठे में केवल एक इंच तक ही समा पाया था। गीली लकड़ी के उन लट्ठों में मौजूद वृक्ष रस की वजह से पानी और गहराई तक प्रवेश नहीं कर पाया था। यदि कहीं उन्होंने सूखे लट्ठों का इस्तेमाल किया, होता तो अब तक तो वे डूब ही गए होते।

इस सफर के दौरान नाश्ता उनके लिए कोई समस्या न थी। उनके चारों तरफ पानी में गछलियों की भरमार थी। उन मछलियों को पकड़ने तक की आवश्यकता न थी। उडन मछलियां हवा में तैरती हुई उनके बेड़े पर आ गिरतीं। कभी-कभी कोई मछली उड़ती हुई दल के किसी सदस्य के मुंह से टकराती।

एक दिन उनके बेड़े के पास एक व्हेल समुद्र की सबसे विशाल मछली आ गई। यह हालांकि आकार में बहुत बड़ी थी, पर इससे उन्हें कोई खतरा नहीं था, क्योंकि यह केवल छोटी मछलियों एवं झींगों को ही आहार के रूप में खाती थी। बेड़े के आसपास अनेक बार व्हेल मछलियों को विचरण करते हुए देखा जाता।

अनेक बार बेड़े के इर्द-गिर्द शार्क मछलियों को भी देखा गया। दल के सदस्यों ने इन शार्क मछलियों में से कुछ को खींच कर अपने बेड़े पर उतारा था। इस खिलवाड़ के दौरान उनका साथी तोता यहां-वहां उड़ता हुआ चीखता रहता था। ऐसा लगता था, मानों उस नजारे को देखकर उसे भी विस्मय होता था, परंतु एक दुखद दिन उनका वह नन्हा साथी, वह तोता एक विशाल लहर की चपेट में आ गया और फिर उसके बाद उसे किसी ने भी दुबारा नहीं देखा। इस हादसे के बाद दल के सदस्य और अधिक सावधान हो गए, क्योंकि इस तरह से किसी सदस्य को खोना वाकई दुखदाई अंजाम होता।

ऐसा नहीं था कि दल के सदस्य किसी संभावित खतरे के प्रति लापरवाह थे। अपने प्रिय तोते को खो देने से पहले अनेक बार उनके मन में यह विचार आया था कि क्या हो यदि उनमें से कोई बेड़े से गिर जाए, खासकर उस वक्त, जब बेड़ा हवा के साथ तैर रहा हो? दल के दो सदस्य, जो अकसर मौसम साफ होने पर बेड़े के आस-पास पानी में तैरने का आनंद लेते थे, ने अनेक बार यह महसूस किया कि हवा के साथ बहते बेड़े की रफ्तार काफी तेज होती थी और उस तक तैरते हुए पहुंचने में उन्हें खासी मशक्कत करनी पड़ती थी। बेड़े के पाल को नीचे गिरा देने की दशा में ही वे तैर कर उस तक पहुंच पाते थे।

समुद्री तूफानों के दौरान भयंकर लहरें उठती थीं। ये लहरें तूफानी हवाओं के जोर से तेज बौछारों की शक्ल में उनसे आ टकराती थीं। पानी का जबरदस्त फैलाव बेड़े को अपने आगोश में ले लेता था, परंतु फिर अगले ही पल किसी चमत्कार की तरह पानी लट्ठों के बीच की जगह से बहता हुआ निकल जाता और डूबता-सा महसूस होने वाला बेड़ा बड़े ही प्यार से एक बार फिर लहरों पर सवार हो जाता, फिर भी सुरक्षा के लिहाज से दल के हर सदस्य को अपने बचाव के लिए सुरक्षा प्रबंध तो करना ही पड़ता।

एक दिन तेज हवा की वजह से राबी का हरा स्लीपिंग बैग बेड़े से उड़कर पानी में जा गिरा। उसे पकड़ने की चेष्टा में हरमन पीछे की तरफ उछलता हुआ पानी में जा गिरा। हवा और पानी की तेज आवाज के बावजूद दल ने हरमन की पुकार को सुन लिया। राबी ने फुर्ती से हरमन तक पहुंचने की चेष्टा की। उसने हरमन की तरफ एक रस्से को उछाल दिया। हरमन जोर लगा कर तैर रहा था, पर पानी की शक्ति के आगे उसकी शक्ति क्षीण पड़ती जा रही थी। नट एवं एरिक ने उसकी तरफ एक लाइफ बेल्ट उछालने की चेष्टा भी की, पर तेज हवाओं की वजह से वह लाइफ बेल्ट वापस उनसे आ टकराई।

अगले ही पल नट ने लाइफ बेल्ट पकड़ कर उन भीषण लहरों के मध्य पानी में छलांग लगा दी। धीरे-धीरे वह और हरमन एक-दूसरे के करीब आने लगे। अंततः अपनी पूरी शक्ति का प्रयोग करते हुए हरमन ने लाइफ बेल्ट को पकड़ ही लिया। बेड़े पर मौजूद बाकी सब सांस रोककर उस दृश्य को देख रहे थे। बेड़े पर मौजूद दल के सदस्यों ने लाइफ बेल्ट से बंधी रस्सी को खींचना शुरू कर दिया। उन दोनों को धीरे-धीरे खींचा जा रहा था कि तभी उनके पीछे पानी को काटती आ रही एक तिकोनी आकृति को देखकर दल के सदस्य सकते में आ गए। जब पानी में मौजूद वे दोनों बेड़े के एकदम करीब आ गए तभी दल के अन्य सदस्यों ने देखा कि जिस तिकोनी आकृति को वे शार्क समझ रहे थे, वास्तव में वह स्लीपिंग बैग का कोना था, जो हवा भरी होने के कारण पानी में तैर रहा था। दल अभी अपनी इस नासमझी पर हंस ही रहा था कि तभी पानी में से कोई भीमकाय चीज प्रकट हुई और उस स्लीपिंग बैग को खींचती हुई पानी में ले गई।

अगले तूफान ने बेड़े को बुरी तरह से झकझोर के रख दिया। रस्सों से बंधे लट्ठे चरमराने लगे, परंतु इतना सब होने के उपरांत बेड़े के अधिकांश रस्से मजबूती से अपनी पकड़ बनाए रहे। कोन टिकी के लोगों को अच्छी तरह से पता था कि वे क्या कर रहे थे, खासतौर से जब उन्होंने उन बेड़ों का निर्माण किया होगा। इस अभियान दल के सदस्य इस बात के लिए खुश थे कि उन्होंने बेड़े के निर्माण हेतु उन प्राचीन तरीकों का पूर्ण पालन किया था। यदि कहीं उन्होंने लट्ठों को बांधने के लिए रस्सों की अपेक्षा तारों से काम लिया होता, तो अब तक सभी लट्ठे टूट-फट गए होते।

बेड़े का सफर अब शायद थोड़ा ही रह गया था। ऐसे समुद्री पक्षी, जो कभी भी किनारे से ज्यादा दूर नहीं रहते, झुंड-के-झुंड उनके बेड़े के ऊपर मंडराने लगे। ये पक्षी मंडराते हुए मछलियों के लिए पानी में गोता लगा रहे थे।

फिर एक सुबह जब वे उठे, तो उनकी नजर एक टापू से जा टकराई। स्वच्छ पानी से घिरा यह टापू नारियल के पेड़ों से भरा था। ऐसा लगता था, मानो सूर्य की रोशनी में चमकता हुआ वह हरापन उनकी ओर देखकर मुस्करा रहा हो। परंतु बेड़ा बीती रात उस टापू से कुछ दूर हो गया था। लिहाजा दल के सदस्यों को हवा के रुख के अनुसार आगे बहते रहना पड़ा। यह हवा की मर्जी थी कि अब वो उन्हें जहां चाहती ले जाती।

इसके बाद दल को एक और टापू नजर आया, परंतु दुर्भाग्य से इस टापू तक पहुंचने की राह में बड़ी-बड़ी चट्टानें रोड़ा अटकाए खड़ी थीं। दल के सामने अब यह समस्या थी कि किस तरह इन चट्टानों में से होकर उस टापू तक पहुंचा जाए। शीघ्र ही टापू पर रहने वाले स्थानीय लोगों ने दल के सदस्यों एवं उनके बेड़े को देख लिया और ये लोग अपनी छोटी-छोटी नौकाओं में उन तक जा पहुंचे, परंतु अपनी चार बड़ी नौकाओं एवं लाख कोशिशों के बाद भी ये लोग बेड़े को खींच कर चट्टानों के मध्य से अपने टापू तक न ला सके। आखिरकार दल के सदस्यों को पाल तान कर अगले टापू की दिशा में चलना पड़ा।

दल के सदस्य पश्चिम की ओर बढ़ गए। शीघ्र ही उनकी राह का रोड़ा बनकर एक विशाल चट्टान शृंखला सामने उपस्थित हो गई। यह चट्टान शृंखला मीलों तक विस्तार लिए हुई थी। समुद्र की लहरें पल-पल उनको उन चट्टानों के करीब धकेल रहीं थीं। अब उनकी सुरक्षा केवल बेड़े के उछाल पर निर्भर थी। यदि बेड़े का संचालन होशियारी से किया जाता है, तो बहुत संभव था कि वह किसी लहर पर सवार हो उस रुकावट को पार कर जाता। कई बार दक्षता के साथ अपने बेड़े को उन चट्टानों तक खेते और फिर अंतिम क्षणों में पीछे भी हट जाते। ऐसा करते हुए हर बार उनकी नजर उस रुकावट के पार हरे-भरे टापू पर पहुंच जाती और वे पुनः अपने प्रयास में लग जाते। अंत में वे इस लुका-छिपी को और बरदाश्त न कर सके और बेड़े के सुरक्षित समझे जाने वाले

स्थान एवं हिस्सों को कसकर पकड़ कर वे एक संभावित प्रवेश-द्वार की ओर बढ़ गए, परंतु अगले ही पल बेड़ा एक जोरदार धमाके के साथ चट्टान से जा टकराया। हर तरफ पानी-ही-पानी था। बेड़े ने एक धमाके के साथ अपनी यात्रा पूर्ण कर ली थी।

शीघ्र ही नजदीकी टापुओं से स्थानीय पोलीनेशियन अपनी नौकाओं में वहां आ गए। बेड़े के दल के लोगों को यह देखकर आश्चर्य हुआ कि कुछ स्थानीय लोगों ने उनके बेड़े को अपने पूर्वजों द्वारा इस्तेमाल किए जाने वाले बेड़े के रूप में पहचान लिया था। कुछ स्थानीय निवासियों को तो टिकी की कहानी भी पता थी। उन लोगों ने दल के सदस्यों को अपने साथ नाचने गाने एवं खाने के लिए ले गए।

कुछ समय बाद दल के सदस्य जहाज द्वारा अपने मातृ-स्थान के लिए रवाना हो गए। हर एक का दिल खुशनुमा यादों से भरा था।

उन्होंने प्राचीन कथाओं को सच कर दिखाया था। कोन टिकी की ही तरह सफेद चमड़ी एवं सुंदर दाढ़ी वालों ने लट्ठों से निर्मित बेड़े की सहायता से 7200 किलोमीटर का सफर पूर्ण कर दिखाया। सुनसान समुद्र की छाती चीर कर सफर पूर्ण करना वाकई एक रोमांचक एवं कभी न भुलाने वाला कारनामा था।

—द कोन-टिकी एक्सपीडिशन बाई राफ़्ट अक्रोस द साउथ सीज,
थोर हैदराल, पैग्विन बुक्स, 1950

12. नरक का रास्ता

गर्मी का मौसम प्रारंभ होते ही लोग सेस नेग की ओर उमड़ पड़ते हैं। दक्षिणी-पूर्वी फ्रांस का यह प्राचीन कस्बा ग्रेनेवल से चार मील की दूरी पर आल्प्स पर्वत के दामन में स्थित है। सांप की तरह बल खाने वाला फरोन दरिया उस कस्बे की भयंकरता में और वृद्धि कर देता है। सेस नेग से थोड़ी ही दूरी पर प्रसिद्ध 'अंधेरी गुफाओं' का एक व्यापक सिलसिला है। वास्तव में यह गुफाएं उस भव्य और शानदार महल के भाग हैं, जो फ्रांसीसी सम्राटों ने सदियों पहले बनवाया था। यह प्रसिद्ध था कि इन प्राचीन गुफाओं में सम्राटों के खजाने दबे थे।

नवंबर 1946 में दो दोस्त एमास और जीन जैकोस कुछ सैलानियों के साथ इन गुफाओं को देखने गए। एक पथ-प्रदर्शक इन्हें एक तंग रास्ते से गुफा में ले गया। पथ-प्रदर्शक ने विद्युत-लैंप का प्रकाश गुफा में फैलाते हुए कहा, "आप लोग इसके निकट मत जाइए।

यह नरक और भूतों की नदी की ओर जाती है। उसमें प्रवेश करने वाला इनसान कभी वापस नहीं लौटता।"

उस वर्ष तो वे दोनों दोस्त वहीं से वापस चले आए, किंतु अगले वर्ष ग्रीष्म ऋतु की छुट्टियों में ये दोनों अपने एक अन्य मित्र बर्जर के साथ उन गुफाओं के निकट पहुंचे और बिना किसी पथ-प्रदर्शक की सहायता के उसमें दाखिल हुए। वे जब लौटने लगे, तो बिजली का लैंप लेकर चलने वाला एमास अचानक गायब हो गया। चारों ओर अंधेरा छा गया। जीन ने अपना लैंप जलाया और एमास को खोजने के लिए आगे बढ़ा। ड्योढ़ी में कदम रखते ही अचानक जमीन पैर के नीचे से सरक गई और वह बर्फीले पानी से भरी हुई खाईं में जा गिरा, फिर फौरन संभला और चीखा, "बर्जर, रुक जाओ। आगे खाईं है।"

बर्जर ने अपना लैंप जलाया और एक चट्टान का सहारा लेकर ड्योढ़ी में नजर दौड़ाई, तो देखा कि एमास और जीन साफ पानी के तालाब में सीने तक डूबे थे। बर्जर ने उन्हें बाहर निकाला। उनके दांत जोर-जोर से बज रहे थे।

अब बर्जर आगे-आगे था और दोनों पीछे-पीछे। वे देर तक गुफाओं की भूलभुलैया में भटकते रहे। बाहर जाने का रास्ता नजर नहीं आ रहा था। जब थक कर हार गए, तब एक सुरंगनुमा गैलरी में बैठ गए।

"लगता है, अब बाहर जाने का रास्ता नहीं मिलेगा और जीवन-भर यहीं रहना पड़ेगा" जीन ने घबराई हुई आवाज में निराशा के साथ कहा।

"निराश होने की जरूरत नहीं। अधिक-से-अधिक हमें यहां एक रात गुजारनी पड़ेगी। सवेरे जब लोग खंडहर देखने आएंगे, तो हम आवाज देकर उन्हें अपनी ओर उन्मुख कर लेंगे।" बर्जर ने विश्वास के साथ जवाब दिया।

"लेकिन इन भयानक गुफाओं में एक रात भी तो खतरे से खाली नहीं। संभव है, कोई जहरीला सांप, बिच्छू या...।"

अचानक जबरदस्त फड़फड़ाहट की आवाज हुई और जीन की बोलती बंद हो गई। एक बहुत बड़ा चमगादड़ उनके ऊपर से गुजर गया। उसके पंखों का फैलाव एक मीटर से भी अधिक था। चमगादड़ का डील-डौल देख कर उनकी चीख निकल गई। वे फौरन संभल गए। और चमगादड़ के पीछे चल पड़े। सामने एक चौकोर दरवाजा दिखाई दिया।

बर्जर ने लैम्प से अंदर प्रकाश किया। सैकड़ों भयानक चीखें एक साथ उठीं। असंख्य दैत्याकार चमगादड़ कमरे की छत के साथ उलटी लटकी चीख रही थीं। तीनों फौरन पीछे हट कर विपरीत दिशा में चलते हुए मुहाने पर पहुंच गए। उन्होंने खुशी का नारा लगाया। यहां से वापस जाना बेहद आसान था। दीवारों पर लिखे निर्देश पर अमल करते हुए वे जब गुफा से बाहर निकले, तो सूरज डूब चुका था। हर तरफ अंधेरा था।

जीन और उसके साथियों ने उन अंधेरी गुफाओं की छानबीन करने का काम आधुनिक और वैज्ञानिक ढंग से आगे बढ़ाने के लिए एक क्लब की स्थापना की। पहली मई, 1951 को शाही महल के पूर्वी भाग सोरनन की ओर गए, जहां कीमती खजाने दबे थे। वे डेढ़ सौ मीटर की गहराई में निरंतर चार दिन तक तंग रास्तों और सुरंगों में रेंगते रहे। उन्होंने कई नई गुफाएं और सुरंगें छान मारीं, लेकिन खजानों का सुराग न मिला। पांचवें दिन मौसम अचानक बदल गया और उन्हें अपना कार्यक्रम स्थगित कर देना पड़ा।

कुछ समय पश्चात् 14 जुलाई, 1952 को वे फिर सोरनन में दाखिल हुए। खाने-पीने की चीजों के अलावा अन्य जरूरी सामान पचास मीटर गहरे एक हाल जैसे कमरे में पहुंचा दिया और फिर अपने अभियान पर चल दिए।

तालाब वाले कमरे में पहुंचे, तो देखा, कमरे की पांच मीटर ऊंची छत में एक छोटा-सा सुराख है, जिससे पानी की एक तेज धार तालाब में गिर रही थी और तालाब का पानी दूसरी ओर एक अन्य गुफा में जा रहा था।

जीन को नाईलोन के डेढ़ सौ मीटर लंबे रस्से द्वारा नीचे उतारा गया, नब्बे मीटर की गहराई में जीन के पांव एक चट्टान पर लग गए। प्रपात का पानी उसी जगह गिर कर एक छोटी-सी नदी का रूप धारण करके दूर तक चला गया था।

उन्होंने सोचा कि अब इस नरक के रास्ते की खोज करने का समय आ गया है। दो सौ मीटर लंबे रस्से की मदद से सबसे पहले पिटल और गोटार्ड नरक के मुहाने में दाखिल हुए। लगभग डेढ़ सौ मीटर की गहराई में उनके कदम सतह से टकराए। उन्होंने देखा, उसी चट्टान पर खड़े हैं, जिस पर पिछले दिन उतरे थे।

जीन और उसके दूसरे साथी भी थोड़ी देर में वहां पहुंच गए। वे सब एक बार फिर नदी के किनारे-किनारे झील तक जा पहुंचे। काफी थक जाने के कारण आराम करने के लिए वे झील के किनारे पत्थरों से टेक लगा कर लेट गए। अचानक एमास नींद के झोंके में

सिर के साथ बंधे हुए विद्युत-लैम्प सहित झील में गिर गया और देखते-ही-देखते आंखों से ओझल हो गया। जान और गोटाई रस्सों के सहारे झील में कूद गए और एमास को दूर तक ढूंढ़ते रहे, किंतु वह न मिला। निराश होकर वे झील से निकल आए।

अचानक एमास का हंसता हुआ चेहरा झील से उभरा। उसके बाहर आते ही सब भावावेश में उससे लिपट गए। एमास ने बताया, "आगे रास्ता बंद नहीं है। झील का पानी बहुत बड़ी चट्टान के नीचे से गुजर कर एक बहुत बड़ी सुरंग में नदी का रूप धारण कर लेता है। मैं उस नदी के किनारे दूर तक चला गया था। एक जगह सुरंग अचानक खत्म हो गई। गौर से देखा, तो एक गहरे कुएं की मुंडेर पर खड़ा था। अगर एक कदम भी आगे बढ़ जाता, तो निश्चय ही मौत के मुंह में चला जाता। मैंने चट्टान के पास पहुंच कर दरिया में गोता मारा और चट्टान के नीचे से होता हुआ झील में आ गया।"

इसके बाद उन्होंने अपना अभियान यहीं रोक दिया और वापस लौट आए।

1954 के सेस नेग क्लब के सदस्यों ने अभियान के अगले चरण के लिए जोरदार तैयारी की। सेना ने उनके लिए वायरलैस सेट और टेलीफोन की व्यवस्था की। विभिन्न औद्योगिक कंपनियों ने खाद्य साम्रगी, वैज्ञानिक यंत्र, उपकरण, कैमरे, बिजली का सामान, नाईलोन के रस्से, दवाइयां, हवाबंद लिबास और अन्य वस्तुएं मुहैया कीं। दल में दो भूवेत्ता भी शामिल किए गए, क्योंकि अभियान का बुनियादी मकसद वैज्ञानिक अनुसंधान था। पिटल को दल का नेता चुना गया।

13 जुलाई, 1954 नरक के मुहाने के पास ही पहला कैंप लगा दिया गया। सवेरे बिगुल बजा। हरावल दस्ते ने वायरलैस और अन्य यंत्रों से लैस वाटरप्रूफ लिबास पहन लिए और पिटल के नेतृत्व में पहले कैंप की ओर चल दिए। वहां पहुंच कर पिटल ने दस्ते को दो भागों में बांट दिया।

वह स्वयं जीन, ब्रथेजन और अर्नाड को साथ लेकर नरक की गुफा में उतर गया। बर्जर ने स्वचालित कैमरे की मदद से फिल्म तैयार करनी शुरू कर दी। सफेद चट्टान पर गिरता हुआ पानी विद्युत-लैंपों के प्रकाश में अजीब-सा दृश्य प्रस्तुत कर रहा था। शाम को वे झील वाली बड़ी गुफा में पहुंच गए। पिटल ने वायरलैस पर दस्ते के बाकी सदस्यों को भी नरक की गुफा में उतरने की अनुमति दे दी और रात वहीं झील के किनारे बिताई।

अगले दिन पिटल ने दूसरे दस्ते से लाइफबैल्ट और नाइलोन के दो सौ मीटर लंबे रस्से भेजने के लिए कहा। लगभग एक घंटे बाद एमास, ब्रेजर और आलडो कंधों पर थैले लटकाए रस्सों पर प्रकट हुए। आलडो और एमास ने झील के किनारे एक चबूतरे पर टेलीफोन का स्टेशन कायम किया। हरावल दस्ता पिटल के नेतृत्व में झील में कूद गया। वह बड़ी चट्टान के नीचे से होता हुआ दूसरी ओर ढलवां सुरंग में पहुंच गया। थैलों के भार और बोझिल लिबास के कारण चलने में कठिनाई होने से दस्ते के सदस्य पेट के बल

रेंगने लगे। अंततः वे तिरछी सुरंग तक पहुंच गए। पिटल ने बाहरी कैंप से संपर्क कायम किया, तो पता चला कि दोपहर के दो बज चुके थे।

कुछ देर बाद दूसरे दस्ते के सदस्य उनसे आ मिले। पिटल के निर्देश के अनुसार वे अपने साथ लंबे रस्से और अन्य सामान लाए थे। बर्जर अब तक फिल्म की एक रील पूरी कर चुका था। रात के ग्यारह बजे तक उन्होंने तिरछी सुरंग में उतरने की सारी तैयारियां पूरी कर लीं।

16 जुलाई, 1954 को वे रेंगते हुए तिरछी सुरंग के मुहाने पर पहुंच गए थे। पिटल, अर्नाड और ब्रथेजन दोहरे रस्सों की मदद से सुरंग में उतर गए। बर्जर स्वचालित कैमरा लिए फोटो खींचने में मग्न था। रस्से पर सौ मीटर का निशान देख कर वह चकित हुआ। सुरंग की तह का अभी तक कुछ पता नहीं था और दूर-दूर तक अंधेरा-ही-अंधेरा था। तीस मीटर उतरने के बाद पिटल को कुछ दूर सफेद चट्टानें दिखाई पड़ीं। एक सौ चालीस मीटर पर उसके पांव एक चट्टान पर टिक गए। उसकी बांहें शिथिल हो चुकी थीं और उसे सख्त प्यास लग रही थी। उसने थर्मस से ठंडे पानी के कुछ घूंट पिए और अपने साथियों की प्रतीक्षा करने लगा। थोड़ी देर में अर्नाड, ब्रथेजन और बर्जर भी हांफते हुए आ पहुंचे।

कुछ देर बाद वे तंग गुफा से निकलकर एक बहुत बड़ी गुफा में दाखिल हुए। यहां छत अपेक्षाकृत नीची थी। क्षेत्रफल की दृष्टि से यह सबसे बड़ी गुफा थी। एक झरने से पानी गिर रहा था और छोटी-सी नदी का रूप धारण करके कुछ गज की दूरी पर पंद्रह मीटर गहरी खाईं में गिर रहा था। शाम तक हरावल दस्ते के सब सदस्य वहां पहुंच गए।

सारी रात उस बड़ी गुफा में बिता कर सुबह जब वे उठे, तो दूसरा दस्ता भी वहां आ गया। वे बारी-बारी खाईं में उतर गए, जो पैंतीस मीटर गहरी थी। अब वे एक तंग और ढलवां गुफा में से गुजर रहे थे। थोड़ी दूर जा कर यह गुफा पांच सौ मीटर से भी अधिक लंबी थी। लगभग तीस मीटर चौड़ी झील ने उसे दो भागों में बांट दिया। ज्यों ही पिटल ने खुली गुफा में कदम रखा, उसकी खुशी का ठिकाना न रहा।

कुछ कदम दूर एक चबूतरे पर जवाहरात का अम्बार लगा हुआ था। हीरों से निकलती हुई किरणों से उनकी आंखें चौंधिया रही थीं। पिटल ने फौरन टेलीफोन पर अपने साथियों को अनमोल खजाना मिलने का संवाद सुना दिया।

यहां पिटल ने अपने साथियों के दो दल बनाए। रबड़ की नाव में हवा भरी गई। सबसे पहले पिटल, ब्रेजल आलडो और जीन ने झील को पार किया और गुफा के दूसरे भाग में प्रवेश किया, जो आकार में बहुत अजीबोगरीब थी। उसके चारों तरफ नुकीली चट्टानें कटारों की तरह सिर उठाए खड़ी थीं। उन पर चलना खतरे से खाली न था। गुफा की छत से दूधिया गुबारे के नाजुक धागे लटक रहे थे। कई धागे तीन मीटर से भी ज्यादा

लंबे थे। जीन ने फूंक मारी, तो क्षण-भर में बहुत से धागे धूल में बदल कर बिखर गए। जीन काफी रात तक इन विचित्र दृश्यों को अपने कैमरे में भरने में व्यस्त रहा।

दूसरे दिन दोपहर तक दूसरे दल के सदस्यों ने टेलीफोन के तार बिछाने का काम पूरा कर लिया। पिटल और उसके साथी दिन-भर नोकदार चट्टानों और चूने के गुबार से अटे हुए रास्ते पर चलते रहे। रात आठ बजे वे एक सौ मीटर लंबा रास्ता पार करने के बाद गुफा के आखिरी भाग में पहुंच गए। यह जगह कुछ समतल थी और झील का पानी चट्टानों में से होता हुआ दरिया के रूप में बह रहा था।

छठे दिन तड़के ही उनका अभियान फिर शुरू हो गया। झील से निकलने वाला दरिया थोड़ी दूर जाकर चट्टानों के नीचे गायब हो गया था। वे एक दरार में से होते हुए पंद्रह मीटर गहरी खाईं में उतर गए और रस्सों की मदद से रेंगते और एक सुरंग रूपी गुफा से गुजरते हुए समतल जगह पर पहुंच गए। दरिया का पानी यहां फिर झरने के रूप में प्रकट हो गया।

अचानक बाहरी कैंप से मौसम के खराबी की सूचना मिली। बारिश शुरू हो चुकी थी। पिटल ने क्लब का निशान गुफा में अंकित कर दिया। जीन ने कुछ आखरी तस्वीरें लीं और वे पंद्रह घंटे के लगातार परिश्रम के बाद गुफा से बाहर निकल आए।

उन्होंने 142 घंटे गुफाओं में बिताए और 712 मीटर की गहराई तक गए। यह गहराई विश्व रेकार्ड से लगभग एक सौ मीटर कम थी।

अगले साल 1955 गें बरसात के बाद फिर अभिगान आरंभ हुआ। अभियान दल के सदस्य आठ भागों में बंट कर गुफा में दाखिल हुए। इस बार उनके पास आधुनिकतम यंत्र और उच्चकोटि की सामग्री थी। रस्सों के बजाए वे नाइलोन की सीढ़ियों का उपयोग कर रहे थे। पिटल और उसके साथी दिन में तीन बजे तक 712 मीटर गहरी गुफा में पहुंच गए सायंकाल पांच बजे बारी-बारी एक बेहद तंग गुफा गें दाखिल हो गए। गह बीस मीटर लंबी थी और दूसरी ओर दरिया के किनारे खुलती थी।

पिटल रबर की नाव से दरिया में उतर गया। अन्य साथियों ने भी उसका अनुकरण किया। दरिया का पानी गहरा हरा था। वे सब उस रेतीले किनारे पर पहुंच गए जो 740 मीटर गहराई पर था। यहीं उन्होंने रात बिताई। थके होने के कारण अगले दिन रविवार को भी उन्होंने विश्राम किया। कुछ अन्य सदस्य भी उनसे आ मिले। उन्होंने झील के सब-स्टेशन से दरिया तक टेलीफोन के तार बिछा दिए।

रात को मौसम के बारे में बाहरी कैंप से कोई असाधारण सूचना नहीं मिली थी। अचानक बारिश शुरू हो गई। सब लोग व्यग्र हो उठे। पिटल ने बाहरी कैंप को मौसम-विभाग से संपर्क कायम करने का हुक्म दिया। थोड़ी देर बाद बारिश थम गई और

तेज हवा बादलों को उड़ा ले गई। मौसम-विभाग ने सूचना दी कि अब और बारिश की संभावना नहीं है।

खतरा टलते ही पिटल और उसके साथी नावों में सवार होकर दरिया में अपने अभियान पर चल दिए। सबसे आगे पिटल की नाव थी। दरिया एक खुली गुफा में से होता हुआ बह रहा था। किनारों पर काई, घोंघे और सीप अधिक थी। रेत पर बने हुए नक्श और चूने के लटकते हुए धागे बेहद आकर्षक दृश्य प्रस्तुत कर रहे थे। अचानक पिटल जोर से चीखा और दरिया में कूद गया। अगले ही क्षण उसकी नाव आगे की ओर लुढ़क गई। बाकी साथियों ने फौरन अपनी नावें किनारे पर लगा दीं। जीन ने रस्सा फेंक कर पिटल को सहारा दिया।

पिटल ने आलडो और ब्रेजल को साथ लिया और रेंगता हुआ झरने के किनारे पहुंच गया। उन्होंने विद्युत बर्मे से चट्टान में सुराख किया और नाईलोन का मजबूत रस्सा उसमें से गुजार कर झरने के ऐन ऊपर पुल बना लिया। पिटल ने सहारा लेकर खाईं में नजर दौड़ाई। झरने के सिवा दूर तक कुछ नजर न आया। निकट ही एक नुकीली चट्टान थी। पिटल ने उस पर कमंद फेंकी। नाईलोन की सीढ़ी खाईं में लटकाई और बारी-बारी से खाईं में उतर गए।

लगभग पौन घंटे बाद उनके कदम एक पथरीली सतह पर जा लगे। सीढ़ी पर खुदा हुआ 130 मीटर का निशान चट्टान को छू रहा था। कुछ और तंग रास्तों से होकर वे एक खुली गैलरी में पहुंचे। जब पिटल ने बताया कि वे 903 मीटर की गहराई में पहुंच चुके हैं, तो उन सबने खुशी का जोरदार नारा लगाया। वे गहराई में उतरने का विश्व रेकार्ड तोड़ चुके थे।

उसी वर्ष 14 अगस्त को पिटल ने अपने तीन साथियों के साथ तीन सौ तीस मीटर गहरी गुफा में फिर प्रवेश किया। उन्होंने इसका नाम 'खुशी की गुफा' रख दिया।

अगले दिन 15 अगस्त को वे यहां से 1130 मीटर गहरी एक अन्य गुफा में जा पहुंचे, जो इस सिलसिले की आखरी गुफा थी। पिटल ने विभिन्न चट्टानों पर अभियान में शामिल सदस्यों के नाम और तिथि उत्कीर्ण की। जीन ने अंतिम चित्र खींचे और बर्जर ने डायरी पूरी की। भूवेत्ता पोई ने चट्टानों की आकृति और बनावट का परीक्षण किया और नमूने इकट्ठे किए।

अगले दिन 16 अगस्त को अभियान दल के सभी सदस्य नरक की गुफा के आखिरी भाग में पहुंच गए। उन्होंने सारा दिन वहीं हर्षोल्लास में बिताया और फिर वापस चल दिए। 20 अगस्त, 1955 की सुबह अभियान दल के सदस्य गुफा से बाहर आए। विश्व ने इस ऐतिहासिक सफलता पर उनका स्वागत किया।

—डब्ल्यू.डब्ल्यू.डब्ल्यू. आर ई आई.कॉम

13. पैराशूट से सबसे लंबी छलांग

छाताधारी कुछ रुक-रुक कर एक के बाद एक वायुमंडल में कूद रहे थे। सार्जेंट जानी वेलकम भी अपनी पोशाक और पैराशूट का निरीक्षण कर रहा था, लेकिन वह आने वाले क्षणों की कल्पना से बुरी तरह भयभीत था। नवंबर के ठंडे मौसम में भी उसे पसीना छूट रहा था। पूरी जिंदगी में कभी ऐसा न हुआ था कि उस का नंबर सब से अंत में आया हो। वह अमेरिकी 'छाता-सेना' में सार्जेंट था। कोरियाई युद्ध में अनेक बार उसे विमान से कूदने का अवसर मिला था।

उसने सोचा, नौकरी की अवधि समाप्त होने वाली है। ऐसे में इतनी खतरनाक छलांग लगाना क्या मौत के मुंह में कूदना नहीं?

उसने नीचे देखा, पीछे की ओर बहुत-से छाताधारी वायुमंडल में तैर रहे हैं। सी-46 विमान वायुमंडल को चीरता हुआ उड़ा जा रहा है। उसे सी-46 विमानों से बड़ी घृणा थी। इस प्रकार के विमान से छलांग लगाते समय वह सदा भय महसूस करता था।

वह सोचने लगा, उसका अफसर अर्थात् प्रतिद्वंद्वी राइले सी-46 विमानों के बारे में उसकी मनःस्थिति जानता है, तभी इस उड़ान के लिए सी-46 विमान को ही चुना गया। राइले का विचार आते ही उसे कोरियाई युद्ध याद आ गया, जहां एक लड़ाई में चीनियों के हथगोले से उसकी दाईं जांघ पर गहरा घाव हो गया था। उसके मन में युद्ध के विरुद्ध घृणा की एक तीक्ष्ण भावना उभरी। सहसा विचार आया, यह अंतिम छलांग है। कुछ दिनों बाद इस नरक से मुक्ति मिल जाएगी, तो घर जा कर सेली से विवाह करेगा।

उसकी बारी आने वाली थी। छलांग की कल्पना से उसे कंपकंपी-सी होने लगी। उसने आंखें बंद कर लीं। उसे महसूस हुआ, जैसे वह वायुमंडल में कलाबाजियां खाता हुआ धरती की ओर लुढ़क रहा है। आंखें खोलीं, तो लाल बल्ब टिमटिमाता हुआ दिखाई दिया। अर्थ था, चार छाताधारियों के अंतिम दल के साथ उसे भी उसी स्थान पर कूदना है।

शरीर टुकड़े-टुकड़े हो जाने का पुराना भय फिर उभर आया। एक कंपन-सा पैदा हुआ। दूसरे ही क्षण उसने छलांग के लिए अपने को तोला और आंखें बंद करके शरीर को वायुमंडल में फेंक दिया। आंखें झपकते ही सी-46 विमान की नोकदार दुम नजर आई। उसे महसूस हुआ, जैसे कसाई का तेज छुरा उसके शरीर का कीमा बनाने के लिए वायुमंडल में तना हुआ है। अकस्मात उसके दांत तेज झटके से आपस में टकराए। ठोड़ी छाती से आ लगी। खोपड़ी से चिनगारियां फूटीं और गायब हो गईं। एक क्षण के लिए उसे अपना मस्तिष्क रीता-सा लगा, फिर उसने एक ऐसी आवाज सुनी, जो एलपाइन पर्वत की लंबी सुरंग में दौड़ती तेज रफ़्तार गाड़ी की आवाज से मिलती-जुलती थी। स्वयं

को संभाला उसने। उसे अहसास हुआ कि मामला कुछ खराब है। वह बीसियों बार विमान से कूद चुका था, पर कभी ऐसा नहीं हुआ। विचार आया, पैराशूट शायद किसी खराबी के कारण खुल नहीं रहा और वह नीचे की ओर लुढ़का जा रहा है। उसने जरा आंखें खोलीं। यह क्या? कोई चीज उसे नदी की लहरों पर प्रवाह के विपरीत दिशा में लिए जा रही है। टांगों की दिशा आकाश की ओर है। वह बौखला गया।

फिर उसे अहसास हुआ कि वायुमंडल में पीठ के बल घसीटा जा रहा है। हवा के थपेड़े चेहरे और गर्दन को छेद रहे हैं। हवा कनटोप को सिर से नोच फेंकने के लिए पूरा जोर लगा रही है। उसने शरीर को हरकत दे कर सिर ऊपर उठाने का प्रयास किया।

उसके कानों में विचित्र आवाजें आ रही थीं। लगता था, कोई आदमी जोर-जोर से चीख रहा है।

वेलकम ने इच्छा शक्ति से काम लेते हुए होश-हवास स्थिर रखने का प्रयत्न किया। विमान इस समय चार सौ पचास मीटर की ऊंचाई पर उड़ रहा था। उसकी गति लगभग एक सौ पचहत्तर किलोमीटर प्रति घंटा थी। पैट्रोल समाप्त होने पर विमान धरती पर उतर जाएगा। वह विमान की दुम से लटका हुआ था। विमान के उतरने की कल्पना से उसके शरीर में दहशत की ठंडी लहर दौड़ गई। उसे सूझ ही नहीं रहा था कि विमान के साथ उलझी पैराशूट की रस्सियों को किस तरह सुलझाया जाए।

कलाबाजी के अंदाज में उसने ऊपर उठने का प्रयत्न किया, लेकिन हवा के तेज थपेड़ों के सामने उसकी एक न चली। विवश हो वह पीठ के बल हो लिया। कनटोप एक पट्टी द्वारा ठोड़ी से अटका हुआ था। हवा का एक और थपेड़ा आया। कनटोप सिर से उतर कर उसकी गर्दन में झूलने लगा। वह उसे सिर पर जमाने की व्यर्थ चेष्टा में जुटा रहा। इसी स्थिति में पैराशूट का एक भाग खुल गया। अब क्या करना चाहिए? क्या वह इसी तरह विमान के साथ लटका हुआ मर जाएगा?

उसे याद आया, सार्जेंट राइले पैराशूट के उपयोग में बहुत प्रवीण है। वह अगर चाहे, तो उसकी सहायता कर सकता है, पर दूसरे ही क्षण राइले के प्रति उसके मन में घृणा उभर आई।

"हुंह!" उसने माथा सिकोड़ा, "मुझे नहीं चाहिए उसकी सहायता..."

समय बीतने के साथ-साथ उसकी चिंता बढ़ती जा रही थी। सहसा उसे कोरिया के युद्ध की वह दुर्घटना याद आ गई, जिसमें उसके सिवाय दल के सब लोग मारे गए थे। हो सकता है प्रकृति अब भी उसे बचा ले!

उसने दो-तीन गहरी सांसें लीं। शरीर की पूरी शक्ति एकत्र की और फिर एक बार जोर लगाकर पैराशूट की रस्सियों में हाथ-पांव मारने का प्रयत्न किया, पर व्यर्थ! चेहरे की दिशा धरती की ओर घूम गई। हवा के थपेड़े चेहरे को झकझोर रहे थे। पेट में तीव्र पीड़ा उठ रही थी, जैसे किसी ने कस कर घूंसा दे मारा हो। जीवन-दीप बुझने वाला था। अधखुला पैराशूट विमान की दुम से अटका हुआ था। वह स्वयं पैराशूट की रस्सियों में जकड़ा लगभग साढ़े चार मीटर पीछे झूल रहा था। सहसा उसे अहसास हुआ कि विमान के पिछले दरवाजे से दो आंखें घूर रही हैं। यह राइले था। उसका आधा धड़ दरवाजे से बाहर लटका हुआ था। एक हाथ से उसने दरवाजे का सहारा ले रखा था, दूसरा हाथ किसी काम में व्यस्त था।

वेलकम के लिए अधिक देर तक सिर उठाए रखना संभव न था। गर्दन में तीव्र पीड़ा होने लगी थी। वह हर दो-तीन मिनट बाद सिर ऊपर उठाकर देख रहा था। राइले क्या कर रहा है? उसके हाथ में लंबी-सी लाठी थी, जिसके सिरे पर लोहे का अर्द्धवृत्त बना हुआ था। वह लाठी को धीरे-धीरे विमान की दुम की ओर बढ़ा रहा था। लाठी विमान से थोड़ी दूरी पर पहुंच कर रुक गई। राइले लाठी को और बढ़ाने के लिए आगे झुका। पीछे से एक अन्य आदमी ने उसे थाम रखा था।

उसने महसूस किया, अगर राइले इसी तरह आगे बढ़ता गया, तो अवश्य गिर जाएगा। उसने लगभग चीख कर कहा, "आगे मत बढ़ो। गिर जाओगे। हट जाओ पीछे!" लेकिन हवा का रुख दूसरी ओर था। उसकी आवाज न पहुंची।

राइले विमान से बाहर निकल कर दुम की ओर बढ़ रहा था। वह पैराशूट को छुड़ाने या उलझी रस्सियां काटने के प्रयत्न में व्यस्त था। वेलकम को हर क्षण उसके गिर पड़ने की आशंका लगी थी। उसने अब राइले को खाली हाथ दरवाजे पर लटके हुए देखा और फिर सहसा राइले ने उसकी ओर छलांग लगा दी। उसने अपनी बांहें फैलाईं, पर राइले एक मीटर की दूरी पर से गुजर गया।

राइले अपने मिशन में असफल रहा। वह वेलकम को रस्सियों के जाल से छुटकारा दिलाना चाहता था। कुछ मिनट बाद वेलकम को द्वार पर अफसर खड़ा दिखाई दिया,

जो चिल्ला-चिल्ला कर कह रहा था, "पेट्रोल समाप्त हो चुका है। हम उतरने वाले हैं। खेद है, तुम्हारे लिए कुछ नहीं कर सकते।"

"हवाई अड्डे पर चारों ओर धुंध है," पुनः आवाज आई, "पूरी कोशिश करेंगे कि विमान 'रन-वे' पर रुके, फिर तुम्हारा भाग्य! अलविदा!"

विमान नीचे उतर रहा था। वेलकम के लिए संतुलन रखना कठिन हो गया। उसे अपने पांव ऊपर की ओर उठते महसूस हुए। विमान को एक सौ तीस-चालीस किलोमीटर प्रति घंटे की गति से दौड़ता हुआ रन-वे पर उतरना था। शरीर कागज के टुकड़ों की तरह हवा में बिखर जाने वाला था।

धरती तेजी से समीप आती महसूस हुई। हरे-भरे पेड़ साफ दिखाई देने लगे थे। सहसा वेलकम को विचार आया, अगर कहीं से चाकू हाथ आ जाए तो शायद प्राण बच संकते हैं। उसने जेबें टटोलीं, पर चाकू न मिला। एक क्षण के लिए उसके प्राण निकल गए। क्या यह अंतिम सहारा भी गया? उसने मस्तिष्क पर बल दिया कि चाकू कहां हो सकता है? उसे सहसा याद आ गया जूतों के अंदर।

जूतों तक पहुंचने के लिए उसने अपना शरीर सिकोड़ा। सिकोड़ने से दाईं जांघ में तीव्र पीड़ा उठी। जांघ का यह जख्म कोरिया युद्ध में लगा था। उसने टांगें और सिकोड़ीं। अब उसकी अंगुलियां चाकू के दस्ते से केवल डेढ़ सेमी. की दूरी पर कांप रही थीं। शरीर को एक झटका दे कर आगे बढ़ाया। सब से पहले उसने कंधों की रस्सियां काट डालीं।

विमान धरती के समीप पहुंच चुका था। वह जल्दी से चाकू छाती के समीप लाया और पूरी तरह अंगुलियों की पकड़ में ले लिया, फिर उसने गर्दन की रस्सियां काटीं। मांस में धंसी रस्सियां शरीर से अलग हुई, तो तीव्र पीड़ा जागी। एक दर्द भरी चीख निकली। वह लगभग निर्जीव हो गया, पर जीवित रहने की इच्छा ने हार स्वीकार नहीं की। उसने रस्सियों का अंतिम गुच्छा काट डाला। सहसा विमान का शोर बंद हो गया। उसे महसूस हुआ, जैसे उसका शरीर रन-वे से टकरा कर टुकड़े-टुकड़े होने वाला हो। रिजर्व पैराशूट अभी तक न खुल सका था। उसने चाकू फेंकते हुए पैराशूट का दस्ता मजबूती से थाम लिया। अचानक किसी चीज के फड़फड़ाने की आवाज आई। पैराशूट का एक भाग खुला।

वह अब लगातार कलाबाजियां खा रहा था। बस, उसके शरीर के टुकड़े उड़ने वाले थे। पैराशूट के बाकी भाग भी खुल गए। ऊंचाई कुछ मीटर रह गई थी, फिर उसकी एड़ियां पक्के रन-वे से दो मीटर पर नर्म-नर्म धरती से टकराईं तो उसे अपने जीवित होने का अहसास हुआ।

हवाई अड्डे पर खतरे के सायरन चीख रहे थे। उसने जख्मी जांघ पर जोर देते हुए उठने का प्रयत्न किया। लोगों के दौड़ने की आवाजें समीप आ रही थीं। उसके कानों में

जानी-पहचानी-सी आवाज़ आई, तो वह घबरा उठा। उस पर गिरा हुआ पैराशूट हटाया गया। अब वह अपने ऊपर झुके लोगों को देखने लगा। अंततः उसने एक परिचित को पहचान ही लिया। वही आवाज थी जिससे उसे घृणा थी।

"वेलकम ठीक हो न?" पुनः आवाज आई "बड़ी लंबी छलांग लगाई तुमने! शायद यह इतिहास की सबसे लंबी छलांग है!"

वेलकम सार्जेंट राइले के हाथ का सहारा ले कर उठ खड़ा हुआ और तनिक मुस्करा कर कहने लगा, "राइले, तुम कितने महान हो!"

–जेम्स राइन द्वारा लिखित कृति 'द लोंगेस्ट जम्प फ्रॉम पैराशूट' का रूपान्तर

14. दुनिया के सर्वोच्च शिखर पर विजय पताका

सन् 1921 में माउंट एवरेस्ट की खोज के ठीक अस्सी वर्ष उपरांत प्रथम एवरेस्ट अभियान दल का गठन किया गया। इस अभियान के सदस्यों में जॉर्ज लेह मेल्लोरी नामक एक युवा भी शामिल था। अभियान दल उसी साल जून माह में एवरेस्ट के उत्तर की ओर पच्चीस किलोमीटर पर रॉगबक स्थित तिब्बती मठ पर पहुंचा।

दल में शामिल मेल्लोरी ने विशाल एवरेस्ट को अचरज से निहारा। उस एक क्षण में उसे शायद एवरेस्ट से प्यार हो गया था और ये होना भी था, क्योंकि वह एवरेस्ट ही था जहां मेल्लोरी के कड़े-से-कड़े प्रयासों को फलीभूत होना था।

इस अभियान दल को एवरेस्ट के भू-भाग की जानकारी कतई नहीं थी, लिहाजा उनके सामने पहला कार्य था, उस इलाके की खोजबीन। अतः मेल्लोरी एवं बुल्लोक ने अपनी राह तलाशने के लिए एवरेस्ट के उस निचले भू भाग पर खोज प्रारंभ कर दी। दोनों उस एक राह की तलाश में थे, जो उन्हें किसी-न-किसी तरह से कामयाबी के उस 8708 मीटर ऊंचे शिखर पर पहुंचा दे। सभी पहाड़ों में श्रेष्ठ उस पहाड़ (एवरेस्ट) ने शीघ्र ही अपने बारे में यह जता दिया कि उसकी संरचना लगभग सटीक पिरामिडनुमा थी एवं उसकी प्रत्येक भुजा शिला-दर-शिला एक खड़ी चट्टाननुमा आकृति लिए थी। दुनिया का कोई भी पर्वतारोही कभी भी इस रीति से उस पर चढ़ने की नहीं सोचता। अतः मेल्लोरी एवं बुल्लोक ने अपना ध्यान उन तीन पर्वत श्रेणियों पर केंद्रित कर दिया, जो मिलकर उस कथित विशाल पिरामिड के कोनों का निर्माण करती थीं।

पश्चिमी पर्वत श्रेणी अथवा खड़ी बर्फ से ढकी मीलों लंबी चट्टानों के रूप में ठीक एवरेस्ट की उस सतह की तरह ही नजर आती थी, जिस पर चढ़ना असंभव प्रतीत होता था। इसके अलावा खुंबु ग्लेशियर से लेकर दक्षिणी पर्वत श्रेणी तक उभरी बर्फ की घाटी भी थी। मेल्लोरी की अनुभवी आंखों ने यह सब देखकर उसकी दुर्गमता को ताड़ लिया। पर्वत का यह हिस्सा नेपाल की सीमा में आता था। नेपाल एक ऐसा देश था, जिसमें विदेशियों का प्रवेश प्रतिबंधित था। मेल्लोरी ने इस घाटी को (WESTERN CWM) नाम दिया। इसे बोलचाल में वेस्टर्न कूम कहा जाता है।

आखिरकार उत्तर-पूर्व की ओर खोज करने पर मेल्लोरी को उस विशाल पहाड़ के सुरक्षा चक्र में एक कमजोर बिंदु अर्थात् चढ़ाई के लिए उपयुक्त स्थान मिल ही गया। रॉगबक ग्लेशियर की वजह से एक ऊंची संरचना स्थापित थी। यह कुछ इस तरह से थी, मानो किसी ने बर्फ की एक विशाल काठी वहां कस दी हो। इसके आगे तीखे एवं तेज कोनों वाली एक चट्टान थी, जो ऐन चढ़ाई के पास पहुंचती थी, परंतु ग्लेशियर से उत्पन्न यह संरचना, जिसे नॉर्थ कोल नाम से पुकारा जाने लगा था, पूर्ण रूप से बर्फ से बनी एक चट्टान थी। इस चट्टान की ऊंचाई बारह सौ मीटर थी। मेल्लोरी और बुल्लोक में से किसी को भी ग्लेशियर से कोल तक की चढ़ाई का कोई रास्ता नहीं सूझ रहा था, फिर कोई दो महीने तक एक और पर्वतारोही व्हीलर के साथ रॉगबक ग्लेशियर की खोज करते रहने और इस दरमियान कोल की ऊंची चढ़ाई चढ़ने के दौरान इन तीनों ने एक संकरा मार्ग ढूंढ़ निकाला। यह मार्ग ग्लेशियर से उनकी तरफ की चढ़ाई तक एक कटाव लिए था। यहां से एवरेस्ट की ऊंची चोटी कुल एक हजार आठ सौ मीटर ऊंचाई पर थी। तीनों यहां से वापस लौट गए। ऐसा लगता था, मानो वह महान पहाड़ उन्हें उनकी शक्ति परीक्षण की चुनौती दे रहा था।

अगले साल मेल्लोरी वापस लौटा। इस बार वह उस प्रथम योजना का हिस्सा बनकर आया था, जिसका मकसद उस महान पहाड़ को जीतना था। चढ़ाई के लिए बेस कैंप

(आधार कैंप) रॉगबक ग्लेशियर में लगाया गया। गत वर्ष ढूंढ़ निकाले गए संकरे मार्ग को ही प्रयोग में लाया गया। चूंकि तिब्बती ग्रीष्म ऋतु बहुत छोटी होती है और दल के पास केवल छः हफ्तों का ही समय था। इसके बाद मानसून अपने साथ तूफान एवं कोहरा ले आता। लिहाजा मेल्लोरी और सोमरवेल ने शीघ्रताशीघ्र उत्तरी कोल की ओर अपना रास्ता काटना शुरू कर दिया। इनके पीछे-पीछे शेरदिल शेरपाओं की कतार चल रही थी। ये शेरपा कुली अपनी पीठ पर कोल के ऊपर स्थापित कैंप-चार के लिए साजो-सामान लिए हुए थे।

मेल्लोरी, सोमरवेल, मोरशेड और नॉरटन ने कैंप-चार से अपनी कथित चढ़ाई के लिए पहला प्रयास आरंभ किया। तेज फुफकारती सर्द हवाएं रह-रहकर उन पर बर्फ बरसा रही थीं। हवा की ठंडक में उनकी हड्डियां तक बैठ रही थीं। छह हजार नौ सौ मीटर की ऊंचाई पर हवा में ऑक्सीजन की अत्यधिक कमी की वजह से उनके फेफड़े किसी धौंकनी के समान फूल-पिचक रहे थे। ऐसा लग रहा था मानो वे अनवरत मीलों दौड़ने के उपरांत हांफ रहे थे। सात हजार पांच सौ मीटर की ऊंचाई पर थकान इतनी बढ़ गई कि उन्हें मजबूर होकर रुकना पड़ा। कैंप लगाना अब आवश्यक हो गया था। उन्होंने अपने साथ मौजूद शेरपाओं को वापस कैंप-चार भेज दिया।

उस रात तापमान शून्य से भी नीचे चला गया। अगली सुबह होते ही उन्होंने अपनी यात्रा शुरू कर दी। मोरशेड इससे आगे की तकलीफ सहन न कर सका और बीमार पड़ गया। उसे वापस लौटा कर बाकी तीनों ने अपनी चढ़ाई जारी रखी। आगे की चढ़ाई अत्यधिक दुष्कर थी। हर कदम के लिए अत्यधिक मानसिक शक्ति की जरूरत थी। ऑक्सीजन की कमी ने अपना खेल दिखाना शुरू कर दिया। हर प्रकार के तार्किक एवं निर्णय पूर्ण विचारों ने मानो दिमाग से पलायन ही कर दिया था। केवल कुछ बाकी रह चुकी इच्छा-शक्ति ही वह चीज थी, जो उन्हें कदम-दर-कदम ऊपर की ओर ले जा रही थी। 8,100 मीटर की ऊंचाई पर पहुंचने पर उन्हें इस बात का भली भांति आभास हो गया कि अब और आगे बढ़ना अपने जीवन को खतरे में डालना था। तीनों पर्वतारोही वहां से लौट पड़े। पीछे छूट गए मोरशेड की हालत खराब थी। वह तुषार उपघात का शिकार होकर पंगु हो चुका था। अत्यधिक शीत की अवस्था में मानव अंग में एक प्रकार का घाव हो जाता है, जो उपचार न होने की दशा में अंग विशेष के पूर्णतः खराब हो जाने का कारण बनता है। यही तुषार उपघात है।

तीनों ने किसी तरह सहारा देते हुए मोरशेड को उठाया और उसे लेकर नीचे कैंप-चार की ओर चल दिए। वापसी के इस सफर में शायद वे जल्दबाजी कर बैठे। अचानक ही उनमें से एक फिसल पड़ा। सभी आपस में एक रस्सी से बंधे हुए थे और इसी कारण उस एक के फिसलते ही रस्सी के खिंचाव की वजह से दूसरा और फिर तीसरा भी खिंचता हुआ उत्तरी तरफ की ढलान की ओर फिसलता चला गया। उस ढलान के पार

नीचे की चट्टानें कोई दो हजार चार सौ मीटर नीचे थीं। इस ऊंचाई से गिरने पर क्या हालत हो सकती थी, यह भली-भांति समझा जा सकता है, फिर अगले ही पल रस्सी के आखिरी सिरे पर बंधे मेल्लोरी को झटका लगा और वह उस खाईं की तरफ खिंचने लगा। झटके की तीव्रता से उसके पांव उखड़ गए थे। तुरंत बुद्धि से काम लेते हुए अपने हाथ में थमी बर्फ काटने की उस छोटी सी कुल्हाड़ी को एक जोरदार झटके के साथ बर्फ में गाड़ दिया। भाग्य ने साथ दिया। कुल्हाड़ी ने बर्फ में अपनी पकड़ बना ली। रस्सी एक झटके से तन गई और वे सभी खाईं में गिरने से बच गए। तीनों पर्वतारोहियों ने धीरे-धीरे कदम बढ़ाते हुए मेल्लोरी की तरफ वापस ऊपर की ओर चढ़ना शुरू कर दिया। एक बार फिर उन्होंने कैंप-चार की अपनी यात्रा शुरू की। इस बार हर कोई सावधान था। सावधानी एवं धीमी चाल की वजह से वे रात में काफी देर से अपने गंतव्य स्थल, कैंप-चार पहुंचे। रात के उस पहर हवा में अत्यधिक ठंडक थी और वे तीनों तो मानो मारे ठंड के मरे ही जा रहे थे।

पर्वतारोहण के इतिहास में पहली बार कृत्रिम श्वसन प्रणाली लेकर फ्रिंज, जियोफरी ब्रूस और तेजबीर बूरा ने सन् 1922 में दूसरा एवरेस्ट पर्वतारोहण का प्रयास किया। हालांकि इसको भी उस विशाल पहाड़ की कठोरता के आगे हार माननी पड़ी थी, परंतु 8,190 मीटर की चढ़ाई चढ़ने वाला यह दल उस स्थान या उस चढ़ाई तक चढ़ने वाला पहला मानव दल था। उनसे पहले कोई भी मानव उतनी ऊंचाई तक नहीं पहुंच पाया था।

सन् 1922 में यह दल अपना दूसरा प्रयास करने ही वाला था कि दुर्भाग्य ने अपना खेल दिखा दिया। कैंप-तीन एवं उत्तरी कोल के बीच की मजबूत एवं कठोर बर्फ ने अचानक ही अपनी कठोरता खो दी। बर्फ के अपने स्थान से हटने की वजह से शेरपा उसकी चपेट में आ गए। एवरेस्ट की वह ढलान नेपाल के सात सूरमाओं की कब्रगाह बन गई।

इस हादसे से दुखी एवं व्यथित वह अभियान दल वापस लौट गया।

सन् 1924 में एक मजबूत टीम अपने सभी साजो-सामान के साथ एक बार पुनः दूसरे प्रयास के लिए वहां जा पहुंची। मेल्लोरी एवं ब्रूस पहला प्रयास करने वाले थे, पर 7660 मीटर की ऊंचाई पर स्थित कैंप-पांच पर मौजूद तेज हवाओं ने शेरपाओं के हौंसले पस्त कर दिए और उन्होंने कैंप-छः के लिए ऊपर साजो-सामान ले जाने से इंकार कर दिया।

परंतु नॉरटन एवं सोमरवेल ने किसी तरह से शेरपाओं को अपने साथ 8040 मीटर की ऊंचाई तक चढ़ने के लिए मना लिया। इस चढ़ाई तक चढ़ना वाकई एक अभूतपूर्व कारनामा था। इतनी ऊंचाई पर हवा अत्यधिक पतली होती है अर्थात् उसमें ऑक्सीजन की मात्रा काफी घट जाती है। ऐसे में अपनी पीठ पर भारी साजो-सामान लेकर पर्वतारोहण करना वाकई हिम्मत एवं जांबाजी भरा कार्य था, जिसे उन शेरपाओं ने बखूबी अंजाम दिया था। फिर अगली सुबह भोर होते ही वे दोनों पर्वतारोही अपनी राह पर आगे निकल पड़े।

हवा का पतलापन अपना असर दिखा रहा था। दोनों रह-रह कर खांस रहे थे। ऐसी हवा में सांस लेने के लिए फेफड़ों पर सामान्य से अधिक ही दबाव पड़ रहा था। हर दस या बारह कदम चढ़ने के बाद उन दोनों को विराम के लिए रुकना पड़ता था, परंतु अपने से पहले पर्वतारोहियों से बेहतर हालात एवं स्वास्थ्य की बदौलत वे अगले पांच घंटों तक ऊपर चढ़ाई चढ़ते रहे।

8400 मीटर की ऊंचाई पर पहुंचने के बाद सोमरवेल की हालत खराब हो गई। वह अब सांस लेने में भी कठिनाई का अनुभव करने लगा था। ऐसा लगता था मानो दम घुट रहा हो। सोमरवेल नीचे बैठ गया और वहां बैठे-बैठे ही ऊपर चोटी की ओर इशारा कर नॉरटन को चढ़ते रहने का इशारा किया। अगले एक घंटे तक नॉरटन अपनी अदम्य इच्छा-शक्ति के बूते पर चढ़ाई चढ़ता हुआ अपनी तरफ की खड़ी चट्टान को पार कर उसके मुहाने तक जा पहुंचा। शिलाखंडों को मजबूती से पकड़े हुए उसने तिब्बत के पहाड़ों की ओर देखा। वह ज़हां था वहां से उसे हर पहाड़ छोटा नजर आ रहा था, परंतु एवरेस्ट अब भी उन सबसे ऊंचा खड़ा था और उसमें अब और चढ़ाई चढ़ने की शक्ति न बची थी।

नॉरटन, सोमरवेल को साथ लेकर किसी तरह से वापस उत्तरी कोल जा पहुंचा। दोनों टूटने की हद तक थक चुके थे। सोमरवेल अत्यधिक बीमार था और नॉरटन हिम अंधता का शिकार हो चुका था। बर्फीले प्रदेशों, जहां चहुं ओर बर्फ है, सूर्य की किरणों के बर्फ से परावर्तित होकर आंखों में पड़ने से कई बार पर्वतारोहियों के लिए अंधता का कारण बनती है।

इस सारे घटनाक्रम के बीच मेल्लोरी ने चौबीस वर्षीय एंड्रयू इरविन को अपने साथी की हैसियत से चुन लिया था और वे दोनों अपने कथित आखिरी प्रयास के लिए तैयारी कर रहे थे। हर कोई जिसने मेल्लोरी को तैयारी करते हुए देखा है, यह जान और समझ गया था कि एक महान पर्वतारोही अपने महानतम कार्य के लिए तैयार हो रहा था। उन्होंने वह रात कैंप-छः में गुजारी। अगली सुबह मौसम साफ एवं अपेक्षाकृत रूप से शांत था। केवल ऊपर की तरफ ही कुछ कोहरा था। सभी संकेत चढ़ाई शुरू करने के पक्ष में थे।

8 जून, 1924 को ऑडेल नामक एक पर्वतारोही कैंप-पांच से रसद तथा अन्य सामान लेकर कैंप-छः की ओर रवाना हुआ। अपनी इस चढ़ाई के दौरान उसकी नजर एवरेस्ट की चोटी की ओर उठी। घोर आश्चर्य, उसे चोटी की ओर चढ़ते हुए दो मानव आकृतियां नजर आईं। यद्यपि दोनों आकृतियां दूरी की वजह से काफी छोटी नजर आ रही थीं, तो भी तय था कि वे मानव ही थे। उन मानव आकृतियों के स्थान से एवरेस्ट की चोटी मात्र 240 मीटर या उससे भी कम ऊंचाई पर स्थित थी। दोनों आकृतियां अपनी रफ्तार से धीरे-धीरे ऊपर चढ़ रही थीं। अचानक चोटी पर मौजूद धुंध फिसलती हुई नीचे उतर आई और वे दोनों आकृतियां दिखनी बंद हो गईं।

यह देखकर ऑडेल कैंप-छः की ओर रवाना हो गया। उसने कैंप पहुंचकर साथ लाया सामान वहां रखा और फिर ऊपर की ओर चढ़ाई करने लगा, फिर थोड़ा ऊपर चढ़कर इंतजार करने लगा। कोई भी पहाड़ी से नीचे नहीं आया। ऑडेल नीचे उतरकर कैंप-पांच पहुंचा, उसने वह रात वहां अकेले रहकर बिताई। अगली सुबह वह एक बार फिर कैंप-छः पहुंचा, परंतु वहां कोई भी न था। ऑडेल यह देखकर अकेला ही ऊपर की ओर चढ़ने लगा। जब तक उसके फेफड़े उसका साथ देते रहे, वह चढ़ता रहा, पर इतने ऊपर आने के बाद भी उसे कोई नजर नहीं आया। मेल्लोरी और डरविन इसके बाद फिर कभी न दिखे।

सन् 1924 के बाद तिब्बत ने हर तरह से विदेशियों का प्रवेश निषेध कर दिया। अगले किसी अभियान के लिए सन् 1933 तक रुकना पड़ा। 1933 के उस साल में पर्वतारोहियों ने एवरेस्ट संबंधित अनेक जानकारियां एवं तथ्य इकट्ठे किए। हालांकि खराब मौसम की वजह से कोई भी एवरेस्ट की चोटी को विजित न कर सका, परंतु अपनी खोज के दौरान पर्वतारोहियों को बर्फ और पत्थरों की एक चट्टान के पास बर्फ तोड़ने वाली एक कुल्हाड़ी प्राप्त हुई। शायद शिखर की ओर अपनी चढ़ाई के दौरान मेल्लोरी या इरविन में से किसी ने कुल्हाड़ी वहां गिरा दी हो, या फिर ऐसा भी हो सकता था कि एवरेस्ट की चोटी विजित करने के उपरांत उन्होंने कुल्हाड़ी को चोटी पर एक यादगार के रूप में गाड़ दिया हो और पिछले नौ वर्ष की हवाओं ने उसे नीचे गिरा दिया हो। खैर, सच्चाई जो भी रही हो, उसे अब कौन बता सकता था?

स्मिथ और शिपटन ने सन् 1938 में एवरेस्ट विजित करने के उद्देश्य से दूसरा प्रयास किया, पर चोटी के लगभग करीब पहुंच चुके इन लोगों को दुर्भाग्यवश वापस लौटना पड़ा। इसके बाद प्रयास करने वालों में टिलमैन एवं लोयड प्रमुख रहे, परंतु विशाल एवरेस्ट की शक्ति के आगे इनके प्रयास भी बौने साबित हुए। एवरेस्ट को विजित करना इनकी शक्ति से बाहर की चीज साबित हुई।

इसके बाद एवरेस्ट विजित करने का ख्वाब लेकर दो स्विस अभियान दल इस क्षेत्र में उतरे। इस बार सन् 1952 में उन्होंने नेपाल के रास्ते से प्रवेश किया। गत वर्ष के अभियान के दौरान एरिक शिपटन के दल ने यह पता लगा लिया था कि पश्चिमी कूम चढ़ाई चढ़ने के उद्देश्य से उतना दुर्गम अथवा असंभव नहीं था, जितना कि मेल्लोरी ने सोचा था। स्विस दल अपने प्रयास से 8475 मीटर की ऊंचाई चढ़कर लगभग एवरेस्ट शिखर पर पहुंच चुका था। उनके इस प्रयास में तेनजिंग नोर्गे नामक एक विलक्षण शेरपा भी शामिल था। तेनजिंग का एक ही ख्वाब था कि वह एवरेस्ट के शिखर पर खड़ा हो। अपने इस सपने को साकार करने का मौका उसे कर्नल जॉन हंट के निर्देशन में जाने वाले ब्रिटिश दल के साथ शामिल होने पर मिल ही गया। सन् 1953 में अपने अभियान पर रवाना होने वाले इस दल के पास हर वह जरूरी साजो-सामान था, जो एवरेस्ट जैसे दुर्गम एवं लगभग अविजित पहाड़ को विजित करने के उद्देश्य से आवश्यक था।

हंट ने सर्वप्रथम बोर्डिल्लोन एवं इवान्स को आगे रवाना किया। ये दोनों ऑक्सीजन की आपूर्ति करने वाले उपकरणों से लैस थे। इन दोनों ने दक्षिणी कोल के शिखर अर्थात् 7755 मीटर की ऊंचाई से अपनी चढ़ाई आरंभ की। इनकी चढ़ाई और निशानियां निःसंदेह पीछे आने वाली टीम एडमंड हिलेरी एवं शेरपा तेनजिंग नोर्गे के लिए एक नक्शे का कार्य करतीं।

हंट एवं शेरपा नामग्याल इनके पीछे-पीछे चलने लगे। इनका उद्देश्य साजो-सामान को कैंप-नौ तक पहुंचाना था, जहां से हिलेरी एवं तेनजिंग को अपनी चढ़ाई शुरू करनी थी। अपने अथक प्रयासों के बाद भी ये आगे न बढ़ सके। आखिरकार थक कर 8175 मीटर की ऊंचाई पर उन्हें कैंप लगाना पड़ा।

परंतु बोर्डिल्लोन एवं इवान्स ने धीरे-धीरे ही सही, पर अपनी चढ़ाई को जारी रखा। और आखिरकार वे लोग 8481 मीटर की ऊंचाई पर स्थित दक्षिणी शिखर पर पहुंच ही गए। इस बिंदु से आगे देखने पर बर्फ से ढंकी एक विशाल चट्टान दृष्टिगोचर हो रही थी। इसकी खड़ी चढ़ाई अपनी पूरी सुंदरता एवं कठोरता के साथ अडिग पड़ी थी। यह वह दृश्य था, जिसे किसी भी मानव आंख ने पहले कभी नहीं देखा था। माऊंट एवरेस्ट की शिखर बिंदु अब उनकी आंखों के सामने था। सामने एवरेस्ट का शिखर था, पर दोनों पर्वतरोही मन और तन से इतना अधिक थक चुके थे कि बर्फ की उस आखरी दीवार को पार करना उनके बस की बात न थी। दोनों लौट पड़े।

हिलेरी और तेनजिंग ने अपने साथियों बोर्डिल्लोन एवं इवान्स के नक्शे कदम पर अपनी चढाई आरंभ की। हवा ने हर वो निशान मिटा दिया था, जो उनके लिए मददगार हो सकता था। इतने पर भी उन्होंने हिम्मत न हारी। दोनों उस चमकदार सफेदी में अपनी राह बनाते हुए आगे बढ़ने लगे। प्रातः 9 बजे दक्षिणी शिखर पर पहुंच गए। अब सवाल था, किस तरह से सामने मौजूद उस बर्फ एवं चट्टान से बनी दीवार को विजित किया जाए?

काले पत्थरों की उस चट्टान के दीवार पर जमी बर्फ के आसपास की ठोस बर्फ को कदम-दर-कदम पर काटते हुए हिलेरी ने पहले आगे बढ़ना शुरू किया। इस खतरनाक चढ़ाई को करीब एक घंटे तक चढ़ने के बाद दोनों के सामने 12 मीटर ऊंची एवं बिल्कुल सीधी खड़ी चट्टान की एक दीवार थी। यह चट्टानी दीवार अपनी चिकनाई में किसी कांच को भी मात दे रही थी। हिलेरी ने इस दुर्गम कठिनाई का अवलोकन शुरू कर दिया। उसके कंधों पर बंधे ओपन सर्किट उपकरण से हवा के साथ पर्याप्त मात्रा में ऑक्सीजन उसके फेफड़ों तक पहुंच रही थी। पहाड़ की एक तरफ बर्फ कंगूरों की शक्ल में लटक रही थी, तो दूसरी तरफ पूर्ण खालीपन दृष्टिगोचर हो रहा था। बर्फ की कंगूरेनुमा उस आकृति और चट्टान के बीच एक दरार थी।

करो या मरो की तर्ज पर हिलेरी उस दरार में समा गया। पीठ पीछे उन बर्फीले कंगूरों का सहारा लेता हुआ वह कदम-दर-कदम ठोकरें मारता ऊपर चढ़ता रहा। किसी भी पल बर्फ अपने स्थान से हट सकती थी, जिसके नतीजे बड़े भयंकर होना तय थे, परंतु सौभाग्य से बर्फ अपेक्षाकृत मजबूत निकली। हिलेरी धीरे-धीरे चढ़ता हुआ उस चोटी पर पहुंच गया, फिर तेनजिंग भी उसकी राह का अनुसरण करता हुआ ऊपर पहुंचा।

दोनों थकान से चूर हो चुके थे, तो भी एक-दूसरे को सहारा देते हुए चढ़ाई चढ़ते रहे। अचानक हिलेरी ने महसूस किया कि हर चीज उसे काफी नीचे की तरफ नजर आने लगी थी। पूर्वी रॉगबक ग्लेशियर दूर नीचे दिख रहा था, हर चीज और हर पहाड़ छोटा नजर आ रहा था। इस तरह 29 मई, 1953 की सुबह 11 बजकर 30 मिनट पर एडमंड हिलेरी और तेनजिंग नोर्गे दुनिया की छत माउंट एवरेस्ट पर पहुंच ही गए।

उन्होंने एवरेस्ट के शिखर से चित्र लेने शुरू किए। पूरा वातावरण आश्चर्य, हर्ष एवं आनंदातिरेक से भर गया था। वे दोनों एवरेस्ट को जीत चुके थे। तेनजिंग ने अपनी आस्था एवं धर्म के अनुसार एवरेस्ट शिखर की बर्फ पर खाने की कुछ साम्रगी रखी। उधर हिलेरी ने हंट द्वारा दिए गए क्रॉस चिह्न को वहां उच्चतम बिंदु पर रख दिया।

दोनों ने वापस रवाना होने से पहले आखिरी बार चारों तरफ देखना शुरू किया। वे ऐसी किसी चीज की तलाश में थे, जो शायद मेल्लोरी एवं इरविन के बारे में कुछ बताती, जिन्होंने शायद उनसे भी पहले एवरेस्ट को विजित किया हो! पर, ऐसा कोई निशान या चीज वहां न थी। उनकी आंखों के आगे केवल और केवल बर्फ ही थी।

—किंगडम ऑफ एडवेंचर एवरेस्ट, जेम्स रामसे उलमैन

—अवर एवरेस्ट एडवेंचर, सर जोन हंट

15. और भारत भयंकर अहित से बच गया

कभी-कभार साधारण व्यक्ति भी बड़े ही दुस्साहसिक कार्य कर देता है। आवश्यकता होती है, तो बस सूझबूझ की। ऐसी ही एक घटना हुई थी सन् 1942 के मध्य में। जब एक मामूली से धोबी की अनोखी सूझबूझ के कारण अपने मुखिया सहित सात जापानी जासूस पकड़े जा सके। उन्हें कलकत्ता, हावड़ा के बीच हुगली नदी पर बने नए हावड़ाब्रिज को उड़ाने का काम सौंपा गया था। जापानियों की योजना थी, बंगाल को शेष भारत से काट कर आवा-गमन ही ठप कर दिया जाए और यह कठिन कार्य इस पुल को उड़ा कर ही संभव हो सकता था।

7 दिसम्बर, 1941 को पर्ल हार्बर पर अचानक आक्रमण कर जापान मित्र राष्ट्रों के खिलाफ युद्ध में कूद चुका था। उसकी फौजें अमेरिकनों, फ्रांसीसियों, डचों और अंग्रेजों का सफाया करते हुए तूफान की तरह आगे बढ़ती ही गईं और तीन महीने के अंदर-अंदर जापानी झंडे ग्वाम, मिडवे, वेक द्वीप, फिलिपींस, हांगकांग, थाइलैंड, जावा, सुमात्रा, बोर्नियो, मलाया, सिंगापुर में लहराने लगे। अब बारी थी बर्मा पर आक्रमण करके भारत पर कब्जा करने की। अंग्रेजों के लिए बड़ी विकट घड़ी थी। बढ़ते हुए बवंडर की तरह जापानी सैनिकों को रोकने में वे असफल रहे। 7 मार्च, 1942 को जापानियों ने ब्रिटिश फील्ड मार्शल वाइकाउंट आर्चिबाल्ड वेवल को बर्मा से खदेड़ कर ही दम लिया।

कुछ बौद्ध भिक्षु और जनजातियों के अनेक नेता बर्मा (अब म्यांमार) में अंग्रेजों के कट्टर शत्रु थे। जापानियों को इनका पूरा-पूरा सहयोग मिला। इन्हीं की कृपा से तोकाक्का नामक जापानी गुप्तचर संस्था में कुछ खास आदमियों को भर्ती करके उन्हें तोड़-फोड़ के कार्यों में भली-भांति प्रशिक्षित किया गया। ये प्रशिक्षण केंद्र विभिन्न गुप्त स्थानों में थे। एक केंद्र का गुप्तचर अपने दूसरे केंद्र के साथी को पहचानता न था। यह व्यवस्था सुरक्षा को ध्यान में रखते हुए ही की गई थी।

म्यांमार छोड़ते समय शरणार्थियों की पहली खेप में सात जापानी जासूसों ने भी पैदल ही ऊंचे-ऊंचे दुर्गम पहाड़, घने जंगल, उत्तर से दक्षिण की ओर तेजी से बहती नदियां, नाले, पार कर भारत भूमि में प्रवेश किया। वे बौद्ध भिक्षुओं के छद्मवेश में थे। सबने अलग-अलग सीमा पार की। वे एक-दूसरे को पहचानते भी नहीं थे। गेरुए वस्त्र धारण किए हुए थे सब। अंतर केवल इतना था कि उनकी सारौंग (लुंगियों) की किनारी लाल रंग की थी। एकमात्र इसी संकेत से उन्हें भारत में अपने साथियों को पूर्व निर्धारित स्थान पर पहचानना था।

शरणार्थियों के वेश में कहीं दुश्मन के भेदिए भी भारत में घुसपैठ न कर बैठें, इसलिए भारत-म्यांमार सीमा पर ही ब्रिटिश गुप्तचरों द्वारा उनकी जांच-पड़ताल कर ली जाती थी। यदि किसी पर तनिक भी संदेह हुआ, तो इंटरोगेशन (पूछताछ) के लिए उसे शिलांग, अगरतला, सिलचर, रांची, दीमापुर आदि केंद्रों में भेज दिया जाता था। वहां फोर्स वन-थ्री-सिक्स के अंग्रेज अफसर उनकी कस कर खिंचाई करते थे।

इस पहली खेप में कई हजार शरणार्थी थे। जिन लोगों के पास परिचय-पत्र और अंग्रेज अफसरों की सिफारिशी चिट्ठियां थीं, उन्हें बेरोकटोक भारत में दाखिल होने दिया जाता था। इस तरह कुछ को अनुमति मिली पूछताछ के बाद। शेष को गहरी छानबीन के लिए अन्य केंद्रों में भेज दिया गया। संयोग से लाल किनारे वाली लुंगियां लपेटे सातों जापानी जासूसों को भी विशेष पूछताछ के लिए इन्हीं केंद्रों में भेजा गया।

एक दिन की बात है। दीमापुर कैंप का धोबी अपने अंग्रेज अफसरों के कपड़े मैदान में सुखा रहा था। निकट ही कुछ शरणार्थियों के कपड़े भी सूख रहे थे, जो उन्होंने स्वयं धोए थे। उसकी नजर पड़ी गेरुआ रंग की लुंगी पर, जिसका किनारा लाल था। उसे कुछ अजीब-सा लगा। बौद्ध भिक्षु तो रेशमी वस्त्र धारण करते हैं गेरुआ रंग के, फिर यह लाल किनारी कैसी? उससे रहा न गया और यह बात अपने साहब के कान में डाल दी।

गहन छानबीन के बाद पता चला कि दीमापुर शिविर में केवल दो ही बौद्ध भिक्षु ऐसे हैं, जिनकी लुंगियों के किनारे लाल थे, फिर शुरू हुई दोनों की तगड़ी पूछताछ। हीला-हवाला तो बहुत किया, अधिकारियों को गुमराह करने की कोशिश भी की, लेकिन इंटरोगेशन में माहिर अफसरों के आगे उनकी दाल न गली। अंत में दोनों ने उगल ही दिया कि

हावड़ाब्रिज उड़ाने के लिए ही उन्हें भारत भेजा गया था, किंतु वे अपने अन्य साथियों के बारे में कुछ भी न बता सके। उन्हें पता ही नहीं था कि उनके अलावा यह काम किसी और को भी सौंपा गया था।

तुरंत सभी पूछताछ केंद्रों को गुप्त वायरलैस संदेश भेजा गया कि लाल किनारे की लुंगी पहने सभी बौद्ध भिक्षुओं को कड़ी निगरानी में तुरंत दीमापुर रवाना किया जाए। ऐसे लोगों की संख्या पांच निकली। दीमापुर पहुंचने पर जब उनके साथ भी सख्ती से पेश आया गया, तब सभी को अपने जापानी जासूस होने की बात स्वीकार करनी पड़ी। कलकत्ता स्थित अपने मास्टर स्पाई (प्रमुख जासूस) के बारे में भी बता दिया, जो उन्हें किसी भी मंगलवार की शाम कालीघाट स्थित काली मंदिर के प्रांगण में मिलने वाला था। हावड़ाब्रिज उड़ाने की समस्त विस्फोटक सामग्री उसी के पास थी। ये सातों तो खाली हाथ थे।

उस मास्टर स्पाई की गिरफ्तारी के बाद सबको वही सजा दी गई, जो युद्ध के दिनों में दुश्मन के जासूसों को दी जाती है और उस गरीब धोबी को मिले बहुत से इनाम, जिसकी सूझबूझ से हमारा देश भयंकर अहित से बच गया।

—विश्व इतिहास कोश, चंद्रराज भंडारी, विशारद, भानपुरा

16. चमड़े की नौका से समुद्र यात्रा

जब टिम सेवरिन ने पहले पहल चमड़े की नौका पर अटलांटिक महासागर को पार करने की बात सोची थी, तो लोगों ने उसको पागल कहा। बहुत से लोगों का ख्याल था कि चमड़े की बनी हुई किसी नौका का अटलांटिक को पार करना नामुमकिन और खतरनाक खेल है। अटलांटिक की प्रचंड लहरें, पल-पल बदलने वाला उसका मिजाज और उसमें उठने वाले उग्र तूफान कोई छिपी हुई बातें नहीं थीं। चमड़े की बनी हुई नौका की भला अटलांटिका की लहरों में क्या औकात थी?

चमड़े की बनी हुई नौका में समुद्र-यात्रा का टिम सेवरिन का विचार एकदम नया और लोगों की दृष्टि में काफी सनक-भरा था, टिम सेवरिन जानता था कि यह काम दुस्साहसपूर्ण और खतरे से भरा हुआ अवश्य था, पर नामुमकिन नहीं।

ऐसी नौका पर समुद्र-यात्रा की प्रेरणा टिम सेवरिन ने छठीं शताब्दी के एक आयरिश पादरी सेंट ब्रेंडन से ली थी। स्पेनिश साहित्य की कुछ पुरानी पुस्तकों में इस बात का

उल्लेख मिलता है कि कोलंबस से एक हजार वर्ष पूर्व छठी शताब्दी में सेंट ब्रेंडन ने अपने कुछ साथियों के साथ चमड़े की बनी नौका में अटलांटिक महासागर के रास्ते अमेरिका की यात्रा की थी।

इस कथा का एक मतलब यह भी था कि कोलंबस से एक हजार वर्ष पूर्व सेंट ब्रेंडन तथा उसके साथियों ने अमेरिका को खोज लिया था। यह कहानी कपोल कल्पित लगती थी, लेकिन लातीनी किताबों में सेंट ब्रेंडन की समुद्र-यात्रा का जो उल्लेख मिलता है, उनमें यह बात काफी विश्वास के साथ कही गई है कि उसने स्वनिर्मित चमड़े की नौका में अटलांटिक महासागर को पार किया था।

सेंट ब्रेंडन की चर्चा सर्वप्रथम टिम सेवरिन ने अपनी पत्नी डोरोथी के मुख से सुनी थी। डोरोथी मध्यकालीन स्पेनिश साहित्य की विशेषज्ञ थी। डोरोथी का ख्याल था कि ब्रेंडन की यात्रा-कथा प्रामाणिक और सत्य थी।

'किसी काल्पनिक कथा में स्थानों की भौगोलिक स्थिति, समय, यात्रा-मार्ग और कठिनाइयों का वर्णन इतना सटीक नहीं हो सकता। ऐसा प्रतीत होता है, जैसे कथा ब्रेंडन के निजी अनुभवों पर आधारित है।' ऐसा डोरोथी का कथन था। अतः प्रश्न उत्पन्न होता था कि ब्रेंडन की चमड़े की नौका पर समुद्र-यात्रा की कथा के सत्य होने की जांच कैसे की जाए?

उसकी कथा काफी समय से खोजी इतिहासकारों को उलझन में डाले हुए थी। वे अभी पूरी तरह से इस नतीजे पर नहीं पहुंच सके थे कि समुद्र-यात्रा कल्पना-कथा थी या सत्य? क्या वास्तव में चमड़े की बनी नौका पर अटलांटिक महासागर की यात्रा करना मुमकिन था?

ब्रेंडन की यात्रा-कथा की जांच प्रामाणिक और क्रियात्मक रूप से तब ही हो सकती थी, जबकि वैसी ही यात्रा का जोखिम उठाया जाता। सत्यता की जांच करने के लिए ही चमड़े की नौका में यात्रा करने का विचार टिम सेवरिन के मस्तिष्क में उपजा था। ब्रेंडन के बारे में ज्यादा जानकारी हासिल करने के लिए टिम सेवरिन कई मास ब्रिटिश म्यूजियम लाइब्रेरी में माथा पच्ची करता रहा। अनेक पुस्तकों में माथा पटकने के बाद टिम सेवरिन को सेंट ब्रेंडन के बारे में कई प्रकार की महत्वपूर्ण और काम की जानकारियां मिलीं।

पुस्तकों से मिली जानकारियों से पता चलता था कि छठीं शताब्दी का वह अनोखा और दुस्साहसी यात्री ब्रेंडन आयरलैंड के पश्चिमी क्षेत्र में रहता था। कथा के अनुसार, एक बार अन्य आयरिश पादरी ब्रेंडन के यहां आया और उससे सुदूर पश्चिम में मौजूद बहुत खूबसूरत द्वीप का जिक्र किया। इस पादरी ने ब्रेंडन से आग्रह किया कि वह स्वयं उस खूबसूरत द्वीप की यात्रा करके उसको देखे। इस प्रकार आगंतुक पादरी के कहने पर ब्रेंडन ने उस कथित द्वीप की यात्रा करने का निश्चय किया था।

अपनी यात्रा के लिए सेंट ब्रेंडन ने स्वयं एक विशेष नौका तैयार की। जब नौका तैयार हो गई, तो सेंट ब्रेंडन अपने साथ सत्रह ईसाई साधुओं को लेकर लंबी समुद्र-यात्रा पर निकल पड़ा।

स्पेनिश और लातीनी पुस्तकों में कहा गया था कि सेंट ब्रेंडन को अपने लक्ष्य (अमेरिका) तक पहुंचने में सात वर्ष का समय लगा था। यात्रा बहुत कठिन और अनेक मुसीबतों से भरी हुई थी। एक के बाद एक असंख्य द्वीपों को पार करता हुआ ब्रेंडन अंत में समतल भूमि पर बसे हुए एक खूबसूरत देश में जा पहुंचा था।

यह देश था अमेरिका। इसका मतलब था कि कोलंबस से एक हजार वर्ष पहले ब्रेंडन ने अमेरिका को खोज लिया था। यह बात इतिहासकारों को चौंकाने वाली थी, क्योंकि आमतौर पर विश्वास किया जाता है कि अमेरिका की खोज सर्वप्रथम कोलंबस ने ही की थी।

ब्रेंडन की कथा में कुछ ऐसी आश्चर्यजनक और अविश्वसनीय बातें थीं, जो आसानी से गले नहीं उतरती थीं। एक बात तो यह थी कि अटलांटिक यात्रा का सात वर्ष का लंबा अर्सा और दूसरी चमड़े की नौका! यह बात सर्वविदित है कि समुद्र का खारा पानी चमड़े को नष्ट कर देता है। तब यह कैसे मुमकिन था कि ब्रेंडन सात वर्ष तक चमड़े की बनी नौका में समुद्र की यात्रा करता रहा? चमड़ा इतने समय तक, विशेषतः भैंसे या सांड़ की खाल का चमड़ा इतने लंबे अर्से तक सही नहीं रह सकता था।

ब्रेंडन की अटलांटिक यात्रा संबंधी अपने अन्वेषण के अगले चरण में टिम सेवरिन ने अस्सी वर्षीय जॉन वाटरर से संपर्क बनाया, जो चमड़े के प्रयोग के इतिहास पर कई महत्वपूर्ण लेख लिख चुका था, किंतु ब्रेंडन के मामले में जॉन वाटरर टिम सेवरिन की कोई खास मदद नहीं कर सका। टिम सेवरिन यह जानना चाहता था कि क्या इस किस्म का कोई चमड़ा था, जो लंबे समय तक पानी में ठीक रह सके? उसका अपना ख्याल था कि जिस चमड़े की ब्रेंडन ने अपनी नौका बनाई थी, वह बलूत के पेड़ की छाल से निर्मित रहा होगा, क्योंकि पश्चिमी यूरोप में बलूत के पेड़ की छाल से चमड़े के निर्माण का इतिहास काफी पुराना था।

डॉक्टर राबर्ट सिकस चर्म विज्ञान पर अंतर्राष्ट्रीय ख्याति प्राप्त विद्वान थे। वह ब्रिटिश चर्म निर्माण के रिसर्च संस्थान के प्रधान भी थे। टिम सेवरिन ने उनसे संपर्क किया।

"मेरे ख्याल में सेंट ब्रेंडन ने जिस चमड़े की नौका बनाई थी, वह बलूत के पेड़ की छाल से निर्मित था। आपका क्या विचार है डॉक्टर सिकस? क्या बलूत के पेड़ की छाल का बना हुआ चमड़ा और उससे निर्मित नौका एक लंबे समय तक समुद्र के पानी में रहकर लहरों के थपेड़े झेल सकती है?" टिम सेवरिन ने डॉक्टर राबर्ट सिकस से पूछा।

"बलूत की छाल से निर्मित चमड़ा काफी मजबूत होता है मिस्टर सेवरिन, इसलिए किसी दूसरे किस्म के चमड़े की अपेक्षा इसमें अधिक समय तक समुद्र के पानी में सही हालत में रहने की क्षमता है, लेकिन यह चमड़ा दुर्लभ है। शायद ही किसी के पास हो।" डॉक्टर राबर्ट सिकस ने कहा।

इस बात की पुष्टि हो जाने के बाद कि बलूत के पेड़ की छाल का बना हुआ चमड़ा दूसरे चमड़ों की अपेक्षा समुद्र के पानी में काफी लंबी उम्र रखता है, टिम सेवरिन अपनी अनोखी नौका के निर्माण के लिए बलूत के छाल से निर्मित चमड़े की तलाश में जुट गया।

बहुत खोज के बाद टिम सेवरिन बिल क्रागन नामक व्यक्ति से मिला। उससे टिम की भेंट लंदन में आयोजित चमड़े से निर्मित वस्तुओं के एक मेले में हुई। चमड़े की बनी हुई नाव पर अटलांटिक सागर पार करने की दुस्साहसपूर्ण योजना सुनकर वह अत्यंत प्रभावित हुआ। बिल क्रागन की चमड़े की फैक्टरी थी। टिम सेवरिन के उत्साह तथा लगन को देखते हुए उसने विशेष रूप से उसके लिए बलूत की छाल से निर्मित चमड़े के सत्तावन बड़े टुकड़ों का प्रबंध कर दिया। टुकड़े प्राप्त करने के बाद उनको हैरल्ड बर्किन की प्रयोगशाला में आवश्यक परीक्षणों के लिए भेज दिया। प्रयोगशाला में चमड़े को वूल ग्रीज' देकर उसकी आयु और मजबूती में वृद्धि कर दी गई।

अब टिम सेवरिन को किसी ऐसे व्यक्ति की खोज थी, जो मध्यकालीन नौका का डिजाइन तैयार कर सके। यह काम कोई ऐसा व्यक्ति कर सकता था, जो नेवल आर्किटेक्ट होने के साथ-साथ इतिहास की भी खासी जानकारी रखता हो।

टिम सेवरिन ने 'रॉयल ज्योग्राफिक सोसाइटी' को इस संबंध में सहायता के लिए लिखा। सोसाइटी इस संबंध में टिम सेवरिन की कोई सीधी सहायता तो नहीं कर सकी, लेकिन उसको परामर्श दिया कि वह 'रॉयल इंस्टीट्यूट ऑफ नेविगेशन' से संपर्क बनाए। रॉयल इंस्टीट्यूट ऑफ नेविगेशन के सचिव ने टिम सेवरिन को कोलिन मूडाई से मिलने को कहा।

टिम सेवरिन उससे मिला और उसको अपने उद्देश्य से परिचित कराया। कोलिन मूडाई ने उनकी बात को मनोयोग से सुना, फिर वह कोरे कागज पर कई प्रकार की नौकाओं की डिजाइनें बनाने लगा। नौकाओं के बारे में जानकारी वास्तव में आश्चर्यजनक थी। नौका के प्रत्येक स्केच के साथ कोलिन मूडाई ने उसकी पतवारों, मस्तूल, जल रेखाओं और ढांचे का पूर्ण विवरण भी दिया। अंत में वह टिम सेवरिन की इच्छित नौका की डिजाइन बनाने में सफल हुई।

उस डिजाइन के स्केच को देखकर टिम सेवरिन खुशी से उछल पड़ा। उसका ख्याल था कि बिल्कुल वैसी ही नौका में ब्रेंडन ने समुद्र की लंबी यात्रा की होगी।

"चमड़े की ऐसी नौका को न तो तैयार करना मुश्किल है और न ही इसमें यात्रा करना। मुश्किल है, तो इस किस्म की नौका को नियंत्रित करना, क्योंकि ऐसी नौकाओं के बारे में अब किसी को कोई खास जानकारी नहीं है। इसके बारे में जानकारी इतिहास के पन्नों में कहीं खो चुकी है। उस खोई हुई जानकारी को ढूंढ़ना अब आपका काम है मिस्टर सेवरिन।" कोलिन मूडाई ने उससे कहा।

कोलिन मूडाई वही व्यक्ति था, जिसने 1950 में पैट्रिक नामक नाविक के साथ मिलकर सैर करने वाली एक छोटी-सी नाव में अटलांटिक सागर को पार किया था।

नौका का डिजाइन मिल जाने के बाद टिम सेवरिन आयरलैंड रवाना हो गया, ताकि ठीक उसी स्थान से यात्रा शुरू कर सके, जहां से लगभग तेरह सौ वर्ष पूर्व ब्रेंडन ने अपनी यात्रा शुरू की थी। उसकी यात्रा का उद्देश्य केवल एडवेंचर ही नहीं, बल्कि यह प्रमाणित करना भी था कि सेंट ब्रेंडन की यात्रा कोई कल्पना-कथा नहीं, एक सच्चाई थी।

आयरलैंड पहुंचने के बाद उसने अपने काम के लिए कुछ निपुण कारीगरों और स्वयंसेवकों का सहयोग लिया और अत्यंत पुराने युग की नौका के निर्माण में जुट गया।

नौका में किसी प्रकार की आधुनिक प्रणाली का प्रयोग नहीं किया गया। लकड़ी के टुकड़ों के फ्रेम के निर्माण में चमड़े के तस्मों का प्रयोग किया गया। टुकड़ों को परस्पर बांधकर फ्रेम तैयार किया गया था। इसके बाद चमड़े के लगभग 49 टुकड़ों को लकड़ी के फ्रेम के साथ सी दिया गया। इसके बाद नौका की मस्तूल बांधी गई। इसके लिए जिन रस्सियों का इस्तेमाल किया गया, वे सब पटसन की बनी हुई थीं, बिल्कुल वैसी ही, जैसी छठीं शताब्दी में सेंट ब्रेंडन के समय में इस्तेमाल की जाती थीं।

चमड़े की नौका तैयार हो गई। टिम सेवरिन ने उसका नाम ब्रेंडन रखा। ऐसा करके मानो छठीं शताब्दी के गुमनाम साहसी नाविक सेंट ब्रेंडन के प्रति अपना हार्दिक सम्मान व्यक्त किया था। वह नौका तैयार हो जाने के बाद वह ऐसे साहसी व्यक्तियों की खोज में जुट गया, जो खतरनाक यात्रा में उसका साथ दे सकें। उसे चार ऐसे व्यक्ति मिल गए, जो खतरों से भरी अनोखी यात्रा में उसका साथ देने को तैयार थे। ये व्यक्ति थे जार्ज, राल्फ हन्सन, आर्थर और पैटर्सन।

17 मई, 1976 को टिम सेवरिन ने चारों साथियों के साथ चमड़े की बनी हुई हलकी-फुलकी नौका में समुद्र की यात्रा 'ब्रेण्डन क्रीक' शुरू की। यह वही स्थान था, जहां से तेरह सौ वर्ष पूर्व सेंट ब्रेंडन ने अटलांटिक यात्रा शुरू की थी।

अटलांटिक सागर की लहरों पर टिम सेवरिन की नन्ही नौका की औकात किसी तिनके से ज्यादा नहीं थी। प्रचंड समुद्री तूफानों और व्हेल तथा शार्क मछलियों के आक्रमण का

खतरा भी पग-पग पर मौजूद था। यात्रा के आरंभ में ही व्हेल मछलियां नौका के आसपास चक्कर काटती हुई दिखाई देने लगीं। जब कोई व्हेल मछली पानी से अपना मुख बाहर निकालती, समुद्र की सतह पर जैसे तूफान-सा आ जाता और नौका का संतुलन बुरी तरह से बिगड़ जाता। विशाल व्हेल मछलियों की हरकतों ने काफी समय तक टिम सेवरिन तथा उसके साथियों को आतंकित किए रखा।

पहले चार दिन की यात्रा की गति काफी धीमी थी। यह हवा का रुख प्रतिकूल होने की वजह से थी। अटलांटिक में उठने वाली लहरें कई बार नौका को गेंद के समान उछाल देती थीं।

यात्रा के लिए टिम सेवरिन ने वही जलमार्ग अपनाया, जिसे तेरह सौ वर्ष पूर्व सेंट ब्रेंडन ने अपनाया था। बाहरी दुनिया से संपर्क के लिए पास सौर ऊर्जा से चलने वाले दो रेडियो ट्रांसमीटर सेट थे। इनके माध्यम से वे मौसम के संबंध में की जाने वाली भविष्यवाणियों को सुनते थे।

आइसलैंड से ग्रीनलैंड की तरफ बढ़ते हुए 20 मई को टिम सेवरिन को रेडियो के माध्यम से आने वाले तूफान का सिग्नल प्राप्त हुआ। एक घंटे के अंदर ही आकाश पर घने बादल छा गए और तेज हवा चलने लगी। नाव अटलांटिक के उस पश्चिमी क्षेत्र में थी, जहां तूफान की गति प्रायः पचास किलोमीटर प्रति घंटा हुआ करती थी। लहरों की ऊंचाई आठ-नौ फीट तक पहुंच जाती थी। उमड़ते तूफान के बीच डोलती नौका पर मौजूद टिम सेवरिन ने जब दूर-दूर तक फैले समुद्र पर दृष्टि फेंकी, तो एकाएक उसके मन में ईश्वर की सत्ता के प्रति विश्वास जाग्रत हुआ। उसने सोचा कि प्रकृति की विशालता के सम्मुख मनुष्य का अस्तित्व कितना गौण है।

तूफान बहुत उग्र था। एक बार तो लगा कि नौका समुद्र की लहरों में गुम हो जाएगी। डोलती हुई नौका में पानी भर गया, जिसे पंपों की सहायता से निरंतर बाहर निकाला जाता रहा। अगर ऐसा नहीं किया जाता, तो नौका डूब जाती। तूफान के बीच में नौका से पानी बाहर फेंकने का कार्य कितने परिश्रम का और कठिन था, इसका अनुमान इस बात से ही लगाया जा सकता है कि प्रति घंटा दो हजार बार पंप की हत्थी को चलाया गया।

समुद्री तूफान का जोर थोड़ा कम हुआ, तो रात्रि के समय नौका समुद्र में तैरते हुए हिम क्षेत्र में फंस गई। समुद्र की सतह पर अनगिनत छोटे और बड़े आकार के हिमखंड तैर रहे थे। अगर किसी हिमखंड के साथ नौका जा टकराती, तो उसका डूबना अनिवार्य था।

समुद्र के बहाव में बहते हुए हिमखंडों से नौका को बचाने के लिए उनको कठिन संघर्ष करना पड़ा। एक बार तो उनकी नौका दो विशाल हिमखंडों के मध्य फंस गई। सबको लगा कि मौत निश्चित है। यूं प्रतीत हो रहा था कि बहते हुए दोनों विशाल हिमखंड नौका को अपने दरमियान पीस डालेंगे, लेकिन भाग्य ने उनका साथ दिया। हिमखंड नौका के बिल्कुल करीब से गुजर गए।

अनेक विपदाओं से गुजरते हुए टिम सेवरिन ने अपनी यात्रा जारी रखी। उसकी चमड़े की नौका जब बंदरगाह पर रुकी, तो उसको देखने के लिए लोगों का हुजूम उमड़ पड़ा।

इस तरह सेंट ब्रेंडन की तेरह सौ वर्ष पुरानी अविश्वसनीय यात्रा-कथा को सत्य प्रमाणित करते हुए 26 जून, 1977 को रात के आठ बजे टिम सेवरिन अपने साथियों के साथ चमड़े की नौका में अटलांटिक महासागर पार करके पैकफोर्ड आइलैंड पहुंचा था। इसके साथ ही ब्रेंडन की कथा के संबंध में एक विवाद समाप्त हो गया।

—नेशनल ज्योग्राफिक कॉम एन जी एम ए ओ एल, कीवर्ड : नेटज्योमैग

17. ऑडेट, जो प्रेरणा बन गई

"और अगर कहीं तुम फंस जाती हो, तो यह गोली तुम्हें पांच सेकंड में मार देगी" मेजर बकमास्टर ने कहा, "यह एक खतरनाक काम है। मैं सोचता हूं कि तुम इस काम के लिए सही चुनाव हो, पर तुम्हारे बच्चे भी तो हैं।"

“मुझे अपने कर्तव्य का पालन करना चाहिए,” ऑडेट ने जवाब दिया, “जब मेरे बच्चे बड़े हो जाएंगे तो समझ जाएंगे।”

“फिर ठीक है, तो तुम्हें यह काम करना है...।” और फिर अति गुप्त ‘स्पेशल ऑपरेशन्स एक्जीक्यूटिव’ नामक फ्रेंच विभाग का प्रमुख उसे सब कुछ तफ्सील से समझाता चला गया।

“तुम्हें एक मछलीमार नौका से कैसिस उतार दिया जाएगा। आगे तुम्हें केंस जाना होगा। केंस में तुम वहां की प्रतिरोधक गतिविधियों के प्रमुख राओल से मिलोगी।”

इस तयशुदा कार्यक्रम के अनुसार तीन छोटी बच्चियों की मां ऑडेट सन् 1942 के पतझड़ के एक दिन बड़े ही गुप्त तरीके से दक्षिणी फ्रांस जा पहुंची। अपने छद्मनाम लीसे का प्रयोग करते हुए श्रीमती ऑडेट सेनसम ने राओल से मुलाकात की। राओल के साथ हुई उस मुलाकात में उसने काम को लेकर काफी उत्साह प्रदर्शित किया था। वह अपनी जन्मभूमि के आक्रांता नाजियों को खदेड़ने एवं उनको नुकसान पहुंचाने की गुप्त लड़ाई में काम करने को लेकर काफी उत्सुक थी। दस दिन के बाद एक कॉफी हाउस में बैठे राओल ने ऑडेट से पहली बार गंभीर होकर बात की, “लीसे, मैं इतने दिनों तक तुम्हें तौल रहा था,” राओल ने कहा, “और मैं समझता हूं कि तुममें इतनी काबिलियत है कि तुम्हें यह काम सौंपा जा सके।” यह सुनकर ऑडेट ने उसे गुस्से से घूरा।

राओल ने आगे कहा। “तुम्हें मार्सा जाकर वहां से बंदरगाह के रक्षा संबंधित दस्तावेज लाने होंगे और फिर इन दस्तावेजों को लंदन पहुंचाना होगा। यह काम काफी खतरनाक है, क्योंकि मार्सा, खुफिया जर्मन पुलिस और जर्मन सिपाहियों से भरा स्थान है। क्या तुम यह काम करना चाहोगी?”

“हां।” ऑडेट ने कहा। वह अभी भी राओल के बोलने के ढंग को लेकर थोड़ी नाराज थी।

“ठीक है। जब तुम वहां पहुचों, तो ऑस्कर्स कैफे में चली जाना। वहां तुम्हें जैक्स मिलेगा। मेरी शुभकामनाएं।”

ऑस्कर एवं जैक्स ऑस्कर्स कैफे में बैठे बातें कर रहे थे, “इस काम को अंजाम देने के लिए एक औरत काफी उपयुक्त रहेगी।” जैक्स ने अभी ये शब्द कहे ही थे कि ऑडेट ने कैफे में प्रवेश किया। उसने एक टेबल पर बैठकर अपना अखबार खोल दिया और सरसरी निगाह से उसे देखने लगी। जैक्स अपने स्थान से उठकर ऑडेट तक पहुंचा और सावधानी से कुछ इस तरह बातें करता रहा कि किसी को उनमें बातचीत चलने का आभास ही न हो। इस पूरे वार्तालाप के दौरान ऑडेट ने अखबार से नजरें नहीं उठाईं।

"ऑस्कर सूटकेस छोड़ जाएगा। बाकी बातें वहीं तुम्हें बताएगा।"

जैक्स के वहां से जाते ही ऑस्कर वहां आ गया, "ऑयस्टर्स (एक तरह की सीप मछली), मैडम?"

"हां, कृपया।"

ऑस्कर उसके लिए खाना परोसने लगा। "भाटे (ज्वार-भाटा) के समय क्वेई डेस इऑक्स वाइव्स (पत्थर एवं कंक्रीट से निर्मित एक ऐसे स्थान का नाम, जहां से समुद्री जहाजों पर माल लादा जाता था। चली जाना माइकल वहां इंतजार करता मिलेगा।"

थोड़ी ही देर बाद ऑडेट गुप्त दस्तावेजों से भरे उस सूटकेस को लेकर कैफे से बाहर निकली। उसने वह रात मार्सा में बिताई। खुशकिस्मती से रात को हुई खुफिया जर्मन पुलिस की छापे की कार्यवाही के दौरान वह बाल-बाल बची। अगली सुबह बंदरगाह पर लदान वाले उस स्थान की तरफ निकल पड़ी। ऑस्कर ने उसे जिस मत्स्य-नौका के बारे में बताया था, वह नौका वहीं थी। उसने बड़ी ही सावधानी से गुप्त दस्तावेजों से भरे सूटकेस को नौका में एक ऐसे स्थान पर रखा, जहां से उसमें मौजूद माइकल उन्हें आसानी से पा सके। इसके बाद बिना यहां-वहां देखे वह निकल गई। गुप्त दस्तावेजों से भरा सूटकेस अपनी लंदन यात्रा पर निकल चुका था। लंदन में यूरोप की आजादी को लेकर सैन्य कार्यवाहियों को अंजाम दिया जा रहा था।

उधर केंस में राओल और उसका वायरलैस ऑपरेटर अर्नाउड इस बात को लेकर चिंतित हो रहे थे कि ऑडेट का कोई समाचार नहीं था। अब तक तो ऑस्कर से समाचार आ

ही जाना चाहिए था। अर्नाउड इस बात को लेकर नाराज था कि राओल ने इतने जोखिम-भरे काम के लिए एक अनुभवहीन औरत को मार्सा भेज दिया था। अर्नाउड गुस्से में था और वह जब भी गुस्से में होता, तो अपना प्रिय रिवाल्वर निकालकर उसे हिलाने लगता था। राओल दिखने में तो पूर्ण संयत लग रहा था, पर अंदर-ही-अंदर वह भी अर्नाउड की तरह चिंतातुर था। आखिरकार ऑडेट ने अंदर प्रवेश किया।

"दस्तावेज अपनी राह चले गए हैं," ऑडेट उनकी प्रश्नसूचक नजरों को देखकर कहा, "और मैं थक भी गई हूं।"

दुर्भाग्य से मार्सा में की गई कार्यवाही की भनक जर्मन खुफिया विभाग को हो गई थी। इस खबर ने जर्मन जासूसी संस्था को सचेत कर दिया। आब्हर नामक यह संस्था तुरंत हरकत में आ गई। इसने छानबीन करते हुए ऑस्कर एवं उसके सहयोगियों को पकड़ लिया। उन्होंने अपने आप को छुड़ाने की भरसक कोशिशें की, पर सब बेकार। नाजी खुफिया पुलिस ने इन सब को धकियाते हुए अपने काले वाहनों में ठूंसा और चल दिए।

राओल, ऑडेट और आर्नाउड को वहां से फरार होकर एक नया तंत्र स्थापित करना पड़ा। सन् 1942 की क्रिसमस तक इन्होंने देशभक्त युवा फ्रेंच लोगों का एक काफी बड़ा दल गठित कर लिया था। इन्हें अब रॉयल एयरफोर्स द्वारा मदद के रूप में दिए जाने वाले हथियारों का इंतजार था। ऑडेट एवं राओल को इस बात पर नजर रखनी थी कि ये हथियार सही हाथों तक पहुंचें। वे हाथ इनके लायक तो हों ही, साथ ही इनको चलाने में पूर्ण प्रशिक्षित भी हों।

परंतु क्रिसमस की पूर्व संध्या तक हथियारों की खेप लेकर आने वाले हवाई जहाज को हथियार गिराने का संकेत देने वाली 'स्वागत कमेटी' हताश होकर बिखर चुकी थी। कमेटी ने हफ्तों तक हथियार गिराने वाले उस विमान का इंतजार किया था। उस विमान का ना आना वास्तव में दुर्भाग्यपूर्ण था। दल के लोगों का राओल और ऑडेट पर से विश्वास उठने लगा था। वे यहां तक सोचने लगे थे कि शायद जर्मनी द्वारा अधिग्रहित उस भू-भाग तक हवाई जहाज भेजना रॉयल एयर फोर्स के बस की बात ही नहीं थी। ऑडेट ने स्पष्ट देखा और महसूस किया कि दल के सदस्यों के उत्साह एवं उद्देश्य को बनाए रखने के लिए निश्चय ही कुछ किया जाना चाहिए।

"हम क्रिसमस पार्टी रखेंगे।" ऑडेट ने तय किया और उसने बेकरी वाले की पत्नी को इस दौरान तैयार कर लिया कि वह एक शानदार केक बनाए। ऐसा शानदार केक, जो फ्रांस में शायद ही किसी ने देखा हो। एक-एक करके वे थके एवं निरुत्साहित युवा ऑडेट के होटल के कमरे में पहुंचे। वाइन की बोतलें खुलीं और पार्टी शुरू हो गई। पार्टी इस लिहाज से भी अलग थी कि ऐन जर्मनों की नाक के नीचे ही हो रही थी। होटल का कुछ हिस्सा जर्मन अधिकारियों द्वारा अधिग्रहित किया हुआ था।

ऑडेट ने महसूस किया कि पार्टी को और अधिक बेहतर बनाने के लिए एक पियानो की आवश्यकता थी। कुछ अच्छे गाने से पार्टी यकीनन कामयाब होती। अतः ऑडेट होटल में पियानो ढूंढ़ने लगी। पियानो मिला, पर वह होटल के उस भाग में रखा था, जो जर्मन अधिकारियों की मैस कहलाता था। ऑडेट ने अपने फेफड़ों में हवा भरी और बड़े ही संयत तरीके से वहां मौजूद वरिष्ठ जर्मन अधिकारी से पियानो मांगा। उसने अधिकारी को बताया कि अपने कुछ मित्रों को पार्टी पर बुला रखा है। इसी वजह से पियानो चाहिए था। कुछ क्षण झिझक के बाद जर्मन अधिकारी पियानो देने को तैयार हो गया, परंतु ऑडेट इतने से संतुष्ट नहीं थी।

“जैसा कि आप जानते हैं कि मेरे देशवासियों को जर्मन सैनिकों जैसा राशन नहीं मिलता,” उसने कहा, “उनके लिए इस पियानो को ऊपर मेरे कमरे तक ले जाना शायद उनकी क्षमता से कुछ अधिक ही होगा।”

ऑडेट के इस कथन से मानो वह जर्मन अधिकारी उछल ही पड़ा। “तुम चाहती हो कि हम इस पियानो को उठाकर ऊपर ले चलें?” उसने अटकती आवाज में कहा, मानो कुछ अजीब-सा सुन लिया हो।

“आप कितने अच्छे हो!” ऑडेट ने धीरे-से प्यार से मुस्कराते हुए कहा।

ऑडेट के इस प्यार भरे जुमले ने अपना काम कर दिया। खुशी के मारे उस अधिकारी के मुंह से कुछ क्षणों तक तो कोई आवाज ही न निकली, फिर कड़कती आवाज में उस

मेजर ने अपने साथियों को अपनी बांहें ऊपर चढ़ा कर काम में लग जाने का आदेश दिया।

थोड़ी ही देर में पियानो ऑडेट के कमरे में था। ऑडेट ने पियानो बजाना शुरू कर दिया। पार्टी में नई जान आ गई थी। पहले कुछ देर तो वे सभी संयत होकर गा रहे थे, फिर कुछ देर बाद पार्टी का रंग कुछ ऐसा जमा कि सभी जोर-जोर से गाने लगे। उनके गाने जर्मनों के खिलाफ शब्दों से भरे थे, जिसे नीचे मौजूद जर्मन अधिकारी भी सुन रहे थे, परंतु संयोग से किसी भी जर्मन अधिकारी को फ्रेंच नहीं आती थी। ऑडेट सही थी। इस पार्टी ने युवा फ्रेंच दल में सचमुच नया जोश, नया उत्साह भर दिया था।

एक बार फिर खराब मौसम की वजह से हथियारों का जखीरा लेकर आने वाला वह बमवर्षक विमान नहीं आया। रेडियो संदेश द्वारा दिए गए समय पर उसके न आने पर दल अपने साथ लाई गई सर्च लाइटों, जिनका उपयोग संकेत देने के लिए होता था, सहित वापस लौट गया, परंतु इस बार किसी के मन में कोई भी संशय नहीं था। होटल वापस पहुंचने पर ऑडेट ने अपने कमरे से एक बमवर्षक की आवाज सुनी। धीरे-धीरे यह आवाज उससे दूर होती हुई खत्म हो गई। यह बमवर्षक निश्चय ही रॉयल एयर फोर्स द्वारा भेजा गया था। हां, यह और बात थी कि वह नियत समय पर न आ सका था।

बार-बार की इस कठिनाई को देखते हुए योजना में बदलाव कर दिया गया। नई योजना के अनुसार एक छोटे विमान लीसेंडर को खाली पड़ी एक हवाई पट्टी पर उतारा जाना तय हुआ। यह स्थान किसी भी तरह की गतिविधियों से विहीन था। निश्चित समय पर विमान आया और उतरने की तैयारी करने लगा, तभी राओल को उस स्थान के पास मौजूद उन भवनों, जिनके बारे में उसका विश्वास था कि वे पूर्णतः खाली थे, में कुछ हलचल महसूस हुई। राओल ने तुरंत अपनी सर्चलाइट की मदद से विमानचालक को चले जाने का संकेत किया। अगले ही पल विमान बिना उतरे पलट कर लौट गया। विमान के स्वागत के लिए आया हुआ दल तुरंत नजदीक के जंगलों में बिखर गया। हालांकि शत्रु ने उन्हें पकड़ने के लिए अच्छा जाल बुना था, परंतु फिर भी दल का प्रत्येक सदस्य जंगल में भागने में कामयाब हो गया था। शत्रु के पास कुत्ते भी थे, पर दल ने कीचड़-भरे रास्तों का प्रयोग करते हुए उनसे पीछा छुड़ा लिया। सारा दल जंगल में बिखर गया था और प्रत्येक सदस्य को खुद-ब-खुद सकुशल वापसी का रास्ता ढूंढ़ना था। सबसे महत्वपूर्ण बात तो यह थी कि प्रत्येक सदस्य को पूर्ण सावधानी के साथ बिना किसी की नजरों में आए अपने तन और लिबास पर मौजूद कीचड़ से पूरी तरह पीछा छुड़ाकर आना था। कीचड़ सने तन एवं कपड़े निश्चित रूप से खुफिया जर्मन पुलिस के लिए संदेह का कारण बन सकते थे।

राओल एवं पौल नामक दल का एक अन्य सदस्य पौल किसी तरीके से सकुशल वापस पहुंच गए। इन दोनों ने तो राह में एक झरने पर अपने शेव तक बना लिए थे, फिर थोड़ी

ही देर में ऑडेट भी वहां पहुंच गई। पूर्ण तंदुरुस्त, तरोताजा ऑडेट को देखकर महसूस नहीं होता था कि उसने रात कितनी मशक्कत में बिताई थी। राओल ने निश्चिंतता भरी हंसी से उसका स्वागत किया, फिर दोनों पास की एक टेबल से आती हुई आवाजों को सुनने लगे।

"हां," एक आवाज उभरी, "वे जंगल में भाग गए हैं, पर निश्चित है कि हम उन्हें पकड़ लेंगे, हमने सारे इलाके को घेर रखा है।"

उधर बकमास्टर (कर्नल), अब चिंतातुर होने लगा था। उसने अपने खास आदमी रोजर को राओल से मिलने भेज दिया। उसका मकसद राओल से मिलकर एक समानांतर योजना तैयार करना था, ताकि राओल और ऑडेट के अपने आदमियों के साथ किसी मुसीबत में पड़ने पर उसका उपयोग किया जा सके। राओल को उसी लीसेंडर विमान से वापस लंदन पहुंचना था, जो रोजर को लेकर आ रहा था।

राओल और ऑडेट लीसेंडर विमान के उतरने के लिए एक साफ और सुरक्षित स्थान की खोज में जुट गए। इस खोज के दौरान उनकी मुलाकात एक ऐसे फ्रेंच व्यक्ति से हुई, जिसके बारे में यह प्रतीत होता था कि वह उनके गुप्त अभियान के बारे में कुछ-न-कुछ जानता है। उस फ्रेंच व्यक्ति ने इशारों-ही-इशारों में बताया कि वह कुछ ऐसे युवाओं को जानता है, जिन्होंने जर्मन लेबर कैंपों में काम करने की बजाए छिपकर अपना एक अलग गिरोह बनाया था। राओल ने कुछ उड़ती खबरों के माध्यम से इन लोगों के बारे में सुन रखा था। ये अपने आपको ला मक्विस (LE MAQIUS) कहते थे। राओल ने अर्नाउड की मदद से लंदन रेडियो संपर्क साधा और उन्हें बताया कि वह मक्विसर्ड्स (MAQUISRDS) से संपर्क साधने में कामयाब हो गया है।

"हम इसी बात का इंतजार कर रहे थे," कर्नल बकमास्टर ने संतुष्ट होकर कहा और फिर उसने ऑडेट के नाम अपना संदेश सुनाया। इस संदेश के अनुसार ऑडेट को ला मक्विस के लोगों से बड़े-बड़े अलाव तैयार करने को कहना था, परंतु इन्हें जलाना तभी था। जब आने वाले बमवर्षकों की आवाज स्पष्ट सुनाई दे।

संदेश के पहुंचने के बीच ही रोजर की सकुशल आमद हो चुकी थी और राओल भी लंदन की तरफ रवाना हो चुका था। ऑडेट अब अकेली ही अपनी इस योजना पर काम कर रही थी।

फिर एक रात ऑडेट ने हवाई जहाज की आवाज सुनी। धीमी फुसफुसाहट-सी उभर कर यह आवाज तेज और तेज होती गई। रॉयल एयर फोर्स मक्विस के लिए हथियार, विस्फोटक सामग्री, दवाइयां, आपातकालीन राशन आदि लेकर आ रहा था। ऑडेट के जेहन में वे विशाल अलाव उभरने लगे जो उन्होंने इसी काम के लिए तैयार किए थे। ऑडेट को क्षण-भर में अपने आप पर गर्व महसूस होने लगा, और होता भी क्यों नहीं?

आखिर वह ऐसे देशभक्तों की मदद कर रही थी, जो वक्त आने पर शत्रु पर टूट कर कहर बरसाने को तैयार थे।

परंतु ऑडेट को इस बात का पता नहीं था कि गुप्त जासूसी संस्था आब्हर का एक आदमी, जो अपने को कर्नल हेनरी कहता था, उसके दल की गतिविधियों पर नजर रखे हुए था।

रॉयल एयर फोर्स द्वारा मक्विस के लिए लाए गए सामान को उन तक पहुंचाने के कुछ बाद की बात है। ऑडेट सेंट जोरिओज़ काफी हाउस में बैठी थी कि रोजर ने वहां प्रवेश किया।

"मैंने तो सोचा था कि तुम पेरिस में हो, रोजर?" उसने अपने आश्चर्य को दबाते हुए शांत स्वर में पूछा।

"मैं पेरिस में ही था, पर पौल की गिरफ्तारी की वजह से मुझे शीघ्रता से वहां से भागना पड़ा।" ऑडेट ने रोजर के लिए एक सुरक्षित स्थान का प्रबंध करके शीघ्रता से कॉफी हाउस से बाहर कर दिया। जब उसने पीछे मुड़कर देखा, तो उसे एक अजनबी वहां आता हुआ दिखाई दिया। अजनबी ने आंखों पर काला चश्मा लगा रखा था। ऑडेट ने एक बार पहले भी अजनबी को एक बस में देखा था। उसकी उपस्थिति से थोड़ी शंकित-सी ऑडेट अपनी टेबल पर जाकर बैठ गई। अजनबी भी ऑडेट के पीछे-पीछे उसकी टेबल तक आ गया और लापरवाही दर्शाते हुए उससे बातें करने लगा।

"मदाम लीसे!" उसने ऑडेट के गुप्त नाम का प्रयोग करते हुए कहा।

"मेरा नाम मदाम मेटायर है और मुझे अफसोस है कि मैं आपको नहीं जानती।" ऑडेट ने कहा और शांति से उठकर जाने का उपक्रम करने लगी।

"हां," उस अजनबी ने कहा, "शायद यह सही है, पर मुझे तुम्हें लीसे बुलाना ही अच्छा लगता है। क्या मैं यहां बैठ सकता हूं?"

फिर बिना किसी उत्तर की प्रतीक्षा किए अजनबी वहां बैठ गया, "मैं जर्मन फौज में एक अधिकारी हूं," उसने कहा।

"भला मेरा किसी जर्मन सैन्य अधिकारी से क्या काम हो सकता है?"

"फ्रांस में," उसने कहना जारी रखा, "मुझे हेनरी के नाम से जाना जाता है। मेरे पास तुम्हारे मित्र पौल का एक खत है। पौल अब पेरिस की एक जेल में बंद है।"

ऑडेट ने लिफाफा ले लिया, "किंतु इस पर तो मेरा नाम नहीं है।" उसने प्रतिकार किया।

"यह तुम्हारे लिए है, या फिर राओल के लिए है, जो हाल में तुम्हारे कर्नल बकमास्टर के पास लंदन में है।"

हेनरी ऑडेट के चेहरे पर झलक रहे भय को देखकर वह थोड़ा मुस्कराया। उसने ऑडेट को समझाया कि वह आब्हर का एक सदस्य था और न तो वह और न ही उसकी संस्था हिटलर या नाजियों के बारे में कुछ ज्यादा सोचती है। उसने बताया कि उसके पास इस युद्ध को खत्म कर देने के कुछ उपाय थे, परंतु इसके लिए उसका लंदन स्थित बकमास्टर के ऑफिस से रेडियो संपर्क होना आवश्यक था। इसके बाद वह हवाई जहाज द्वारा इंगलैंड पहुंचकर युद्ध-विराम की अपनी योजना पर बहस करने का इच्छुक था। ऑडेट इस योजना या यूं कहें कि इस लुभावने प्रस्ताव से कुछ प्रभावित हो गई। उसने हेनरी द्वारा लाई गई चिट्ठी को खोलकर उसे पढ़ना शुरू किया। चिट्ठी में पौल ने सिर्फ इतना लिखा था कि इस चिट्ठी के धारक आब्हर के कर्नल हेनरी का विश्वास किया जा सकता था, परंतु ऑडेट को संदेह था कि वह पत्र पौल को धमका कर लिखवाया गया था।

"तुम अपने किसी विश्वासपात्र को पौल से मिलने के लिए क्यों नहीं भेज देती हो?"

"हां," ऑडेट ने कहा, "मैं जूल्स को भेजूंगी।"

ऑडेट ने देखा कि उसके इस कथन के साथ ही कर्नल हेनरी के चेहरे पर संतोष की एक फीकी मुस्कराहट तैर गई। वह इस बात से अनजान थी कि जूल्स वास्तव में एक दोगला शख्स था। वह वास्तव में पैसों के लिए हेनरी और आब्हर के हाथों बिक चुका था। हेनरी ने सर झुका कर ऑडेट को नमस्कार किया और फिर कॉफी हाउस से बाहर निकल गया। ऑडेट ने जूल्स को जेल में बंद पौल से मिलने भेज दिया। वह खुद लंदन के लिए एक विशेष समाचार लेकर उस गुप्त स्थान के लिए रवाना हो गई, जहां अर्नाउड रह रहा था।

"कुछ भी मत करो। राओल को वापस भेज रहे हैं। स्थान जो आपको उपयुक्त लगे।" हेडक्वार्टर से जवाब आया। राओल को आकाश मार्ग (पैराशूट द्वारा) से सकुशल उतारने के लिए स्थान का चयन करने के दौरान ऑडेट को इस बात का पता चला कि जूल्स वास्तव में एक दोगला शख्स था, जो हेनरी एवं आब्हर से मिला हुआ था। ऑडेट ने इस रहस्य से पर्दा उठते ही शीघ्रता से जैक्स को बुलाया और उसे आदेश दिया कि वह अपनी संस्था को छिन्न-भिन्न करके रोजर के छिपने हेतु एक सुरक्षित स्थान का प्रबंध करे। इसके बाद ऑडेट ने अर्नाउड के निकल भागने हेतु एक गुप्त मार्ग प्रशस्त किया। अब अगर ऑडेट के लिए कुछ बाकी था, तो वह था राओल। उसे किसी भी तरह से खुद अपने आपको एवं राओल को हेनरी के क्रूर हाथों से बचाकर निकल भागना था।

परंतु यह इतना आसान नहीं था और न ही ऐसा हुआ। राओल का आगमन रात के समय हुआ था। वह एक विशेष विमान द्वारा शत्रु सीमा में पैराशूट के माध्यम से उतरा

था। अगली ही सुबह कर्नल हेनरी के व्यक्तियों ने उसका पता लगा लिया और उन्होंने राओल और ऑडेट को गिरफ्तार कर लिया।

यहीं से ऑडेट की साहसिक कहानी की शुरुआत होती है।

ऑडेट ने जर्मन अधिकारियों को यह विश्वास दिलाया कि राओल वास्तविक नाम कैप्टन पीटर चर्चिल था। वह वास्तव में उसका पति था, जो केवल उससे मिलने फ्रांस आया था। जर्मनों ने उसके इस कथन का विश्वास कर लिया, परंतु उन्होंने ऑडेट की मौत के फरमान जारी कर दिए। रहा राओल, तो उसे केवल बंदी बना दिया गया।

हालांकि जर्मन अधिकारियों को ऑडेट के कथन पर विश्वास हो गया था, तो भी खुफिया नाजी पुलिस इस बात को मानने के लिए कतई तैयार न थी। विश्वास था कि ऑडेट उनके खिलाफ काम करने वाली संस्था की शीर्ष अधिकारी है। खुफिया पुलिस ने यह पता लगाने के लिए कि ऑडेट ने रोजर और अर्नाउड को कहां भेज दिया था, उसे अनेक भीषण यातनाएं दीं, परंतु देशभक्ति के जज्बे से भरी इस निडर महिला का हर बार एक ही जवाब होता, “मुझे नहीं पता। मेरे पास कहने को कुछ भी नहीं है।” खुफिया पुलिस को विश्वास था कि उनकी भीषण यातनाओं की वजह से ऑडेट सब कुछ उगल देगी परंतु नतीजा वही, हर बार ऑडेट का जवाब एक ही होता, “मुझे नहीं मालूम। मेरे पास कहने को कुछ भी नहीं है।”

इसके बाद ऑडेट को एक खतरनाक कैंप में भेज दिया गया। यह वह स्थान था, जहां जर्मन अपने विरोधियों को रखते थे। रेवन्सब्रक स्थित इस कैंप की भयावहता का अनुमान केवल इस बात से ही लगाया जा सकता था कि यहां की अधिकांश महिला कैदी भीषण यातनाओं के कारण जिंदा न बची थीं। सजाए मौत का ठप्पा अपने सिर लिए ऑडेट ने महीनों इस कैंप में बिताए। उसे यहां अंधेरी काल कोठरियों में रखा जाता और भयंकर यातनाएं दी जातीं। परंतु इस महिला ने सब कुछ सहते हुए अपने अंदर के साहस को कभी मरने नहीं दिया।

कालांतर में मित्र राष्ट्रों ने जर्मनी पर कब्जा कर लिया और जब वे अपने सहयोगियों को छुड़ाने के लिए पहुंचे, तो यह देखकर हैरान रह गए कि उस कैंप में केवल कुछ ही महिलाएं जिंदा बची थीं। कैंप के कमांडेंट ने ऑडेट को मृत्यु दंड घोषित कैदी होने के बाद भी अलग रखा था। ऐसा उसने अपने मन के एक डर की वजह से किया था। कैंप कमांडेंट को यह विश्वास था कि हो न हो ऑडेट युद्धकालीन ब्रिटिश प्रधानमंत्री चर्चिल की कोई रिश्तेदार है, क्योंकि राओल का वास्तविक नाम पीटर चर्चिल था और चर्चिल वह नाम था, जिसे जर्मन सम्मान और डर की नजरों से देखते थे। वस्तुतः चर्चिल नाम ही वह जादुई चीज थी, जिसने ऑडेट की सजाए मौत को उससे दूर रखा था।

—आडेट, जे. टिकेल द स्पिरिट ऑफ केज, पीटर चर्चिल

18. बोलजानों की जल-समाधि

इटली द्वारा द्वितीय विश्वयुद्ध में भाग लेने के कुछ ही समय बाद युद्ध के परिप्रेक्ष्य में एक बड़ी ही अनोखी एवं रहस्यमय बात देखने में आई। जिब्राल्टर के बंदरगाह पर खड़े कई ब्रिटिश जहाजों के साथ बड़े ही खतरनाक, परंतु उतने ही विस्मयकारक हादसे होने शुरू हो गए थे। जहाजों को भयंकर क्षति पहुंचाने वाले ये हादसे सागर तल के अंदर से होने वाले धमाकों की शक्ल में सामने आते और देखते-ही-देखते इन विस्फोटक धमाकों की वजह से जहाज धराशायी होने लगते थे। इन धमाकों ने रॉयल नेवी (ब्रिटिश नौ सेना) को इनकी तह तक जाने को विवश कर दिया। शीघ्र ही पता चल गया कि इटली ने पानी के अंदर विध्वंस करने वाले एक दस्ते का गठन किया है। इस बात के पुख्ता प्रमाण भी मिल गए कि इटली द्वारा इस ओर काफी प्रयोग भी किए जा रहे थे। इन प्रयोगों के अंतर्गत गोताखोरों को हलके लिबासों सहित अपने लिए जरूरी ऑक्सीजन को लेकर चलना होता था। यही वे गोताखोर थे जिन्होंने बिना किसी की नजरों में आए हुए जिब्राल्टर की खाड़ी में प्रवेश किया था। ये गोताखोर नौसैनिक इतिहास में सर्वप्रथम 'फ्रोगमेन' (जल के अंदर लड़ने वाले सैनिक) कहलाए। इनकी परिकल्पना एवं उपयोग सबसे पहले इटली ने ला स्पेजिया बंदरगाह में किया था।

अब सोचने की बारी ब्रिटिश की थी। शीघ्र ही रॉयल नेवी एवं उसके अधिकारियों ने इस दिशा में सोचना एवं कार्य करना आरंभ कर दिया। रॉयल नेवी ने ऐसे उपकरण बनाना एवं ऐसे लोगों को प्रशिक्षण देना शुरू कर दिया, जो जल के अंदर लड़ी जाने वाली इस लड़ाई में बेहतर एवं सर्वोत्तम प्रदर्शन कर सकें। नतीजे उत्साहजनक निकले और शीघ्र ही ब्रिटिश 'फ्रोगमेन' अस्तित्व में आ गए। अपनी ऑक्सीजन युक्त पोशाक पहने ये

'फ्रोगमेन' एक तारपीडो के आकार वाले जलयान से सफर करते हुए, जिसमें दो 'फ्रोगमेन' सवार रहते थे। ये टाइम बमों का जखीरा लिए चलते थे। इनके ये खतरनाक टाइम बम शक्तिशाली चुंबकों की मदद से शत्रु के जहाज से गुपचुप तरीके से चिपका दिए जाते थे। नतीजा होता था, एक अप्रत्याशित धमाका।

अल अलेमेन में ब्रिटिश सफलताओं ने जर्मनी और इटली को उत्तरी अमेरिका से खदेड़ दिया था और उधर अमेरिका की वजह से शत्रु की हार निश्चित सी हो गई थी। मित्र राष्ट्रों ने सिसली और बाद में इटली में प्रवेश कर लिया था। इटली ने अचानक इस लड़ाई से किनारा कर लिया। उधर मित्र राष्ट्र मिलकर जर्मनी को दबोचने लगे। जर्मनी को इंच-दर-इंच उत्तर की तरफ खदेड़ना शुरू कर दिया था। मुसोलिनी की नौ-सेना में जो कुछ भी बचा था, अब वह जर्मन हाथों में था। इटली की नौसेना में जर्मन सिपाही आ गए थे और 'फ्रोगमेन', जिनकी अभिकल्पना इटली ने ला स्पेजिया में की थी, जर्मनी के हाथों में आ गए थे। इनके जंगी जहाजी बेड़ों में बोलजानों एक प्रमुख जहाज था। भारी एवं खतरनाक सैन्य साजों सामान से लैस बोलजानों एक खतरनाक चुनौती था। रायल नेवी किसी भी तरह से इसे डुबो देना चाहती थी।

यही उद्देश्य लेकर फ्रोगमेन लेफ्टिनेंट कौसर और काबिल नौसैनिक स्मिथ अपने मिशन पर रवाना हो गए थे। लहरों को चीरते चले जा रहे उन दोनों के सिर के सामने वह भाग था, जो हलका-सा पानी की सतह पर दिखाई दे रहा था। ये दोनों 'फ्रोगमेन' के लिए बनाए गए उस विशेष तारपीडोनुमा जलयान पर सवार थे, जो अपनी पूर्ण गति से उन्हें उनके लक्ष्य इटालियन किनारे की ओर ले जा रहा था। उनका लक्ष्य सैनिक दृष्टि से महत्वपूर्ण एवं पूर्णतः हथियारबंद पहरेदारों की निगरानी में घिरा ला स्पेजिया बंदरगाह था। दोनों 'फ्रोगमेन' अपने मिशन बोलजानों की बर्बादी के लिए पूर्णतः तैयार होकर आए थे। उनके पास इस काम को अंजाम देने के लिए पर्याप्त विस्फोटक सामग्री मौजूद

थी। लक्ष्य अर्थात् किनारा नजदीक ही था। माहौल रात्रि के अंधकार में डूबा हुआ था। ऐसे में कौसर पानी में से जरा सा सिर बाहर निकाले लहरों के थपेड़ों को सहन करता हुआ शत्रु जहाजों की आहट ले रहा था।

पिट..., पिट..., पिट..., पिट की ध्वनि ने कौसर को मानो एक चेतावनी दी। आवाज रात्रि के अंधकार में गश्त कर रहे एक डीजल इंजन वाले जहाज की थी। अपने साथी को इशारा किया और उपकरणों से छेड़-छाड़ आरंभ कर दी। अगले ही पल उनका विशेष जलयान किसी मछली की तरह पानी की सतह के नीचे था। डीजल इंजन की आवाज पल-प्रतिपल नजदीक आती, उनके ऊपर से होती हुई दूर कहीं जाकर बंद हो गई। शत्रु जहाज से यह उनका पहला सामना था और वे छिपने में कामयाब रहे थे। उस जहाज के गुजरने के बाद एक बार फिर दोनों 'फ्रोगमेन' अपने विशेष यान को सतह पर ले आए और किनारे की तरफ बढ़ने लगे। दिन का प्रकाश फैलने में अभी कुछ ही घंटों की देर थी।

ला स्पेजिया बंदरगाह को ढूंढ़ना आसान साबित हुआ। दिन के प्रकाश से होड़ करती सर्चलाइटों की तेज रोशनी, निश्चित समय पर अधिक प्रकाश के लिए दागी जाने वाली विस्फोटक सामग्री और गश्ती दल की छोटी-छोटी नौकाओं की गहमा-गहमी इस बात का प्रमाण थी कि वे अपने लक्ष्य ला स्पेजिया बंदरगाह पहुंच चुके थे। स्पष्ट था कि बंदरगाह में कुछ विशेष हो रहा था, परंतु कौसर और स्मिथ को इस बात का कुछ भी पता नहीं था कि वहां क्या हो रहा था? वे तो केवल इस बात की कल्पना एवं आशा ही कर सकते थे कि जो कुछ भी हो रहा था, कहीं से भी उनके मिशन, लक्ष्य अर्थात् उनके बंदरगाह में उनके प्रवेश में आड़े न आए।

शीघ्र ही दोनों बंदरगाह के प्रवेश के मुहाने पर थे। वे इस प्रवेश द्वार के पास खड़े जलयानों की बगल से बड़ी ही सावधानी से संभलते हुए चल रहे थे। यह तय था कि शत्रु ने निश्चित रूप से सब जगह ऐसे उपकरण लगाए होंगे, जो उनकी जरा सी आहट को भांप लेते। ऐसी किसी भी गलती का परिणाम दोनों अच्छी तरह से जानते थे। प्रवेश मार्ग के बिल्कुल नजदीक आने पर कौसर ने अपने विशेष यान को कुछ इस तरह जल में डूबो दिया कि अब केवल उसके द्वारा पहने गए विशेष हेलमेट का ही कुछ सिरा बाहर सतह पर दिखाई दे रहा था। यह इतना ही बाहर था कि कौसर स्पष्ट देख पाता। कौसर अपने यान को प्रवेश के मुहाने पर चला रहा था कि तभी अचानक उसने बूटों की पदचाप एवं मशीनगन को लोड करने की आवाज सुनी। किसी अनहोनी की आशंका ने दोनों 'फ्रोगमेन' को जड़ कर दिया। शायद किसी भी क्षण उन पर गोलियों की बौछार होने वाली थी। वे अपने यान के साथ डुबकी भी नहीं मार सकते थे, क्योंकि ऐसा करने की चेष्टा में उत्पन्न होने वाली थोड़ी-सी भी आवाज उस पहरेदार को सचेत कर देने के लिए काफी होती। दोनों चुपचाप अपने यान को चलाते हुए बंदरगाह में प्रवेश कर गए।

दोनों अपने यान पर सवार होकर बंदरगाह में खड़े एक यान का चक्कर लगाते हुए आगे बढ़े, परंतु शीघ्र ही उनके आगे एक समस्या आ खड़ी हुई। उन्होंने पाया कि आगे पानी में पनडुब्बी रोधक तीन जाल कतार में लगाए गए थे। कौसर ने अपने यान के साथ पानी में डुबकी लगा ली। उसे उम्मीद थी की जाल पानी में ज्यादा गहराई तक नहीं होंगे और वे उनके नीचे से निकल जाएंगे, परंतु नीचे तल में उसे यह देखकर हैरानी एवं दुख हुआ कि ऐसी कोई भी संभावना वहां नहीं थी। कारण, जाल इतना लंबा एवं ढीला था कि वह समुद्र तल में बहुत अधिक बिखरा हुआ था। कौसर ने किरण और युक्ति के बारे में सोचना शुरू किया। उसने अपना यान पानी की सतह के ऊपर किया। समय कम था और उनके यान को दिन के उजाले से पहले ही अपने लक्ष्य बोलजानों तक पहुंचना था। कौसर ने पहले जाल के साथ-साथ चलना शुरू किया। उसे इस जाल में बड़ा सा सुराख मिल गया था, जिसका उपयोग करते हुए उसने उसमें से अपना यान निकाल लिया। उसे आश्चर्य तो तब हुआ, जब इसी तरह के विशाल छेद उसे दूसरे और फिर तीसरे जाल में भी मिले। कौसर को प्रतीत हुआ मानो रॉयल एयर फोर्स के बमों से हुए वे विशाल छेद उसके लिए ही बनाए गए थे। कौसर दक्षता से यान चलाता हुआ उन तीनों जालों को पार कर आगे निकल गया।

कौसर अपने यान पर सवार पानी की सतह पर ही तैर रहा था। उसने उसी दशा में उस दिशा की ओर बढ़ना शुरू कर दिया, जहां उसके अनुमान एवं सटीक सूचनाओं के अनुसार बोलजानों को होना चाहिए था। कुछ ही मिनट बाद उन दोनों फ्रोगमेन ने उसे देखा, दस हजार टन का वह जंगी जहाज अपनी पूरी शान के साथ पानी में खड़ा था।

वे अभी उस विशाल जहाज से दौ सौ मीटर दूर ही थे कि अचानक कौसर ने अपने यान के साथ पानी में डुबकी लगा दी। अगले ही क्षण उसका विशेष जलयान पानी के नीचे दस मीटर की डुबकी लगा गया। यान को चलाते हुए कौसर उसे उस विशाल जहाज तक ले गया और फिर किसी कार चालक की दक्षता का प्रयोग करते हुए वह अपने यान को उस विशाल जहाज के पेंदे तक ले गया। यहां आने के बाद कौसर को और भी सावधानी रखने की आवश्यकता थी, क्योंकि शांत रात के समय लंगर डाले वह विशाल जहाज किसी भी चोट या टक्कर को एक विशाल ढोल की तरह प्रतिध्वनित कर देता और शत्रु सावधान हो जाता, परंतु उसे अपने विशेष यान को उस जंगी जहाज के पेंदे तक तो ले जाना ही था। कौसर ने यान की मोटर को बंद किया और अपने साथी के साथ धीरे-धीरे तैरता हुआ उस विशाल जहाज के पेंदे तक पहुंचा। दोनों ने विशेष चुंबकों की मदद से जहाज के पेंदे में विस्फोटक पदार्थों को चिपका दिया। अब वे विशेष यान को घसीटते हुए अपने अनुमान से उस जगह पहुंचे, जहां उस विशाल जहाज का बॉयलर रूम होना चाहिए था। दोनों ने एक बार फिर ढेरों विस्फोटक सामग्री को वहां चिपका दिया। हर विशाल एवं शक्तिशाली चुंबक के साथ खतरनाक विस्फोटक सामग्री बांध दी गई

थी। भोर के साढ़े चार बजे तक इन दोनों ने अपनी दक्षता का परिचय देते हुए उस विशाल जहाज बोलजानों को ढेरों विस्फोटक पदार्थों से लैस कर दिया। कौसर ने अपनी कार्यवाही से संतुष्ट होकर टाइम स्विच को चालू किया। स्विच के अनुसार सुबह साढ़े छः बजे बोलजानों के तल को विस्फोटक के साथ फट जाना था।

कौसर के अनुसार काम खत्म हो गया था और अब उन्हें अपने विशेष तारपीडोनुमा जलयान पर सवार हो वहां से निकल जाना था, परंतु अगले ही पल यह जानकर कि उनके उस विशेष जलयान की बैटरियां कमजोर पड़ चुकी थीं, उनका उत्साह कुछ कम हो गया। अब इस बंदरगाह से दूर स्थित उस स्थान पर पहुंचना नामुमकिन था, जहां से उनके आदमी उन्हें लेने आने वाले थे। दिन का उजाला होना शुरू हो गया था। अब कौसर के पास केवल एक ही विकल्प था। वह अपने विशेष जलयान के साथ पानी के नीचे दस मीटर तक जा पहुंचा। नीचे समुद्र तल पर पत्थरों के ढेर के पास पहुंचने पर उसने अपने विशेष जलयान की टंकियों में पानी भर दिया। उसके ऐसा करने से यान भारी होकर समुद्र तल से जा लगा, फिर उसने अपने साथी को ऊपर सतह पर चलने का इशारा किया। सतह से लगती एक चट्टान पर चढ़कर इन दोनों ने अपने विशेष कपड़ों एवं अन्य सभी सामान को पानी में डूबो दिया और दोनों पत्थरों वाली उस चट्टान की आड़ में छिपकर बैठ गए। आठ घंटे पानी के अंदर की मशक्कत से बुरी तरह थक चुके थे। ऐसा लगता था, मानो सभी खतरों से परे अभी सो जाएंगे। तभी कौसर की नजर उस चट्टान की तरफ आ रहे एक इटालियन नौका सवार पर पड़ी। कौसर ने उसे पुकारा, “हम ब्रिटिश युद्धबंदी हैं, क्या तुम हमारी सहायता कर सकते हो?” इस सवाल को सुनकर उस नौका चालक ने उनसे हमदर्दी तो जताई, परंतु अपनी नौका उन्हें देने को तैयार न हुआ। हां, उसने बाद में एक अन्य नौका ला देने का वायदा जरूर किया। उसकी बात पर भरोसा करने के अलावा कोई और चारा न था। डर था कहीं नौका चालक उन्हें धोखा देकर जर्मन सिपाहियों को सावधान न कर दे।

सुबह के छः बजकर तेइस मिनट थे। समुद्र में खड़े बोलजानों के दोनों तरफ का पानी अचानक एक जोरदार धमाके के साथ दो विशाल खंभों की तरह

उछल पड़ा। दोनों तरफ हुई पानी की विशाल उछालें उस जंगी जहाज से भी कहीं ऊंची थीं। सारा-का-सारा बंदरगाह इस धमाके से हिल गया। शीघ्र ही बंदरगाह पर मौजूद हर व्यक्ति, हर दल, हर छोटी-बड़ी नौका हरकत में आ गई। ऐसा लगता था, मानो पत्थर लगने से ततैयों का एक विशाल झुंड उड़ता हुआ आ रहा था। ये सभी शत्रु कार्यवाही का निशाना बने विशाल बोलजानों की ओर दौड़ पड़े थे। विशाल जंगी जहाज बोलजानों डोलने लगा। पहले उसका आगे का सिरा पानी में डूबा और फिर देखते-ही-देखते उस विशाल जहाज ने पानी में पलटी मारी और एक बड़े छपाक के साथ समुद्र में डूब गया। केवल उसका एक तरफ का विशाल हिस्सा ही पानी की सतह से कुछ ऊपर रह गया था। समुद्र में आतंक का पर्याय बोलजानों बेसहारा हालत में समुद्र तल को चूम रहा था। कौसर यह देखकर हर्षित हो उठा। अब चाहे जो भी अंजाम हो, उसे परवाह नहीं, उसने अपना काम कर दिया था।

कुछ देर बाद वह इटालियन नौका चालक वापस आया, "तुम लोगों ने तो कमाल कर दिया," उसने कहा। शायद उसे अनुमान हो गया था कि यह काम उन दोनों का ही था, "मैंने हाथों से खेने वाली एक नौका वहां किनारे की तरफ रख दी है, परंतु तुम दोनों शीघ्रता करो, कहीं पकड़े गए तो...। "यह कहकर उसने अंजाम को प्रदर्शित करने के लिए अपने गले पर उंगली घुमाई।

दोनों 'फ्रोगमेन' ने उस अनजान नौका चालक को धन्यवाद दिया और तुरंत उसके द्वारा लाई गई नौका में सवार हो गए और किनारे की विपरीत दिशा में अपनी नौका खेने लगे। दोनों हालांकि रात-भर की मेहनत से चूर हो चुके थे, तो भी जी-जान से नौका खेने लगे। थक जाने पर थोड़ा आराम और उसके बाद फिर काम करते। दोनों किसी तरह से सिसली तक पहुंच जाना चाहते थे। सिसली उस स्थान से आठ सौ किमी दूर मित्र राष्ट्रों के अधीन था।

अगले दिन की समाप्ति तक वे लगातार नाव खेते रहने से थक कर चूर हो गए। दोनों इस बात से सहमत थे कि अब और चलते रहना उनके वश की बात नहीं है। इस उम्मीद के साथ किनारा पकड़ने का निश्चय किया कि शायद वह स्थान मित्र राष्ट्रों के अधीन ही हो, परंतु यह जानकर निराशा हुई कि वह स्थान, जिसे सुरक्षित समझ रहे थे, वास्तव में ऐसा नहीं था। किनारे लगने पर पता चला कि वे ला स्पेजिया बंदरगाह से मात्र अड़तालीस किमी दूर एक स्थान पर थे।

अच्छी किस्मत की वजह से दोनों एक ऐसे लड़के से जा भिड़े, जिसने उनकी मुलाकात एक लड़ाकू गुरिल्ला दल से करवाई। इटालियन गुरिल्लों का यह दल अपने गुप्त ठिकाने से जर्मन सैनिकों के साथ निरंतर लोहा ले रहा था। कौसर एवं स्मिथ को उस समय हैरानी हुई, जब उन्होंने इस दल के साथ अपने अन्य दो 'फ्रोगमेन' साथियों को देखा।

ये 'फ्रोगमेन' भी उसी रात, जब बोलजानों को डुबोया गया था, अन्य जहाजों को डुबोने के मिशन पर थे। ये सभी गुरिल्ला लड़ाकों के साथ अच्छी तरह से घुल-मिल गए, पर नियति को शायद कुछ और ही मंजूर था।

जर्मनों के साथ लड़ते हुए इन लड़ाकू गुरिल्ला योद्धाओं का सफाया हो गया और इन 'फ्रोगमेन' को पकड़ लिया गया और उस समय जर्मन सेना द्वारा गिरफ्तार किया गया, जब वे जर्मन सीमा पार करने की चेष्टा कर रहे थे।

जर्मन सेना के कोप से बचने के लिए इन 'फ्रोगमेन' ने आपस में सलाह करके एक ऐसी कहानी बनाई, जो पूछे ज़ाने पर सभी को दोहरानी थी। वे इस बात पर सहमत हो गए कि यही कहेंगे कि वे एक बड़ी पनडुब्बी पर सवार थे, जो किसी कारणवश किनारे के पास ही कहीं डूब गई थी। जर्मन सैन्य अधिकारियों के बार-बार पूछने एवं भीषण यातनाएं देने के बाद भी ये 'फ्रोगमेन' अपनी बनाई कहानी पर टिके रहे, क्योंकि वे जानते थे कि सच्चाई बताने का मतलब था मौत! हिटलर ने अपनी सेना को स्पष्ट आदेश दे रखा था कि जो कोई शत्रु सैनिक विध्वंस की कोशिश करता पकड़ा जाए, उसे तुरंत ही गोली मार दी जाए। हकीकत बताकर बजाए मरने के बाकी दिन युद्ध खत्म होने तक जेल में बिताना कहीं अच्छा था। अतः उन्होंने अपनी हकीकत जाहिर न होने दी, इस कारण उन्हें युद्धबंदी बना दिया गया। अंत में इस युद्ध में जर्मनी की करारी हार हुई और मित्र राष्ट्रों की सेना ने इन 'फ्रोगमेन' को आजाद करवाया।

–द फ्रोगमेन, वाल्ड्रोन एंड ग्लीसन वन ऑफ सबमेरीन्स, एडवार्ड यंग

19. शेकलटन का महान कारनामा

वे कुल बाइस लोग थे। समुद्र के जम चुके किनारे पर खड़े ये बीस लोग उत्साहवर्धन के संबोधनों के साथ अपने हाथ हिला रहे थे। इनसे कुछ ही कदम पीछे देखने पर पत्थर एवं जमे हुए हिमखंड स्पष्ट दिखाई दे रहे थे। ठंडी एवं जमा देने वाली हवाएं रह-रहकर इनके चेहरों पर थपेड़े मारती हुई पीछे स्थित पर्वत से होकर गुजर रही थीं।

लहरों का जोर देखते ही बनता था। अंटार्कटिक महासागर की जोरदार लहरें किनारे पर मौजूद पत्थरों से टकरा कर ठंडे जमा देने वाले बादलों का निर्माण कर रही थीं। समुद्र के इस रूप को भी स्वीकार करने वाले लोग वहां थे। इतनी विषम परिस्थितियों के बावजूद समुद्र में एक सात मीटर लंबी नौका उतारी गई। इस नौका में छः लोग सवार थे, जो हर संभव प्रयत्न करके नौका को खुले समुद्र में ले जाने के लिए कटिबद्ध थे। किनारे पर मौजूद लोगों के चेहरों पर नजर डालने से स्पष्ट दिखाई दे रहा था कि वे पस्त एवं थके हुए थे, तो भी उनके उल्लास में किसी तरह की कोई कमी नहीं दिखाई दे रही थी। वे जानते थे कि सफलता केवल ऊंची एवं मजबूत मनःस्थिति वाले लोगों को ही मिलती है। ये लोग वहां अपने बॉस को उसके महानतम अभियान के लिए विदा करने आए थे।

इन्होंने अट्ठारह महीने पहले इंग्लैंड से अपनी यात्रा शुरू की थी। यह इंग्लैंड से सीधा दक्षिण की ओर प्रथम ब्रितानी अंटार्कटिक कारनामा था। तय कार्यक्रम के अनुसार वे सफर का पहला चरण अपनी नौका 'एंड्यूरेंस' की मदद से वेडल सी से होकर पूर्ण करते। वहां से पैदल चलकर, फिर स्लेज गाड़ियों की मदद से वे अंटार्कटिक प्रदेश को पार करते हुए कौस सागर तक जा पहुंचते। सफर के अभी चार महीने भी पूर्ण न हुए थे कि जनवरी, 1915 में 'एंड्यूरेंस' मुसीबत में जा फंसा। बर्फ के रूप में जम चुका सागर 'एंड्यूरेंस के लिए बड़ी भारी परेशानी का कारण बन गया। शायद ही किसी ने कभी ऐसी ठोस एवं कठोर बर्फ को देखा होगा। ऐसे में 'एंड्यूरेंस भी असहाय होकर रह गया। बर्फ काट कर या तोड़कर अपने लिए मार्ग बनाना 'एंड्यूरेंस के बस की बात न रही। इस घटना के लिए किसी को भी दोष नहीं दिया जा सकता था। कम-से-कम यह किसी भी तरह से कोई मानवीय त्रुटि न थी। यह महीना जनवरी का था और जनवरी अंटार्कटिक में गर्मी का महीना होता है। अतः अपनी ओर से कोई गलती अथवा लापरवाही न होने पर भी 'एंड्यूरेंस' के कर्मी-दल को इस समस्या से जूझना पड़ा। 'एंड्यूरेंस' अब ठोस अंटार्कटिक बर्फ की चपेट में था।

अगले साठ महीनों तक वे बर्फ की ताकत के आगे असहाय हो, उसके रहमों-करम पर रहे। बर्फ में फंसा 'एंड्यूरेंस अब पूरी तरह से भाग्य के भरोसे था। बर्फ का वह विशाल

टुकड़ा, जिसने 'एंड्यूरेंस को पकड़ रखा था, अब हवाओं के थपेड़ों से पानी पर डोल रहा था। बर्फ के इस विशाल टुकड़े में फंसे 'एंड्यूरेंस के लिए इसके दबाव को सहन करना प्रतिपल भारी पड़ रहा था। कर्मी-दल के पास इस खतरनाक स्थिति को देखते रहने के सिवा और कोई चारा नहीं था। आखिरकार 'एंड्यूरेंस की बनावट बिगड़ने लगी और उसके चारों तरफ लगे मजबूत लकड़ी के फट्टे चटक कर टूट गए। इसके कुछ समय बाद जब बर्फ का दबाव थोड़ा कम हुआ, तो टूटे जहाज का मलबा बर्फ की दरारों से होता हुआ पानी में डूब गया। बेबस कर्मी-दल ने अपने बचाव के लिए एक विशाल बर्फ के टुकड़े पर जाकर शरण ली। अगले छः महीनों तक 'एंड्यूरेंस का कर्मी-दल बर्फ के इस टापू पर भाग्य भरोसे तैरता रहा। यह कोई आसान काम न था। चारों तरफ से ठंडी हवाओं के थपेड़े एवं बर्फ के अन्य विशाल खंडों से टकराने के गंभीर गर्जन को सहन करना वाकई में एक कठोर परीक्षा थी, परंतु इन सबसे भी बड़ी एक शत्रु थी हताशा, जिससे जूझना वाकई चुनौती था। ऐसे व्यक्ति, जो वीर, साहसी एवं दुस्साहसी हों, उनके लिए कुछ न कर पाने की स्थिति वाकई हताशा उत्पन्न कर देने वाली होती है।

पर ऐसी स्थिति में एक व्यक्ति ऐसा भी था, जिसने अपना हौंसला नहीं खोया था। वह हर एक का ध्यान रखता, कभी किसी को आदेश देता, तो कभी किसी से थोड़ा मजाक करता और कभी समय बिताने हेतु किसी योजना को मूर्त रूप देता। यह वह व्यक्ति था, जिसे उन्होंने ('एंड्यूरेंस के कर्मी-दल ने) 'संसार का सर्वोत्तम नेता' के खिताब से नवाजा था। सर अर्नेस्ट शेकलटन, जिसे कर्मी-दल 'बॉस' के नाम से ज्यादा जानते थे। वह बॉस ही था, जिसने उन्हें बर्फ से होते हुए, अत्यंत तूफानी समुद्र से जूझते हुए एलिफेंट आयलैंड तक पहुंचाया था, परंतु एलिफेंट आयलैंड के हालात बर्फ के उस टुकड़े से भी बदतर थे, जिस पर कर्मी-दल सवार था। यहां खाने को कुछ न था और मौसम-संसार भर के खराब मौसमों में से एक था। ऐसे हालात में अधिक दिनों तक जीवित रहना मुमकिन न था। अतः शेकलटन 'एंड्यूरेंस' से सुरक्षित निकाल ली गई एक छोटी नौका एवं पांच चुने हुए व्यक्तियों के साथ मदद प्राप्त करने के उद्देश्य से बारह सौ किलोमीटर लंबी यात्रा पर निकल पड़ा।

इस छोटी नौका का नाम अभियान के एक समर्थक एवं सहयोगी जेम्स केर्ड के नाम पर रखा गया। इस पर 'एंड्यूरेंस' के कप्तान वॉर्सली, क्रीन, विनसेंट, मैक कार्टी, एवं मैक नीश अपने बॉस शेकलटन के साथ सवार थे। बाकी बचे कर्मी-दल ने बड़े उत्साह एवं जोश के साथ इन्हें विदाई दी। उन्हें पूर्ण विश्वास था कि शेकलटन कुछ-न-कुछ अवश्य करेंगे।

इस छोटी सी नौका पर एक कैनवास के टुकड़े के नीचे तीन व्यक्ति जहां विश्राम करने की चेष्टा कर रहे होते, वहीं बाकी तीन जेम्स केर्ड (वह छोटी सी नौका) को उन तूफानी लहरों से बचाते हुए सुरक्षित चलते रहने का जतन करते, पर उस खराब माहौल में आराम कहां था? लहरों की बेपनाह ताकत के आगे छोटी सी नौका पल-पल उछलती रहती और पानी की बौछारें तीखे भालों के समान उस कैनवास के नीचे मौजूद आराम करने की चेष्टा करते नाविकों को भिगो देतीं। पानी की ठंडक उनके खून तक को जमा देती लगती। नाव इस भयानक अंदाज से हिचकोलें खाने लगती कि कुछ नाविकों को रह-रह कर कै आने लगती थी और-तो-और खुद शेकलटन को भी भयंकर साइटिका का दर्द झेलना पड़ा।

इतना होने पर भी शेकलटन ने अपना धैर्य नहीं छोड़ा। उसने अपने नेतृत्व एवं समझदारी के गुणों को नहीं खोया था। वह इस बात पर जोर देता कि सभी निश्चित अंतराल पर खाना खाते रहें। ऐसा न होने की सूरत में शायद उनमें से कोई भी जीवित न रहता। सब कुछ उस अनंत ठंड एवं नमी की भेंट चढ़ जाता। वह तो उनका मजबूत दिल और जज्बा था कि वे जिंदा थे। क्रीन के हिस्से एक ही काम था। उसे उस भयंकर तूफान एवं लहरों की जबरदस्त उछाल के बीच प्राइमस स्टोव को जलाए रखना होता था। यह आसान काम नहीं था। खासतौर से उस समय तो बिल्कुल ही नहीं, जब नौका लहरों के जोर से एक झटके से उछलती और कर्मी-दल सूखे पत्तों सा बिखर जाता। जब क्रीन उस स्टोव को जलाता, तो वॉर्सली उसकी आंच पर सूखे मांस को रख देता, वहीं मौजूद मैक कार्टी उसमें बर्फ के टुकड़े (पानी के अभाव में) डाल देता, फिर जैसे ही वह उबल कर तैयार होता, क्रीन चिल्लाता, "हूश", और फिर देखते-ही-देखते सभी भूखे नाविक अपने बर्तन उसके आगे कर देते। जैसे ही क्रीन उनके बर्तन में उक्त सूप डालता, वे उसे एक

ही सांस में पी जाते। हालांकि यह उबलता सूप किसी भी व्यक्ति के गले में छाले डालने के लिए काफी होता, परंतु कर्मी-दल इसका अभ्यस्त हो चुका था। इसे पीते ही उनके ठंड से जकड़े शरीर में मानो गर्मी की लहर-सी दौड़ जाती और कुछ क्षणों के लिए नई जान सी आ जाती थी।

शेकलटन इन विषम परिस्थितियों में भी सावधान था। वह अपने हर एक सदस्य पर पैनी निगाह रखे हुए था। अगर कहीं उसे कोई सदस्य सामान्य से अधिक कंपकपाता हुआ दिखता, तो वे बिना कोई क्षण खोए उसके लिए तुरंत गर्म दूध एवं उपलब्ध कपड़ों में से सबसे कम गीले कपड़े मंगवाता। बीमार सदस्य अपने बॉस की आत्मीयता एवं स्नेह देखकर ही ठीक हो जाता। बॉस की दृढ़ता देखकर इस बात का पूर्ण विश्वास हो जाता कि चाहे जैसी भी परिस्थितियां आ जाएं, बॉस सब कुछ ठीक कर देगा।

सफर को तीन दिन हो चुके थे। आगे एक नई चुनौती आ गई। हवाओं ने देखते-ही-देखते भयंकर समुद्री आंधी का रूप ले लिया। समुद्र की लहरें आंधी का सहारा पाकर अधिकाधिक ऊंची उठने लगीं। हर लहर देखकर लगता, मानो जेम्स केर्ड को डूबो ही देगी। आखिर उस छोटी-सी नौका का उन विशाल लहरों के आगे अस्तित्व ही क्या था? खुशकिस्मती से नौका हर बार लहरों पर सवार होकर बच जाती। उसका कैनवास तूफानी हवाओं की चपेट में आ गया। उसे सुरक्षित बांधे हुए सहारे एक झटके से टूट गए और देखते-ही-देखते पानी हर तरफ जा घुसा। हर वह चीज और हर वह व्यक्ति, जो उस कैनवास के नीचे शरण लिए हुए था, भीग गया। नाव को दिशा देने वाले फट्ठे को संभाले हुए नाविक को छोड़कर शेष सभी के हाथ त्वरित गति से चलने लगे थे। कोई पतवारें थामे हुए था, तो कोई नाव में भर गए पानी को निकालने के लिए पंप चला रहा था।

चौथे दिन शेकलटन ने नौका का रुख पूर्व की ओर कर दिया। उसका लक्ष्य दक्षिण जार्जिया था। परिस्थितियां अब भी ठीक नहीं थीं। रातें अब ठंडी थीं और बादलों की वजह से दिन उतने उजले नहीं थे। उछलते ठंडे पानी ने नाव पर चमकती हुई बर्फ की परत सी जमा दी, फिर प्रथम सप्ताह के खत्म होने तक शेकलटन को अहसास होने लगा कि नौका उसकी आशा के अनुरूप नहीं चल रही थी। उसकी चाल में वह तेजी एवं उछाल नहीं था, जो वह चाहता था। अब हर एक के जिम्मे एक खतरनाक काम आ गया था। वे बारी-बारी एक हाथ से बर्फ से चिकने हुए पतवार के डंडे एक कुल्हाड़ी की मदद से काटते।

इतनी मेहनत के बाद भी बात न बनी। जेम्स केर्ड अभी भी अपने चिरपरिचित उछाल को न पा सकी थी। शेकलटन ने कुछ सोचकर आदेश दिया कि हर वह चीज, जो आवश्यक न थी, उसे समुद्र में फेंक दिया जाए। दो स्लीपिंग बैग, जो पानी में भीग कर

सौ किलो के करीब भारी हो चुके थे, फेंक दिए गए। अभी वे अपनी इस परेशानी से जूझ ही रहे थे कि देखा, उनकी नौका के लंगर को थामने वाली रस्सी के चारों ओर बर्फ एक ठोस पिंड के रूप में जम चुकी थी। इस बर्फ ने रस्सी को काट दिया था। तूफान ने उनके एक बड़े सहारे को छीन लिया था।

आख़िर इन जांबाजों की हिम्मत रंग लाई और वे भयंकर समुद्री तूफान से निकल आए। सात दिन की कठिन परीक्षा के बाद हवाएं धीमी पड़ गईं और बादलों में से सूर्य चमकने लगा। उस दिन के सूरज ने उनमें एक नया उत्साह भर दिया। आज पहली बार सूर्य खुलकर सामने आया। सूर्य की गर्मी में अपने कपड़े सुखाए। अगले तीन दिनों तक उन लोगों ने शांत एवं आरामदायक नौका संचालन का आनंद लिया। उन्हें अति शीघ्र ही अपनी यात्रा के अंत होने का इंतजार था। अब तक जेम्स केर्ड अपनी मंजिल दक्षिण जॉर्जिया तक का आधा सफर पार कर चुकी थी।

अभ्यास, राशन की कमी एवं तन्हाई ने अब तक सभी व्यक्तियों की ताकत को निचोड़ दिया था। शांत एवं गर्म तीन दिनों के बाद यकायक एक नया समुद्री तूफान उठ खड़ा हुआ। पानी की बौछारों के साथ-साथ बर्फ के टुकड़े भी रह-रहकर आने लगे थे। समुद्र पर अब परिस्थितियां अनुकूल न थीं। आधी रात के समय शेकलटन नौका को दिशा देने वाली पतवार के डंडे को थामे खड़ा था। उसने ऊपर देखा, तो लगा कि आगे साफ आकाश को देख रहा है।

"बादल उमड़ रहे हैं।" उसने जोरदार मगर उत्साहित स्वर में चिल्लाकर कहा, फिर अगले ही पल उसे अपनी गलती का अहसास हो गया। उसने जिसे बादलों का छोर समझा था, वह वास्तव में झाग की चमक थी। झाग, जो एक विशाल लहर के ऊपरी सिरे पर चमक रहा था। शेकलटन ने अपने संपूर्ण समुद्री अनुभव के दौरान इतनी बड़ी लहर नहीं देखी थी। उसकी विशालता देखकर लगता था, मानो सारा समुद्र ही अपने तल से उठकर खड़ा हो गया हो।

"भगवान के लिए डटे रहो!" वह चीखा, "लहर ने हमें अपनी चपेट में ले लिया है।" एक क्षण के लिए तो लगा कि मानो वो विकराल लहर उस नाव के ऊपर आकर ठहर गई हो, फिर अगले ही पल एक भयंकर धमाके के साथ वह लहर आतंकित कर देने वाले झागों के रूप में उस नाव पर फट पड़ी। उन्हें अपनी नाव अप्रत्याशित रूप से ऊंची उठती हुई महसूस हुई और अगले ही क्षण वह बंदूक से छूटी गोली के समान आगे बढ़ चली। लहर के बिखराव से चारों तरफ झाग-ही-झाग फैल चुके थे। ऐसा लगता था, मानो सारा समुद्र ही उबल पड़ा हो। उनकी पूरी नाव उस झाग से करीब-करीब भर चुकी थी। जहां एक ओर उनके डूबने का खतरा था, वहीं दूसरी ओर उन्हें अत्यधिक ठंडे नमकीन पानी से भी जूझना पड़ रहा था। इस सारे घटनाक्रम के दौरान छोटी सी नाव, मानो

किसी जीवंत नरक से जूझ रही थी। वह बुरी तरह हिचकोलें खा रही थी और उस पर सवार लोग बड़ी हिम्मत के साथ उस मुश्किल से जूझ रहे थे। अगले दस मिनट तक वे साक्षात मौत से टकराते रहे। इन दस मिनटों में जेम्स केर्ड (वह छोटी-सी नाव) उस पत्थर के समान थी, जो पानी में कभी भी डूब सकती थी। यह उन जुझारू नाविकों का हौसला ही था, जो ऐसी विषम परिस्थितियों से लड़ते रहे, फिर दस मिनट के बाद सब कुछ ठीक हो गया और जेम्स केर्ड एक बार फिर समुद्र की छाती पर शान से तैरने लगी थी।

दल का एक सदस्य इतनी सारी विषम परिस्थितियों के चलते हुए बीमार हो गया। हालांकि मानसिक रूप से वह अब भी जूझना चाहता था, परंतु उसकी शारीरिक शक्तियों ने उसका साथ छोड़ दिया था। हर कोई उन तूफानी लहरों की मार से सर से पांव तक भीग चुका था। ऐसा लगता था, मानो पानी उनकी हड्डियों एवं जोड़ों तक में घुस गया हो। स्थितियां विषम से विषमतर होने लगी थीं। पीने का पानी कम होने लगा था। शेकलटन ने पानी की स्थिति देखते हुए उस पर राशन लगा दिया। अब दल के प्रत्येक सदस्य को प्रतिदिन एक निश्चित मात्रा में ही पानी दिया जाता। चाहे वह अपने अगले दिन की अपनी खुराक में से एक घूंट भी पानी मांगता, तो वह उसे प्राप्त नहीं था। अगले दो दिन काफी कठिन और भयंकर रहे।

अचानक उनकी नजर तैरती हुई समुद्री घास पर जा ठहरी। आगे चलने पर उन्हें और अधिक मात्रा में समुद्री घास नजर आई। इस बार घास पर काले रंग के दो समुद्री परिंदे भी बैठे नजर आए। इन चीजों ने उनमें नया उत्साह, एक नया जोश भर दिया। ये निशान इस बात के सबूत थे कि हो न हो, जमीन जरूर कहीं पास में ही थी। अपनी इस अनोखी यात्रा के पंद्रहवें दिन, बारह बजकर तीस मिनट पर, मैक कार्टी चिल्लाया,

"वो देखो जमीन!" हर कोई उसकी चीख सुनकर प्रफुल्लित हो उठा। उन सभी ने कोहरे के मध्य एक दरार में से स्पष्ट देखा, जमीन काली चोटियों की शक्ल में स्पष्ट नजर आ रही थी, फिर कोहरे की अधिकता से वह दिखनी बंद हो गई।

इससे उन जांबाजों के उत्साह में कोई कमी नहीं आई। वे अब एक नए जोश के साथ समुद्र का सामना करने को तैयार थे। उन सभी को विश्वास था कि अतिशीघ्र जमीन पर होंगे, खाएंगे-पीएंगे और फिर एलिफेंट आयलैंड पर फंसे अपने साथियों की मदद के लिए कुछ कर पाएंगे। पर यह सब उनके इस नेक ख्याल जितना आसान न था।

लहरों की स्थिति खतरनाक थी। ब्रेकर लहरें (किनारे से कुछ दूरी पर बनने वाली वे लहरें, जिनको पार किए बिना तट से गहरे सागर एवं सागर से तट के लिए प्रवेश मुश्किल होता है) समुद्री चट्टानों से टकरा कर तकरीबन बारह मीटर तक पानी उछाल रही थी। हवा भयंकर स्तर पर बह रही थी। हवा के जोर से पानी में रह-रह कर झाग एवं भंवर बन रहे थे। सारा दिन और वह सारी रात किनारे लगने के प्रयासों की भेंट चढ़ गए, परंतु ऐसा लग रहा था, मानो किनारे पहुंचने का कोई रास्ता ही न था। सुबह की शुरुआत के साथ ही समुद्र में एक चक्रवात शुरू हो गया। उसकी वजह से पानी में भयंकर हलचल होने लगी। दल के सदस्यों के लिए यह स्थिति वाकई निराशाजनक थी। उन लोगों के हाथों में अब कुछ न था। वे बेबस होकर अपनी नाव को खतरनाक पत्थरों की तरफ बढ़ते देखने लगे। शेकलटन को भी यह विश्वास होने लगा था कि अब केवल कोई चमत्कार ही उन्हें बचा सकता था।

फिर सचमुच एक चमत्कार, ये मुश्किल राहें धीरे-धीरे आसान होती चली गईं। हवाएं धीमी पड़ गईं। लगता था, मानो उनकी जीजिविषा देखकर खुद नियत को उन पर तरस आ गया था। नाव के मस्तूल की नीम, जो उसको स्थिर बनाए रखने के लिए आवश्यक होती है, उसके अचानक निकल जाने से मस्तूल इधर-उधर डोलने लगा था। यदि ऐसा तूफान के दौरान होता, तो शायद नाव या उसका कोई भी सवार शायद ही बचता। यह उनकी किस्मत ही थी कि ऐसी खतरनाक स्थिति तूफान के गुजरने के बाद आई थी। एक दिन और मेहनत करनी पड़ी और जेम्स केर्ड किनारे पर स्थित एक चट्टान नुमा खांचे में सुरक्षित रूप से जा लगी। किनारे के शांत पानी की आवाज ने जैसे उनके आ पहुंचने पर उनका स्वागत किया।

हालांकि वे लोग दक्षिण जॉर्जिया पहुंच गए थे, तो भी एक गलत बात हो गई थी। वे दक्षिण जॉर्जिया के गलत भू-भाग पर उतरे थे। दक्षिण जॉर्जिया के स्ट्रोमेस बे स्थित पोत और उनके बीच विशाल पहाड़ और ग्लेशियर (हिमनद) क्रूर रुकावट के रूप में मौजूद थे। यह बर्फ की एक ऐसी रुकावट थी, जिसे कोई बेवकूफ ही पार करने की सोच सकता था, परंतु शेकलटन के पास इसे पार करने के सिवा और कोई चारा न था। नाव की

हालत अब ऐसी न रही थी कि उसकी मदद से सही किनारे पहुंचा जा सके। उस पर कुल सत्ताइस लोगों की जान का दारोमदार था। उसे हर हाल में उन पहाड़ों के बीच में से अपना रास्ता तलाश करना ही था।

उस टापू पर मौजूद पक्षियों को खाकर एवं कुछ दिन आराम करने के बाद शेकलटन वार्सली और क्रीन पहाड़ों से टक्कर लेने निकल पड़े। मैक नीश और विनसेंट यात्रा करने के उद्देश्य से स्वस्थ नहीं थे। वे अत्यधिक कमजोर एवं बीमार थे। लिहाजा मैक कार्टी उन दोनों के साथ वहीं रुका रहा।

शेकलटन का यह नया अभियान करो या मरो पर आधारित था। उसने स्लीपिंग बैग्स को वहीं पीछे छोड़ा और कुल तीन दिनों का खाना अपने साथ लेकर आगे निकल पड़े। शेकलटन को इस बात का पूर्ण आभास था कि एलिफेंट आयलैंड पर मौजूद उसके साथियों के लिए हर बीतता लम्हा खतरनाक होता जा रहा था। वह चांदनी रात थी। दो घंटों की अनवरत चढ़ाई की बदौलत वे लोग सात सौ पचास मीटर की ऊंचाई पर पहुंच चुके थे। यहां पहाड़ की चट्टानें जमे हुए झरनों की मानिद चमक रही थीं। तीनों ने अपने आपको एक-दूसरे से रस्सी की मदद से बांध रखा था। पहाड़ पर मौजूद खड़ी एवं आगे की ओर उभरी चट्टानें उनके लिए सर्वाधिक खतरनाक थीं। वे इन सबसे बचते-बचाते चल रहे थे, परंतु दिन निकलते ही धुंध का एक बादल नीचे उतरने लगा। दल ने इससे बचने के लिए तुरंत अपना रास्ता बदला और एक विशाल, मगर जमी हुई झील की तरफ आ गए थे। अभी वे इस नई परेशानी से पार लगने के बारे में सोच ही रहे थे कि तभी उन्हें अपनी भूल का अहसास हुआ। उनके सामने मौजूद वह दृश्य किसी जमी झील का न था, बल्कि समुद्र का था। वे दिशा भटक कर पुनः उसी स्थान पर आ गए थे।

इन जांबाजों ने फिर भी हिम्मत न हारी और पुनः चढ़ाई शुरू कर दी। ऊपर एक खड़ी चट्टान ने फिर इनका रास्ता रोक दिया, पर दल नीचे उतर आया और फिर से कोशिश में लग गया। आखिर ये कोशिश करना कैसे छोड़ सकते थे? इतनी सारी जानों का दारोमदार जो था उन पर।

चौदह महीने, जो बर्फ में गुज़रे एवं बेकार गए, सोलह दिन, जो ठंडे पानी में भिगोए एवं जमाए गए और जो बूंद-बूंद पानी को तरस गए, और महीनों तक ऐसा खाना जो किसी भी लिहाज से पूर्ण खुराक न कहलाए, इतना सब कुछ सहन करने के बाद भी तीनों जांबाज बिना थके, बिना रुके, बिना आराम किए अपनी राह पर बढ़े चल रहे थे। रात घिरने लगी और तापमान भी गिरने लगा था। अब तक वे लोग कुल बारह हजार मीटर की ऊंचाई पर पहुंच चुके थे। मौत की हद तक थके हुए, खाने की कमी एवं किसी भी तंबू अथवा स्लीपिंग बैग की उपस्थिति के बिना उनका इतनी ऊंचाई पर मौजूद ठंड से जूझना आत्महत्या करने के समान था। उन्हें हर हाल में अपनी नीचे की यात्रा शुरू कर

देनी थी और वह भी रात घिर जाने से पहले। दल ने ढलान की तरफ नीचे उतरने का एक दुस्साहसिक तरीका अपनाया। वे ताजी बर्फ वाली उस ढलान की तरफ कूद गए। दल फिसलता हुआ डेढ़ से दो मिनट के अंतराल पर तीन सौ मीटर नीचे पहुंच गया। ऊपर देखने पर दल ने देखा कि वह स्थान, जहां पर अभी कुछ ही क्षण पहले वे खड़े थे, पूर्ण रूप से धुंध की चपेट में आ चुका था। यदि उन्होंने नीचे उतरने में कुछ ही लम्हों की देर की होती, तो शायद फिर नीचे न उतर पाते।

दल आगे चल पड़ा और एक बार फिर वे रास्ता भटक गए। शेकलटन ने अपने साथियों की तरफ देखा, वे थक चुके थे। उसने कहा कि वे आधे घंटे के लिए उसकी निगरानी में सो सकते हैं। शेकलटन के ऐसा कहते ही उसके दोनों साथी जमीन पर लेट गए। उन्हें मासूम नींद सोते देख शेकलटन के मन में भी एकबारगी सोने का विचार आया, परंतु फिर अगले ही पल उसके मस्तिष्क में एलिफेंट आयलैंड में फंसे अपने साथियों का ख्याल आ गया। अगर वह भी सो गया, तो उनकी मौत निश्चित थी। यह ख्याल आते ही शेकलटन तुरंत ही सचेत हो गया और फिर कुछ मिनट ही बीते होंगे कि उसने क्रीन और वॉर्सली को यह कहते हुए उठा दिया कि वे आधा घंटा सो चुके हैं। उसने वहां से चल देने का हुक्म सुना दिया। हालांकि अत्यधिक श्रम एवं ठंड की वजह से उनके घुटने जाम हो गए थे तो भी वे चलते चले गए। दिन निकलने ही वाला था, भोर हो चुकी थी। चट्टानों के मध्य एक दरार से उन लोगों ने दूर नीचे की तरफ एक बंदरगाह देखा, हसविक बंदरगाह।

आनंद के अतिरेक से हालांकि उन तीनों के मुंह से कोई बोल नहीं फूटा, पर उन्होंने आपस में हाथ जरूर मिलाए। अब वे नीचे उतर रहे थे। बंदरगाह पर किसी जहाज की सीटी की आवाज गूंजी, जो इन तीनों के लिए शायद संगीत से भी मधुर थी। उनकी सारी कठिन परीक्षाएं खत्म हो गई थीं। वे अपना हर दुख, हर दर्द भूल गए। अब यह निश्चित था कि उनके साथी बचा लिए जाएंगे।

अपने फटे कपड़े, जो चिंदियों के रूप में गिरने को बेताब थे, पहने वे तीनों हसविक बंदरगाह के 'व्हेलिंग स्टेशन' (जहां से व्हेल का शिकार करने के लिए जहाजों की रवानगी होती थी) के मैनेजर के सम्मुख जा पहुंचे।

"किस तरह के जीव हो तुम?" उसने पूछा।

तीनों में से एक बड़े ही धीरे बोला, "मेरा नाम शेकलटन है।"

इतना सुनना था कि मैनेजर अपने स्थान से एक झटके से उठ खड़ा हुआ और उसने उन तीनों से हाथ मिलाया। उसकी खुशी आंसुओं के रूप में स्पष्ट देखी जा सकती थी। हर किसी ने सोच रखा था कि हो-न-हो शेकलटन का दल खत्म हो गया था, फिर शीघ्र ही

उन तीनों को उम्दा भोजन, स्नान एवं अच्छे कपड़ों से नवाजा गया। शेकलटन ने बंदरगाह से एक नाव ली और उस टापू के विपरीत छोर पर स्थित मैक कर्टी एवं अन्य दो बीमार साथियों को बचाने के लिए चल पड़ा और आख़िर वे किसी तरह वहां पहुंच ही गए। मैक कर्टी और उन दो बीमार सदस्यों ने पहले कुछ क्षणों तक तो अपने बॉस शेकलटन को पहचाना ही नहीं। शेकलटन एक दम साफ-सुथरा एवं दाढ़ी बनाए हुए उनके सामने खड़ा था। इन तीनों को बचाने के बाद अब शेकलटन को एलिफेंट आयलैंड पर फंसे अपने साथियों की चिंता हो आई।

महीनों से बर्फ और धुंध ने उस टापू को शेष विश्व से काट रखा था, फिर एक दिन चिली एक देश का एक भाप चालित स्टीमर येलचो बर्फ के उस भारी खेत में उत्पन्न हुई एक विशाल दरार से होता हुआ उसकी तरफ बढ़ने लगा। उस टापू पर अकेले पड़ चुके उन लोगों ने आते हुए उस जहाज को देखा और उसे दिशा निर्देश देने के लिए अलाव जलाया। वे लोग उत्साह से भर कर आते हुए जहाज की तरफ हाथ हिलाने लगे, बिल्कुल वैसे ही, जैसे उन्होंने चार महीने पहले किया था। टापू के थोड़ा नजदीक आने पर एक छोटी नौका को पानी में उतारा गया। यह नौका धीरे-धीरे किनारे की तरफ बढ़ने लगी। जैसे ही वह किनारे लगी, शेकलटन ने चिल्लाकर पूछा, "क्या तुम सभी ठीक हो?" "सभी सुरक्षित एवं ठीक हैं बॉस।" प्रत्युत्तर मिला।

हालांकि शेकलटन अपने उद्देश्य (प्रथम ब्रिटिश ट्रांस अंटार्कटिक अभियान) में असफल हो गया था, तो भी उसका यह बचाव अभियान विश्व के कुछ महान अभियानों में स्थान पा गया।

–शेकलटन्स साउथ– शेकलटन्स एंड्यूरेंस, एफ.एल. वर्सलीज

–साउथ विद शेकलटन्स, डी.एल.एन. हस्सी

20. तूफान का रोमांच

पहले पहल उसने उस जहाज को बेलफास्ट (बंदरगाह एवं उत्तरी आयरलैंड की राजधानी) में देखा था। जहाज गोदी में खड़ा था। उसके चार विशाल मस्तूल शरद ऋतु के उस ढलते मौसम में सूर्य के प्रकाश से चमक रहे थे। उसने उन विशाल एवं लंबे मस्तूलों की ओर देखा, जिनकी लंबाई बंदरगाह के गोदामों से भी ज्यादा ऊंची थी। उन पर चढ़ने के ख्याल मात्र से ही उसे कंपकपी हो आई, परंतु अब पीछे मुड़ने का तो कोई सवाल ही नहीं था। उसने मोशुलू नामक उस जहाज की ऑस्ट्रेलिया यात्रा के लिए अपना नाम लिखवा लिया था। और वह जोश-खरोश एवं रोमांच से भरी समुद्री जिंदगी के बारे में सोचने लगा। लंबे-चौड़े मस्तूलों पर तने कैनवास के तले विश्व-भ्रमण का रोमांच उसके ख्यालों में उतर आया और उसने सोचा कि यह काम उसके ऑफिस के काम की तरह नीरस तो न होगा, जो वह अपने पीछे छोड़ आया था। यह सन् 1938 था। लड़ाई नजदीक थी, पर ब्रिटेन अभी भी सो रहा था, जबकि उसके मजबूत युवाओं को इस बात का कोई अनुमान न था कि भविष्य उनके लिए क्या कुछ लेकर आएगा, उनमें से अनेक सहज नहीं थे। ये सभी उत्साह और उमंग के साथ जीवन को पूरी तरह जीना चाहते थे और दुनिया देखना चाहते थे। एरिक न्युबी इन्हीं युवाओं में से एक था।

जहाज पर पहुंचते ही एरिक की मुलाकात एक जहाज कर्मी से हुई, जिसने उसे काम वाले कपड़े पहनकर संबंधित अधिकारी से मिलने की सलाह दी।

"मैं न्युबी हूं, श्रीमान", उसने द्वितीय कनिष्ठ अधिकारी को अपनी हाजिरी दी, "मैं एक नया सदस्य हूं।"

द्वितीय कनिष्ठ अधिकारी ने उसके शीघ्र हाजिरी न दे पाने की वजह से उससे काफी कठोरता पूर्वक बात की। न्युबी असहजता से खड़ा रहा। वह उस अधिकारी के गर्म मिजाज के बारे में सोचने लगा। क्या वह हमेशा ऐसे ही मिजाज में रहता था? क्या हमेशा ऐसे भालू के समान रहता था, जिससे सर में दर्द हो? "क्या कभी जहाज पर रहे हो?" अचानक उस कनिष्ठ अधिकारी ने पूछा।

"नहीं, श्रीमान," उसने किसी तरह से जवाब दिया।

अधिकारी ने इशारा किया, "ऊपर जाओ तुम, ऊपर," उसने आदेश दिया।

न्युबी ने उसकी तरफ देखा, झटके के साथ मिले इस आदेश की वजह से वह सकते में आ गया था और उसकी आंखें चौड़ी हो आई थीं। उसने मस्तूल के चारों तरफ लिपटी रस्सी की ओर देखा और फिर आदेश देने वाले अधिकारी के कठोर चेहरे की ओर देखने लगा।

“क्या मैं पहले अपने जूते बदल सकता हूं?” उसने पूछा। वह चिंतातुर था, क्योंकि जो जूते उसने पहन रखे थे, उनके तले आसानी से फिसलने वाले थे।

“चलो चढ़ो, रस्सों के ऊपर।” अधिकारी ने सपाट लहजे में अपना आदेश दोहराया।

न्युबी ने आदेश के साथ ही मस्तूल पर चढ़ना शुरू कर दिया। शुरू के कुछ फीट की चढ़ाई उसके लिए काफी आसान रही। मस्तूल के एक सिरे से जहाज तक बांधी गई रस्सियां किसी सीढ़ी की शक्ल में आपस में गुंथीं हुई थीं, जो न्युबी के लिए आसान राह साबित हुई। ऊपर की ओर चढ़ता न्युबी मुख्य भाग से होता हुआ ‘टॉप’ कहलाने वाले हिस्से में पहुंच चुका था। मस्तूल का यह हिस्सा निगेहबानी के लिए काम आता था, जिसे कौवे का घोंसला भी कहा जाता था। यहां तक की चढ़ाई कोई आसान काम नहीं था। उसे केवल कुछ रस्सियों के सहारे ही चलना था। लगभग हवा में अधर चल रहा न्युबी एक क्षण के लिए तो मानो अटक ही गया था। उसकी नजरें ऊपर आकाश की ओर थीं और पैर वहीं-के-वहीं जाम हो गए थे, फिर किसी तरह अपने डर पर काबू रखता हुआ वह उस कथित ‘टॉप’ तक जा पहुंचा था।

“और ऊपर बढ़े चलो।” नीचे से उस अधिकारी की आवाज आई।

न्युबी और ऊपर की ओर चढ़ने लगा। पचास फीट की ऊंचाई पर चढ़ता हुआ न्युबी मस्तूल के दूसरे पाल तक पहुंच गया। चढ़ाई के दौरान एक रस्सी ऐन उसके पांवों के नीचे से टूट गई और तब उसे अहसास हुआ कि वे रस्सियां सड़ चुकी थीं।

“बढ़े चलो, ऊपर रॉयल यार्ड (सबसे ऊपर वाला पाल) तक चढ़ो।” अधिकारी की आवाज फिर आई।

न्युबी इस अगले आदेश से परेशान हो गया। चालीस फीट की और चढ़ाई उसके हौसले पस्त करने के लिए काफी थी, पर धीरे-धीरे अपने प्रयत्नों को साकार करते हुए उसने यह भी कर दिखाया।

“अब मस्तूल पर पाल टांगने वाले डंडे पर आगे चलो!” अधिकारी कह रहा था। न्युबी ने किसी तरह हिम्मत बटोरते हुए मुख्य मस्तूल के आर-पार लगे इस डंडे पर चलना शुरू किया। डंडे के सिरे पर पहुंच कर जैसे ही उसने नीचे की तरफ देखा, एक पल के लिए

तो मानो उसे सांप सूंघ गया। नीचे स्थित गोदामों की कांच की छतें सूरज की रोशनी में चमक रही थीं। अगर यदि वह वहां से गिरता, तो 160 फीट की ऊंचाई से गिरने पर और जमीन से टकराने से पहले उसके असंख्य टुकड़े होना अवश्यंभावी थे।

पाल टांगने वाले उस डंडे के सिरे से वापस होता हुआ न्युबी एक बार फिर मुख्य मस्तूल तक पहुंचा। उस अधिकारी को शायद इतने पर भी संतोष नहीं हुआ था। उसने न्युबी को नीचे उतर आने से पहले मुख्य मस्तूल के ऐन आखिरी सिरे तक चढ़ाया था। अंततः न्युबी धीरे-धीरे नीचे उतर आया।

न्युबी के लिए आतंक का पर्याय बनी उस पहली चढ़ाई को अब छः महीने बीत चुके थे। हालांकि उसे अपना पहला भयावह अनुभव अब तक याद था, पर अब उसके लिए ऊंचे मस्तूलों की चढ़ाई कोई मुश्किल कार्य नहीं था। वह इतनी आसानी एवं फूर्ती से अपने काम को अंजाम देने लगा था कि लगता था, मानो उसी काम के लिए पैदा हुआ था। काली अंधेरी रातों में जब हाथ-को-हाथ नहीं सूझता हो, जब समुद्र अपने तीव्र आक्रोश में उफन रहा होता और आसमान से बारिश किसी शत्रु के समान टपक रही होती थी, ऐसे में न्युबी बिना किसी हिचक के मस्तूल पर चढ़कर मुख्य पाल को समेटने के अपने कार्य को अंजाम दे रहा होता था।

24 मार्च, 1939 के हवा में कुछ रूखापन था। न्युबी जहाज के पाल-मिस्त्री की बगल में खड़ा दक्षिणी सागर की लहरों को जोर आजमाइश करते हुए देख रहा था। "तूफान आने वाला है।" पाल-मिस्त्री ने उफान लेती लहरों की ओर देखते हुए कहा। समुद्र का उफान पूरे जोरों पर था। ऐसा लगता था, मानो कोई विशाल जंतु भारी-भरकम सांसें ले रहा हो। पल-प्रतिपल सागर से एक भयानक लहर उठती, जो जहाज के किनारों से टकराती हुई भयंकर बौछारों की शक्ल में बिखर जाती और जहाज का समूचा फर्श सफेद झागों से भर जाता। एरिक न्युबी ने आसमान की ओर देखा, बादल आकाश में दौड़ लगा रहे थे। उसने हवा की आवाज को सुना और फिर सोचने लगा कि कहीं उनका सामना दक्षिणी सागर के भयानक तूफानों से तो नहीं होने वाला है?

उस रात सागर की लहरें और अधिक ऊंची हो गईं और हवा का जोर पहले से भी अधिक हो गया। लहरों और हवाओं के थपेड़ों से जबरदस्त आवाज तैर रही थी। जहाज के तल के नीचे बनी अपनी कोठरी में बैठा न्युबी ऊपर से आती आवाजों को बड़े गौर से सुन रहा था। जहाज पानी की मार से डोल रहा था।

अभी सूर्योदय भी नहीं हुआ था और चारों तरफ अंधेरा था, न्युबी अपने साथियों के साथ जहाज के तल पर आ चुका था। सभी ने पाल ऊंचा करने के लिए रस्से को पकड़ रखा था। लहरें अब भी तेज गति से उछल रही थीं और जहाज का मुख्य तल पानी की आवाजाही से तर था।

"जोर लगा के। ...हैया!"... इस एक आवाज के साथ उन छः लोगों की टीम ने अपने पूरे जोर के साथ पाल को ऊंचा उठाने के लिए रस्से को खींचना शुरू कर दिया। अचानक हवा एक झटके के साथ बहना बंद हो गई। दल के हरेक सदस्य को उसी क्षण

इस बात का अहसास हो गया कि जहाज किसी बड़ी लहर की चपेट में आने वाला है। एक ऐसी बड़ी लहर, जिसकी विशालता ने किसी बड़ी दीवार की तरह हवा को एक झटके में रोक दिया था।

"पकड़े रहो!" अंधेरे में एक जोरदार आवाज सुनाई दी और अगले ही पल न्युबी ने आती हुई लहर को महसूस किया। ऐसा लगता था, वह लहर न होकर सागर के पानी से गूंथ कर बनाई गई एक विशाल दीवार हो। न्युबी ने शीघ्रता से उस रस्से को अपनी कमर से लपेट लिया। अगले ही पल एक जोरदार प्रहार ने उसे अपनी चपेट में ले लिया। प्रहार इतना तीव्र था कि न्युबी को लगा, मानो किसी ने उसके हाथों के रखे रस्से को चीर कर उसके हाथों से अलग कर दिया हो। उसका शरीर बल खाता हुआ उस रस्से की पकड़ से छूट कर पानी के साथ बह निकला। पानी के जोर से बेबस एक और नाविक का धड़ उससे आ टकराया और एक बूट की जोरदार टक्कर उसकी आंख पर पड़ी, फिर वह फिसलता चला गया। ऐसा लगता था, मानों उसकी यह फिसलन अनंत के लिए थी।

न्युबी का मस्तिष्क विचारों का अखाड़ा बन गया। क्या वह जहाज तल से नीचे सागर में गिर गया था? क्या अब वह विशाल सागर में अकेला, एकदम अकेला था? क्या वह डूब रहा था? क्या यह उसके जीवन का अंत था?

फिर अगले ही पल पानी की तीव्रता के आगे बेबस हुए उसके पागल मन की विचार शृंखलाएं टूट गईं। उसका सिर मजबूत स्टील से जा टकराया और पानी उसके आस-पास से होकर बहता हुआ निकल गया। पानी की आखिरी बौछार के निकल जाने के बाद उसे

अहसास हुआ कि उसका सिर वस्तुतः पानी की निकासी के लिए बनाए गए एक खांचे में फंस गया था। इस अहसास ने उसके दिल में एक दर्द भरी लहर भर दी। उसे किसी तरह से वहां से निकलना था, अन्यथा कोई और तेज लहर अपने जोर से उसे बाहर की ओर उछाल सकती थी।

उसने किसी तरह हिम्मत करके अपने आपको उस स्थिति से बाहर निकाला और अब वह अपने पांवों पर खड़ा था। जहाज तल पानी की आवाजाही से तर था। उसने आगे बढ़कर एक रस्से को पकड़ लिया। तभी एक जोरदार लहर से पानी उछलकर जहाज पर आ गया, परंतु इस बार न्युबी को कुछ नहीं हुआ। पानी की धार उसकी टांगों से होती हुई निकासी वाले खांचों से निकल गई।

पाल खींचने के मुख्य रस्से के पास पहुंचने पर न्युबी को यह देखकर अत्यधिक राहत का अनुभव हुआ कि उसके साथी सकुशल थे। वे सभी पाल खींचने के लिए तैयार थे और उसी का इंतजार कर रहे थे।

उस दिन और उस पूरी रात हवा तीव्र-से-तीव्र होती गई। अगली सुबह न्युबी एक पाल खोलने के इरादे से मस्तूल पर चढ़ा। हवा अब भी तेज थी। वह पाल के पास पहुंचा ही था कि तभी हवा अचानक और तेज हो गई। उसने अपने आपको नीचे गिरने से बचाने के लिए पास के रस्से को कसकर पकड़ लिया। हवा अपनी पूरी तीव्रता से बह रही थी। ऐसा लगता था, मानो उसने किसी तरह से न्युबी को गिराने की ठान रखी थी। रस्सी पर खड़े उसके पांव अपनी पकड़ बनाए रखने के लिए पूरी ताकत झोंक रहे थे। ठंडी हवाओं के जोर से उसकी उंगलियां सुन्न पड़ती जा रही थीं। वह हवा, पाल और ठंड तीनों से एक साथ जूझ रहा था, तभी किसी चीज के फटने का स्वर सुना। उसने एवं उसके साथियों ने इस आवाज पर नीचे देखना शुरू किया। कहीं हवा के जोर ने नीचे के किसी पाल को फाड़ तो नहीं दिया? कुछ पलों की अपनी खोज-बीन के बाद न्युबी के साथी हंसने लगे थे। हंसी का स्वर इतने तेज ठहाकों में तब्दील हो गया कि उसके आगे हवा का जोर भी एक बारगी कुछ कम हो गया।

"हा-हा-हा-हा... तुम्हारी पतलून... वे हंसे जा रहे थे!"

न्युबी ने नीचे देखा और पाया कि उसकी पतलून फट चुकी थी। वह हवा का जोर बरदाश्त न कर पायी थी और ऊपर से लेकर नीचे चिर चुकी थी।

न्युबी के लिए यह कोई रोड़ा न था। अपनी पतलून की मरम्मत करने के बाद वह एक बार फिर पूरी मुस्तैदी के साथ अपने काम पर मौजूद था। दोपहर का समय था। मोशुलू पहाड़ की चोटियों के समान विशाल लहरों पर चढ़ उतर रहा था। मौसम बेहद खराब था। रह-रहकर तेज हवाएं चल रही थीं और बारिश हो रही थी। हर नाविक अपने काम

को पूरी मुस्तैदी के साथ अंजाम दे रहा था। सभी अंदर तक भीग चुके थे और ऐसे में वे उस परिस्थिति से निजात पाने की कामना कर रहे थे।

कॉफी ब्रेक के दौरान न्युबी ने पाया की उसकी एक कमीज, जो रसोई में आग के पास रखी हुई थी, पूरी तरह सूख गई है। यह देखकर वह बहुत ही प्रसन्न हुआ। आखिरकार उस गीले और ठंडे मौसम में एक गर्म एवं सूखी कमीज बहुत मायने रखती थी। न्युबी प्रसन्नतापूर्वक अपनी उस कमीज को पहन कर जहाज के तल पर जा पहुंचा। उसके पहुंचते ही जहाज के कप्तान ने उसे तुरंत कुछ ढीले रस्सों को कसने का आदेश दिया। वह अभी घूमकर अपने गंतव्य स्थल पर पहुंचा ही था कि एक जोरदार लहर ने उसे नीचे पटक दिया। एक बार फिर वह सिर से पांव तक पूर्ण रूप से भीग चुका था। इससे उसके उत्साह में कोई कमी न आई। उसने सभी के साथ मिलकर अपने जहाज को उस तूफान से निकाल बाहर करने के यत्न करने शुरू कर दिए। उनके प्रयत्नों के फलस्वरूप जहाज ऐसे खराब मौसम में भी आगे बढ़ रहा था।

थोड़ी देर बाद कप्तान ने सभी नाविकों को इकट्ठा कर अपना अगला आदेश सुनाया "हम चांस लेंगे और देखेंगे कि हमारा जहाज इसको कबूलता है अथवा नहीं," इतना कहकर कप्तान कुछ सोचने लगा फिर बोला, "ऊपर चढ़ो और मुख्य मस्तूल के निचले पाल को खोल दो।" न्युबी आदेश मिलते ही ऊपर की ओर बढ़ चला। तेज हवाओं से जूझते हुए उसने ऊपर पहुंच कर पाल खोल दिया। वह जोरदार झटके के साथ तन गया। उसके साथ के रस्से एक झटके में तनाव के साथ आ गए।

"यह कामयाब नहीं होगा," न्युबी के नीचे उतरने पर सभी ने दोहराया। दो घंटे बाद हवा के जोर को बरदाश्त न कर पाने की वजह से पाल खुल गया और नाविकों को फुर्ती से उसे समेटना पड़ा।

अगली सुबह तीन बजे एक बार पुनः पूर्ण तैयारी के साथ पाल को लगाया गया, परंतु ठीक दो घंटे बाद उठी भयंकर हवाओं की वजह से दल को इस बार भी पाल को समेटना पड़ा।

"भयंकर तूफान आने वाला है।" एक नाविक चिल्लाया।

"तो फिर अब जो हो रहा है वह क्या है" न्युबी चिल्लाया।

"अभी तो कुछ नहीं हुआ है," जवाब मिला।

थोड़ी देर बार कप्तान ने आदेश दिया कि मुख्य पाल को समेट दिया जाए। कप्तान के इस आदेश की वजह से न्युबी को स्थिति की भयंकरता का अहसास हो गया। सबसे ऊपर वाले पाल को समेटना इतना आसान काम नहीं था। पाल को खींचने वाले रस्से

एवं गिरारियां जाम हो चुकी थीं और हवा की रफ्तार थी, मानो कोई दैत्य था जो रह-रह कर हर किसी को यहां-वहां धक्का दे रहा था। न्युबी मस्तूल पर चढ़ा हुआ था, तभी हवा की चोट से पाल ने पलटा खाया और न्युबी उसकी चपेट में आ गया। टक्कर जोरदार थी। न्युबी एक झटके के साथ उछल गया, परंतु न्युबी की किस्मत अच्छी थी। बजाए नीचे गिरने के वह उछलता हुआ तनी हुई रस्सियों के जाल में जा फंसा। यदि वहां रस्सियां न होतीं, तो निश्चित था कि अस्सी फीट नीचे गिरने के बाद न्युबी बचता कदापि नहीं। अपने आपको उन रस्सियों से छुड़ाया और वापस अपने काम में लग गया, मानो कुछ हुआ ही न हो। काम खत्म हो जाने पर जब उसे अपने साथ पेश आए हादसे का स्मरण हुआ, तो वह बहुत डर गया था।

उस पूरे दिन और पूरी रात बैरोमीटर की सूई वायुमंडलीय दबाव को निम्न दर्शाती रही। काले घने बादल काफी नीचे आ गए थे। सागर विशाल लहरों के साथ अठखेलियां करता प्रतीत हो रहा था और हवाएं किसी असहनीय चीख की मानिंद बह रहीं थीं। लहर-दर-लहर जहाज का तल झाग से भर जाता था। दल के सभी सदस्य ऐसी परिस्थिति में असहज से खड़े थे। तभी न्युबी के मन में सर्वशक्तिमान ईश्वर का स्मरण हो आया। वह ईश्वर, जो असीम दयावान भी है और सारी दुनिया का मालिक भी है। हालांकि कोई अन्य इस बारे में बात नहीं कर रहा था, परंतु उनके चेहरों से स्पष्ट था कि वे सभी कुछ-न-कुछ यही सोच रहे थे।

सभी के चेहरों पर अब एक अजीब किस्म का संतोष दिखाई दे रहा था। वे परिस्थितियों की उस विचित्रता को देख रहे थे। मोशुलू का हवाओं को सहन करते हुए सागर पर तैरते रहना वाकई एक करिश्मा था। आकाश साफ हो चुका था, परंतु हवाएं अब भी तेज थीं। रफ्तार साठ मील प्रति घंटे से भी ज्यादा थी, जो चक्रवाती तूफान के समतुल्य थी और ऐसी हवाओं में किसी लकड़ी के जहाज का डूब जाना एक आसान बात थी। दल के सदस्य हैरानी के साथ हवा और पानी की उस नाटकीय स्थिति को देख रहे थे।

न्युबी मुख्य मस्तूल पर कुल 180 फीट ऊंचे जा पहुंचा। यहां 70 मील प्रति घंटे की रफ्तार से बहने वाली हवा काफी ताकतवर थी। उसने कसकर रस्सों को पकड़ रखा था। इतनी ऊंचाई से जहाज का मुख्य तल बहुत छोटा प्रतीत होता था। मुख्य तल पर लहरों की आवा-जाही ऊपर से देखने पर बड़ा ही मनोरम दृश्य प्रस्तुत कर रही थी। उसने अपने कैमरे से नीचे के उस दृश्य के कुछ चित्र खींचे और फिर वह नीचे उतर आया।

आखिरकार धीरे-धीरे शांत होता हुआ वह तूफान टूट गया। एक के बाद एक मोशुलू के पाल खुलने लगे, कुछ समय बाद सभी पाल हवा में तने दिखाई दिए। सागर यद्यपि अभी भी जोरों से लहरा रहा था, तथापि जहाज मस्ती से लहरों का सीना चीरता हुआ आगे बढ़ रहा था। उसके सफेद पाल चमचमा रहे थे। लग रहा था मानो वह आधा मछली एवं

आधा चिड़िया था। एक ऐसा जीव, जो सागर एवं आकाश की संतान था। सभी लोग, जो इस जहाज का नाविक-दल कहलाते थे, उनके चेहरे एवं दिल प्रसन्नता से भर चुके थे। सभी नए जोश, एक नई ताकत के साथ अपने काम पर लग गए। उनका जहाज कठिन-से-कठिन परिस्थितियों से भी उभर आया था।

एरिक न्युबी ने रोमांच के हर पहलू को छुआ एवं जिया। वह समय, जब उसने पहली बार मुख्य मस्तूल की चढ़ाई की तूफान की वह घड़ी, जब हिम्मत एवं ताकत की हर बूंद की आवश्यकता थी, आखिरकार शांति के वे लम्हे, जो उसने भयंकर परिस्थितियों को विजित करने के बाद प्राप्त किए। उसे इस बात का असीम संतोष था कि उसने हर परिस्थिति का डटकर मुकाबला किया था।

–ग्रेट सी मिस्ट्रीज, रिचर्ड गारेट, पान बुक लंदन एंड सिडनी

–द ब्वायज़ बुक ऑफ द सी, निकोलस मोन्सारंत

21. महासागरों का विजेता

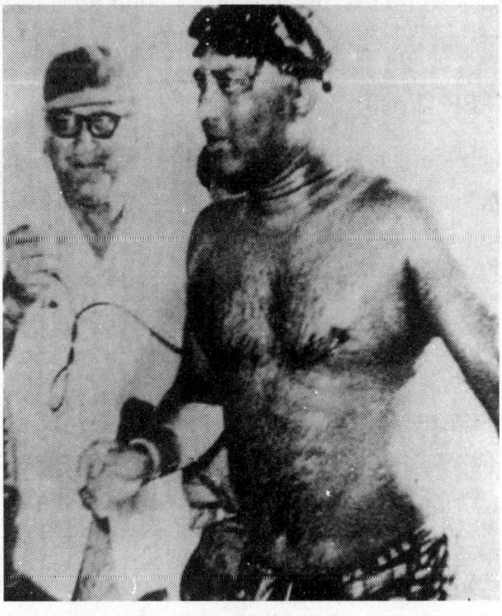

मिहिर सेन तैराकी के क्षेत्र में अपने साहस व कौशल का परिचय देने वाले प्रमुख भारतीयों में से एक माने जाते हैं। मिहिर सेन ने अंतर्राष्ट्रीय तैराकी के क्षेत्र में जो मानदंड स्थापित किए, वे स्थायी न होते हुए भी अत्यधिक महत्वपूर्ण हैं। उनका समस्त जीवन सागर-विजय संबंधी उपलब्धियों से भरा पड़ा है। वह 1966 के वर्ष में एक अद्वितीय सागर विजेता सिद्ध हुए, क्योंकि इस वर्ष उन्होंने लगभग पांच महत्वपूर्ण एवं साहसिक सफलताएं प्राप्त

कीं। 1959 में उन्हें पद्मश्री एवं 1967 में पद्मभूषण से अलंकृत किया गया। निस्संदेह उनके अद्भुत कौशल, पराक्रम और धैर्य की ये विस्मरणीय गाथाएं वर्षों तक हमारे युवाओं की भावनाओं में ऊर्जा-संचार का कार्य करती रहेंगी।

मिहिर सेन का जन्म 16 नवम्बर, 1930 को पुरुलिया (पश्चिम बंगाल) में हुआ था। उन्होंने वकालत की परीक्षा पास की और 1956 में कलकत्ता हाईकोर्ट में वकालत करने लगे। उन्हें शुरू से ही तैराकी का शौक था और इस शौक में कई मोर्चों पर विजय प्राप्त की। 600 से अधिक किलोमीटर तक तैरने वाले 'सागर-विजेता' मिहिर सेन को अब भी एक बेजोड़ तैराक माना जाता है।

फ्रांस और इंग्लैंड के समुद्री-तटों को जोड़ने वाली 32 किलोमीटर लंबी इंग्लिश चैनल को यदि बिना रुके तैर कर पार कर लिया जाए, तो तैराकी के क्षेत्र में कुछ और करना शेष नहीं रह जाता। विगत सवा सौ वर्षों से विश्व के हर कुशल तैराक का एक ही स्वप्न रहा है, इस चैनल को अविराम पार करना।

मात्र एक ही वर्ष (1966) में मिहिर सेन ने भारत और श्रीलंका के बीच पाक जलडमरूमध्य (अप्रैल 5-6), यूरोप और अफ्रीका के बीच जिब्राल्टर जलडमरूमध्य (अगस्त 24), गैलीपोली और सेंडुलबहीर, तुर्की के बीच डर्डेनेल्स जलडमरूमध्य (सितम्बर 22), यूरोप और एशिया के बीच बोस्फोरस जलडमरूमध्य (सितम्बर 21) और उत्तर और दक्षिण अमेरिका के बीच स्थित विशाल पनामा नहर (अक्टूबर 29-31) को सफलतापूर्वक तैरते हुए पार किया।

दुनिया के लिए इंग्लिश चैनल

मिहिर सेन इंग्लिश चैनल के दर्प को नीचा दिखाने वाले प्रथम भारतीय व एशियाई तैराक थे। उनकी दुस्साहसपूर्ण विजय-यात्रा 26 सितंबर, 1958 की शाम को प्रारंभ होकर 27 सितंबर की सुबह पूरी हुई। यह जानकर चकित रह जाना पड़ता है कि इस अभियान से कुछ वर्ष पूर्व तक वह अच्छी तरह तैर भी नहीं सकते थे और विजय प्राप्ति से पूर्व एक अवसर पर उन्हें अपने लक्ष्य फ्रेंच कोस्ट से कुल 800 मीटर की दूरी से निराश वापस लौटना पड़ा था।

इंग्लिश चैनल की विशाल जलराशि को चीरकर इंग्लैंड से फ्रांस पहुंचने का पहला प्रयास मिहिर सेन ने सन् 1955 में किया था। घंटों तक खतरनाक सागर की नाचती-मचलती क्रुद्ध लहरें उन्हें पथ-भ्रष्ट करने की कोशिश करती रहीं। उनका सामना करने के लिए उन्हें शारीरिक यातनाएं सहन करनी पड़ीं, किंतु ढेरों यातनाओं की तनिक भी परवाह न करते हुए और तूफानी लहरों के थपेड़े सहते हुए वह लगातार आगे बढ़ते रहे, मगर उनके सब प्रयास बेकार गए और वह इंग्लिश चैनल को विजित करने में असफल रहे।

पांच घंटे में पूरी कर दिखाई, लेकिन अगले साढ़े तीन किलोमीटर पार करने में उन्हें दोपहर हो गई। हाहाकार करती हुई लहरें आगे बढ़ने ही न देती थीं, उलटे पीछे खींचती थीं। कुछ देर तक वह पानी में पीठ के बल लेटे आराम करते रहे। सागर की खराब हालत देखकर उनके साथियों के हृदय कभी-कभी अनिष्ट या असफलता की आशंका से कांप उठते थे, किन्तु स्वयं मिहिर सेन काफी हर्षित और आशान्वित थे।

शाम को उन्होंने भीषण तरंगों से जूझते हुए आगे बढ़ना आरंभ किया। वह सारी रात तैरते रहे। रात के तीन बजे के करीब उन्हें भारतीय तट दिखाई देने लगा। थकान के बावजूद उन्हें अद्‌भुत स्फूर्ति का अनुभव हुआ। इसी समय सागर ने पुनः विकराल रूप धारण कर लिया। उसने फिर मिहिर को आगे बढ़ने से रोका। अथक प्रयास करने पर भी वह एक घंटे में कुल 60 मीटर ही तैर सके। तरंगों की ऊंचाई देखकर उनके साथियों को उनका साथ छोड़ने को मजबूर होना पड़ा, किंतु ले. मार्टिस बराबर उनके साथ रहे।

वह रास्ता भूलकर रामेश्वरम् जाने लगे, तभी भारतीय नौसेना के एक ले. शर्मा ने राडार से उनका पता लगाकर उन्हें धनुषकोटि जाने के लिए कहा। प्रातःकाल तक वह और ले. मार्टिस तूफानी सागर से जूझते सही दिशा की ओर बढ़ते रहे। अंत में 7 बजकर 16 मिनट पर वह किनारे आकर लगे। किनारे पर आते ही उन्होंने अपनी पत्नी, साथियों और उपस्थित पत्रकारों से कहा, "आई हैव डन इट।" (मैंने यह कर दिखाया)।

पाक जलडमरूमध्य की दूरी लगभग 35 किलोमीटर है, लेकिन पूर्णिमा तथा समुद्र की तेजी के कारण उन्हें 48 किलोमीटर से भी अधिक दूरी तक तैरना पड़ा। वह 25 घंटे, 36 मिनट तक तैरे। जिस दिन वह तैरे थे, उससे दो दिन पहले उन्हें फ्लू हो चुका था, इसलिए वह पूर्णतया स्वस्थ भी नहीं थे।

7 अप्रैल को मंजयूम के निवासियों ने मिहिर सेन का सार्वजनिक अभिनंदन किया। उन्हें 'मैरीन बायोलोजिकल एसोसियेशन ऑफ इंडिया' की ओर से 'सेतु कप' (जिस पर हनुमान द्वारा सेतु पार करने के प्रतीक के रूप में चित्र अंकित है) दिया गया।

मिहिर सेन का दावा है कि वह पहले व्यक्ति हैं, जिसने तैरकर पाक जलडमरूमध्य को पार किया। वह कहते हैं, "मुझसे पूर्व लंका के दो तैराकों ने यह प्रयास किया था, लेकिन उन्होंने जलडमरूमध्य नहीं, लंका की खाड़ी को पार किया था।" वह यह भी कहते हैं कि यदि तूफान और ज्वार न होता, तो उन्हें पार करने में 12 से 15 घंटे का समय कम लगता। मिहिर सेन के अद्‌भुत शौर्य और साहस की यह कहानी उनकी इंग्लिश चैनल पार करने की कहानी के साथ-साथ भारतीय तैराकी के इतिहास में सदा अमर रहेगी।

●●●

संदर्भ-ग्रंथ सूची

1. **नाजी अणु संयंत्र की तबाही** *–न्यू वंडर बुक सिरीज– 1. संपादक : डेविड आयरिश, वार्डलोक एंड कंपनी लिमिटेड, लंदन, 1964*
2. **सौंदर्य की प्रतिमूर्ति** *–अद्भुत एवं अविस्मरणीय सत्य घटनाएं, आनन्द क्रिलोव्स्की*
3. **मुलाकात अनजाने जंगलियों से** *–द वंडर बुक ऑफ एडवेंचर, डेविड आयरिश, वार्डलोक एंड कंपनी, लंदन, मेलबोर्न एंड केपटाउन*
4. **सिटी ऑफ होनोलूलु** *–डब्ल्यू.डब्ल्यू.डब्ल्यू. स्टोरीज़ ऑफ एडवेंचर, कॉम*
5. **सागर की अतल गहराइयों में** *–हाफ माइल डाउन बिलो, डॉ. बीबे डिपार्टमेंट ऑफ ट्रोपिकल रिसर्च इन सी क्रीचर्स, यू. एस. ए.*
6. **साहसिक बैलून गाथा** *–नेशनल ज्योग्राफिक.कॉम, एन जी एम ए ओ एल. कीवर्ड : नेटज्योमैग*
7. **आदमखोर का शिकार** *–द मेनईटिंग लेपार्ड ऑफ रुद्रप्रयाग, द टेंपल टाइगर एंड मोर मेनईटर्स ऑफ कुमाऊं, जिम कॉर्बेट*
8. **मुकाबला जलते तेल से** *–द वंडर बुक ऑफ एडवेंचर, डेविड आयरिश, वार्डलोक एंड कंपनी, लंदन, मेलबोर्न एंड केपटाउन*
9. **यहूदियों के हत्यारे की खोज** *–सूचना विभाग, इजराइली दूतावास, 3 औरंगज़ेब रोड, नई दिल्ली*
10. **मौत का खेल** *–डब्ल्यू.डब्ल्यू.डब्ल्यू. अमेजिंग एडवेंचर.कॉम*
11. **बालसा लट्ठों की नाव से अंधमहासागर की यात्रा** *–द कोन-टिकी एक्सपीडिशन बाई राफ़्ट अक्रोस द साउथ सीज, थोर हैदराल, पैंग्विन बुक्स, 1950*
12. **नरक का रास्ता** *–डब्ल्यू.डब्ल्यू.डब्ल्यू. आर ई आई.कॉम*
13. **पैराशूट से सबसे लंबी छलांग** *–जेम्स राइन द्वारा लिखित कृति 'द लोंगेस्ट जम्प फ्रॉम पैराशूट' का रूपान्तर*
14. **दुनिया के सर्वोच्च शिखर पर विजय पताका** *–किंगडम ऑफ एडवेंचर एवरेस्ट, जेम्स रामसे उलमैन*
    –अवर एवरेस्ट एडवेंचर, सर जोन हंट
15. **और भारत भयंकर अहित से बच गया** *–विश्व इतिहास कोश, चंद्रराज भंडारी, विशारद, भानपुरा*
16. **चमड़े की नौका से समुद्र यात्रा** *–नेशनल ज्योग्राफिक कॉम एन जी एम ए ओ एल. कीवर्ड : नेटज्योमैग*
17. **ऑडेट, जो प्रेरणा बन गई** *–आडेट, जे. टिकेल द स्पिरिट ऑफ केज, पीटर चर्चिल*
18. **बोलजानों की जल-समाधि** *–द फ्रोगमेन, वाल्ड्रोन एंड ग्लीसन वन ऑफ सबमेरीन्स, एडवार्ड यंग*
19. **शेकलटन का महान कारनामा** *–शेकलटन्स साउथ– शेकलटन्स एंड्यूरेंस, एफ.एल. वर्सलीज*
    –साउथ विद शेकलटन्स, डी.एल.एन. हस्सी
20. **तूफान का रोमांच** *–ग्रेट सी मिस्ट्रीज, रिचर्ड गारेट, पान बुक लंदन एंड सिडनी*
    –द ब्वायज़ बुक ऑफ द सी, निकोलस मोन्सार्रत
21. **महासागरों का विजेता** –

पुस्तक महल

जे-3/16, दरियागंज, नई दिल्ली - 110002
23276539, 23272783, 23272784 Fax: 011-2360518
E-mail: info@pustakmahal.com *website*: www.pustakmahal.com

हिंदी कैटलॉग 2012

रैपिडैक्स इंगलिश स्पीकिंग कोर्स

हमेशा सर्वाधिक बिकने वाली पुस्तक

6 भाषाओं में प्रकाशितः
ंदी, गुजराती, तेलुगु, तमिल, मराठी, बंगला,
न्नड़, नेपाली, मलयालम, उड़िया,
र्दू, (सीडी सहित) असमिया, अरबी,
ंजाबी, सिंहली, फारसी।

प्रत्येक में बड़े साइज के 400 से अधिक पृष्ठ
मूल्यः ***180/-*** *प्रत्येक*
डाकखर्चः 30 से 40/- रुपये प्रति पुस्तक अतिरिक्त

अंग्रेजी बोलचाल सीखने का एकमात्र सोर्स रैपिडैक्स इंगलिश स्पीकिंग कोर्स

कॉन्वेंट स्तर की शुद्ध व फरटिदार अंग्रेजी सिखलाने वाली ऐसी पुस्तक, जो भारत के कोने-कोने में फैली, जिसे हर भाषा के लोगों ने पसंद किया तथा समाज के हर वर्ग ने अपनाया।

आपकी मातृभाषा कोई भी हो, आप 60 दिवसीय कोर्स के माध्यम से धाराप्रवाह अंग्रेजी सीख सकते हैं। 60 पाठों वाली यह पुस्तक 60 दिनों में आपको इतनी अंग्रेजी सिखा देगी कि आप बिना किसी परेशानी के अपनी बात अंग्रेजी में कह सकेंगे। अब तक यह पुस्तक 10 करोड़ लोगों के हाथों में पहुंच चुकी है। एक-एक पुस्तक को कम-से-कम 10 पाठकों ने पढ़ा होगा।

यह किताब इतनी लोकप्रिय क्यों हैं?

- इसलिए कि पुस्तक सरल पद्धति में लिखी गई है।
- इसे अपना कर पाठकों के मन से अंग्रेजी बोलने का डर बिल्कुल गायब हो जाता है और वे अंग्रेजी इस तरह बोलने लगते हैं, मानो वह उनकी मातृभाषा हो।
- वाक्य रचना, व्याकरण, सही उच्चारण सभी कुछ सिखाने वाली पुस्तक।

Rapidex® Language Learning Series

A 12-Volume series teaching you 6 Regional Languages through Hindi & vice versa

About 250 Big size pages in each volume

Hindi Learning Courses through Regional Languages
Tamil-Hindi (with CD)
Kannada-Hindi (with CD)
Telugu-Hindi (with CD)
Bangla-Hindi
Malayalam-Hindi

Regional Language Learning Courses through Hindi
Hindi-Tamil (with CD)
Hindi-Kannada (with CD)
Hindi-Telugu (with CD)
Hindi-Bangla
Hindi-Malayalam
Hindi-Gujarati

Also available Malayalam-Arabic

With CD price Rs.160/- each

Rapidex® Self Letter Drafting Course

Big size Pages: 376
Price: Rs. ***195/-*** *(with CD)*

Rs.98/- each

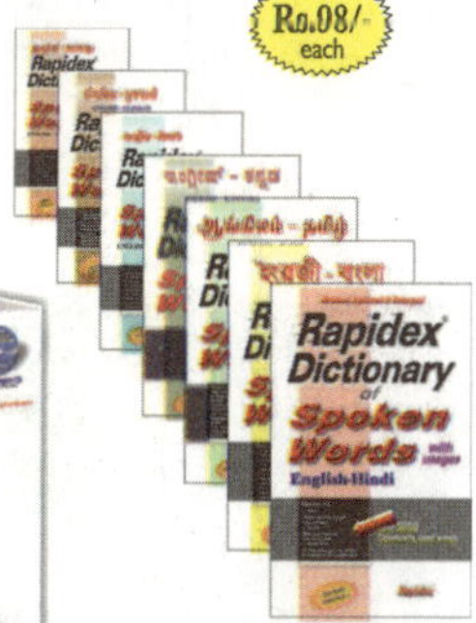

Rapidex® Dictionary of Spoken Words

डाकखर्चः 30 से 40/- रुपए पुस्तक अतिरिक्त

Four Volumes Over 800 Pages, Over 900 Illustrations, 890 Articles
Available in Hindi & English

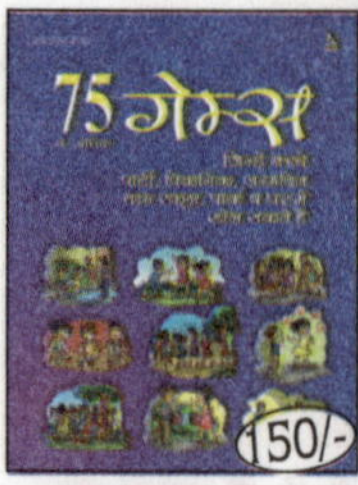

बड़ा आकार, पृ. 96

बड़ा आकार, पृ. 192

कंप्यूटर/पॉपुलर साइंस/मैजिक

डिमाई आकार, पृ. 152

डिमाई आकार, पृ. 144

बड़ा आकार, पृ. 412

बड़ा आकार, पृ. 48

बड़ा आकार, पृ. 112
अंग्रेजी में भी उपलब्ध

डिमाई आकार, पृ. 160

डिमाई आकार, पृ. 192

डिमाई आकार, पृ. 168

डिमाई आकार, पृ. 112

पूर्णतया रंगीन, पृ. 112
ट्यूटॉरियल सी.डी. मुफ्त!

अंग्रेजी में भी उपलब्ध
पूर्णतया रंगीन

डाकखर्च: 30 से 40/- रुपए पुस्तक अतिरिक्त

डिमाई आकार, पृ. 144

डिमाई आकार, पृ. 160

डिमाई आकार, पृ. 176

डिमाई आकार, पृ. 144
अंग्रेजी में भी उपलब्ध

डिमाई आकार, पृ. 364
अंग्रेजी में भी उपलब्ध

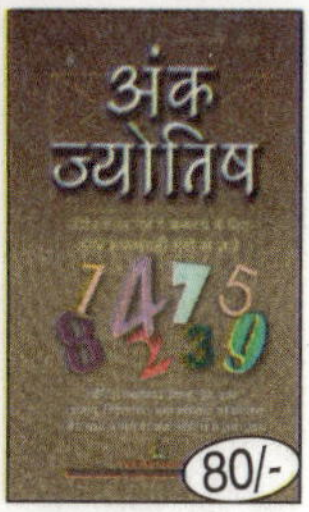

डिमाई आकार, पृ. 200

भवन निर्माण

डिमाई आकार, पृ. 216

बड़ा आकार, पृ. 188

बड़ा आकार, पृ. 156

हिन्दी अध्ययन

डिमाई आकार

बड़ा आकार

वाद्य एवं संगीत

मूल्य : 60/- से 100/- प्रत्येक
सभी पुस्तकें बड़े आकार में

उपयोगी कलाएं

बड़ा आकार, पृ. 116
अंग्रेजी में भी उपलब्ध

बड़ा आकार, पृ. 172

डिमाई आकार, पृ. 128
अंग्रेजी में भी उपलब्ध
पूर्णतया रंगीन

डिमाई आकार, पृ. 176
अंग्रेजी में भी उपलब्ध, पूर्णतया रंगीन

डिमाई आकार, पृ. 88

डाकखर्चः 30 से 40/- रुपए पुस्तक अतिरिक्त

डिमाई आकार, पृ. 144

डिमाई आकार, पृ. 220

डिमाई आकार, पृ. 252

डिमाई आकार, पृ. 128
अंग्रेजी में भी उपलब्ध

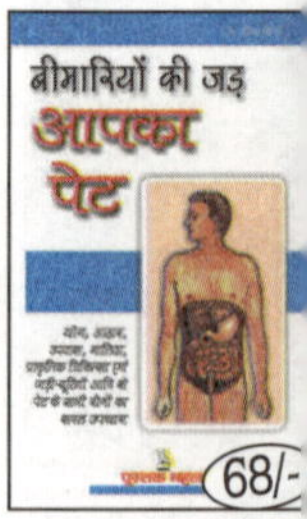

डिमाई आकार, पृ. 120

डिमाई आकार, पृ. 88

डिमाई आकार, पृ. 160

डिमाई आकार हार्डबाउंड

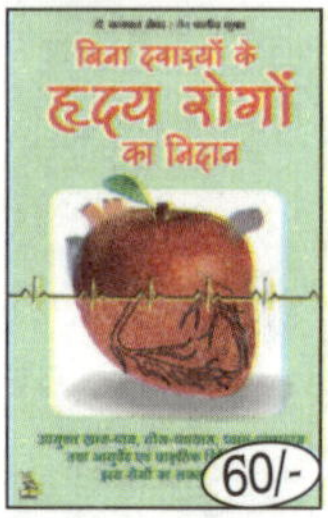

डिमाई आकार, पृ. 112

डिमाई आकार, पृ. 128

डिमाई आकार, पृ. 80

डिमाई आकार, पृ. 120

डिमाई आकार, पृ. 152

डिमाई आकार, पृ. 48

डिमाई आकार, पृ. 116
अंग्रेजी में भी उपलब्ध

डिमाई आकार, पृ. 118
अंग्रेजी में भी उपलब्ध

डिमाई आकार, पृ. 312

डिमाई आकार, पृ. 72
अंग्रेजी में भी उपलब्ध

बड़ा आकार, पृ. 320

बड़ा आकार, पृ. 388

डाकखर्च: 30 से 40/- रुपए पुस्तक अतिरिक्त

ाई आकार, पृ. 128

डिमाई आकार, पृ. 102

डिमाई आकार, पृ. 144

डिमाई आकार, पृ. 318

डिमाई आकार, पृ. 144

ाई आकार, पृ. 144

डिमाई आकार, पृ. 176

डिमाई आकार, पृ. 144

डिमाई आकार पृ. 312

डिमाई आकार पृ. 88

ाई आकार, पृ. 136

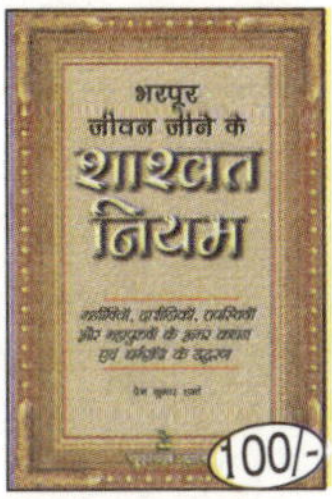

डिमाई आकार पृ. 144

डिमाई आकार पृ. 112

डिमाई आकार पृ. 112

डिमाई आकार पृ. 140

माई आकार पृ. 144

डिमाई आकार पृ. 128

डिमाई आकार, पृ. 160
अंग्रेजी तथा बंगला
में भी उपलब्ध

डिमाई आकार पृ. 112

डिमाई आकार पृ. 128

डाकखर्च: 30 से 40/- रुपए पुस्तक अतिरिक्त

धर्म-ग्रंथ

डिमाई आकार पृ. 224

डिमाई आकार पृ. 216

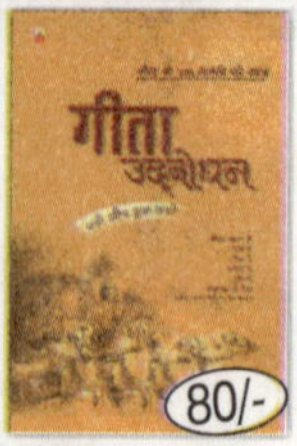

डिमाई आकार पृ. 184

डिमाई आकार

पृ. 120

डिमाई आकार पृ. 1

डिमाई आकार पृ. 192

डिमाई आकार पृ. 160

डिमाई आकार पृ. 96

डिमाई आकार पृ. 192

डिमाई आकार पृ. 112

डिमाई आकार पृ. 2

डिमाई आकार पृ. 176

डिमाई आकार पृ. 218

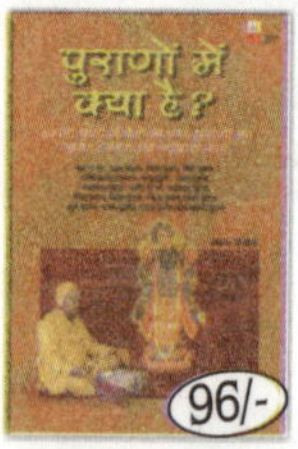

डिमाई आकार पृ. 216

डिमाई आकार पृ. 200

डिमाई आकार पृ. 160

बड़ा आकार, पृ. 248
अंग्रेजी में: 250/- रंगीन चित्र

डिमाई आकार पृ. 176

डिमाई आकार पृ. 64

पृ. 80 (रंगीन)

डिमाई आकार पृ. 3

बड़ा आकार पृ. 160

बड़ा आकार, पृ. 136

बड़ा आकार, पृ. 144

बड़ा आकार, पृ. 260

डाकखर्च: 30 से 40/- रुपए पुस्तक अतिरिक्त

ाई आकार, पृ. 144

डिमाई आकार, पृ. 135

डिमाई आकार, पृ. 144

डिमाई आकार, पृ. 336

डिमाई आकार, पृ. 328

डिमाई आकार, पृ. 144

बड़ा आकार, पृ. 128

बड़ा आकार, पृ. 120

बड़ा आकार, पृ. 52
अंग्रेजी में भी उपलब्ध

बड़ा आकार, पृ. 206
अंग्रेजी में भी उपलब्ध

डिमाई आकार, पृ. 144

बड़ा आकार, पृ. 100

बड़ा आकार

पाक कलाएं

डिमाई आकार, पृ. 100

डिमाई आकार, पृ. 104

डिमाई आकार,

बड़ा आकार, पृ. 136
अंग्रेजी में भी उपलब्ध

डिमाई आकार, पृ. 104

डिमाई आकार, पृ. 104

डिमाई आकार, पृ. 96

डिमाई आकार, पृ. 88

डिमाई आकार,

डिमाई आकार,

डिमाई आकार,

डिमाई आकार,

डिमाई आकार,

डाकखर्च: 30 से 40/- रुपए पुस्तक अतिरिक्त

रहस्य रोमांच/फन-फैक्ट्स/सामान्य ज्ञान

डिमाई आकार, पृ. 136

डिमाई आकार, पृ. 112

डिमाई आकार, पृ. 152

डिमाई आकार, पृ. 144

डिमाई आकार, पृ. 96

डिमाई आकार, पृ. 1

डिमाई आकार, पृ. 144

डिमाई आकार, पृ. 120

डिमाई आकार, पृ. 112
अंग्रेजी में भी उपलब्ध

डिमाई आकार, पृ. 120

डिमाई आकार, पृ. 136

डिमाई आकार, पृ. 2

हास्य-व्यंग्य

पृष्ठः 128 से 144 प्रत्येक
मूल्यः 30/ से 40/- प्रत्येक

डाकखर्चः 30 से 40/- रुपए पुस्तक अतिरिक्त